楹联上的成都记忆

YINGLIAN SHANG DE CHENGDU JIYI

吴 刚 谭良啸/主编

成都时代出版社

图书在版编目（CIP）数据

楹联上的成都记忆 / 吴刚，谭良啸主编. -- 成都：成都时代出版社，2015.6（2025.10重印）
ISBN 978-7-5464-1312-9

Ⅰ.①楹… Ⅱ.①吴… ②谭… Ⅲ.①对联－作品集－中国 Ⅳ.①I269

中国版本图书馆CIP数据核字（2014）第300536号

楹联上的成都记忆

YINGLIAN SHANG DE CHENGDU JIYI

吴 刚 谭良啸 主编

出品人 钟 江
责任编辑 张 巧
责任校对 李卫平
内文设计 原创动力
封面设计 许天琪
责任印制 张 巧 陈淑雨

出版发行 成都时代出版社
电 话 （028）86742352（编辑部）
（028）86763285（图书发行）
印 刷 河北晔盛亚印刷有限公司
规 格 140mm×210mm
印 张 12.5
字 数 320千
版 次 2015年6月第1版
印 次 2025年10月第4次印刷
书 号 ISBN 978-7-5464-1312-9
定 价 68.00元

策　划

方明远　李若锋

主　编

吴　刚　谭良啸

撰　稿

吴　刚　陈蕙茹　卫　昕　赵　斌　王　嘉

摄　影

王达军　王瑞林　冉玉杰　丁　浩　甘　霖　迟阿娟　黄文志
芈友康　王　飞　李　宁　梁永康　张德重　张铨生　饶润明
江明义　向力民　廖瑞福　王　建　雷忠昭　王道云　杨官桐
陈明德　李　劲　何红英　王熙维　杨永赤　谢明刚　王若冰
马　丁　张全能　朱大勇　于谭阳　刘　阳　张金智　丁瑞涛
管苠枬　黄　红　王国平

绘　图

斯　政

顾　问

谭继和　四川省社科院研究员　四川省历史学会会长

袁庭栋　著名巴蜀文化学者

冯修齐　中国楹联学会学术委员会副主任

　　　　四川省楹联学会常务副会长

冯全生　四川省楹联学会副会长　成都铁路卫生学校高级讲师

方北辰　四川大学历史文化学院教授

　　　　国家级荣誉称号“做出突出贡献的中国博士”获得者

谭良啸　成都武侯祠博物馆研究员　享受国务院特殊津贴专家

魏学峰　四川博物院副院长　四川博物院首席专家、研究员

王　毅　成都文物考古研究所所长、研究员　成都博物院院长

江章华　成都文物考古研究所副所长、研究员

任　舸　成都市文物信息中心主任　成都博物馆协会副会长、副研究员

总序

什么是天府文化？天府文化就是在“天府之国”产生、发展、繁荣的文化，它以成都或者川西平原为中心，从一定程度上讲，也就是成都的文化，就是成都的传统，就是几千年来所形成的成都独特的一种生活方式；它是历史，它是生活，它是日常，它深深地印在了我们的记忆中，它在我们的血液里流淌；它存在于我们看得见或者看不见之处，或者是一种思维习惯，或者是一种行为方式，或者是一种情调，或者是一种看法，或者是一种嗜好，或者是一种特点……

过去研究者把着眼点更多地放到像北京、上海那样在近代发生了剧烈变化的城市，其实我一直认为，成都更能代表中国的城市，因为它地处内陆，包含的中国元素更丰富，保留了更多的传统文化。成都就是一座典型的中国城市，这样一座城市可以代表许许多多类似的中国内陆城市，给我们展示不同于沿海的城市风貌。

成都平原物产丰饶，为成都城市经济的发展提供了保障，也塑造出独特的天府物质文化。天府文化的历史源流，可以追溯到古蜀。都江堰是天府文化的重要源头，培育了天府文化的创新精神，奠定了天府文化的物质基础，发展了川西平原的稻作农业，两千余年间为“天府之国”提供坚实的物质基础，而且还促进了自然与人文、农耕文明与城市文明、原生文化与外来文化的有机结合。

天府文化根植于川西平原，融入了人们的生活方式之中，田园、美食、诗歌、音乐、休闲……川西平原人文积淀非常深厚，孕育了许多优秀人才，包括文学、政治、军事、科技、商业等各个领域，为天府文化注入新的活力，促进了天府文化的蓬勃发展。同时，天府文化又不断与其他文化进行着交融，吸取其他文化的精华，对中国文化做出了自己的独到贡献。

天府文化之所以繁荣，是因为川西平原有环境、气候、物产、交通等得天独厚的条件，我们需要充分了解和珍惜这些因素。在当今世界，凡是建设和发展比较好的城市，几乎都具有传统文化与现代文明有机的、合理的结合，物质经济与精神文化的成长并行不悖。

了解一座城市的昨天，是为了更好地了解这座城市的今天；了解一座城市的今天，是为了建设和打造这座城市更美好的未来。在这座中国历史文化名城，许多历史文化遗址随着时代变迁而遭受毁坏甚至消失，因此，保护天府文化的记忆就变得十分重要。文化是一座城市的独特印记，可展示自己真实、立体、全面的城市形象。

对一座城市的了解，我们可以有许多切入口，可以有许多的角度，以许多的方法运用不同的资料，关注不同的话题。成都时代出版社把过去多年来出版的七十多种关于天府文化的图书，精选了十种作为天府文化城市系列再次印行，这些书涉及天府之国的古代文明、文物考古、文学诗歌、日常生活等，基本上覆盖了天府文化从古代到今天的各方面的内容。

我认为这是一种非常好的思路，为这些书重新受到关注创造了非常好的条件。这套书所提供的关于蜀地文明、天府文化和成都城市的介绍和研究，为我们理解这座城市及其文化非常有帮助，也为研究这座城市做出了非常重要的贡献。这套书的写作中，成都本土学者担任了主要的角色，他们孜孜不倦地收集资料、实地考察、刻苦钻研、辛勤写作，探索和了解这座城市的过去，为我们展示了这座城市丰富多彩的文化和历史，为广大关注天府文化的读者提供了非常珍贵的信息和精神食粮。

王　笛

2021年7月2日

序

千百年来，几乎每一处中国古建筑物的大门外都挂着或贴着一副对联。上至宫阙府第，下至农舍商铺，概莫能外。这是中国传统文化的主要特色之一，这也是中国人学习与体验中国文化的重要场所之一。正因为如此，几乎每个识字的中国人莫不知道、熟悉、喜欢乃至热爱眼前的或者心中的一副又一副对联。可以这样说：中华民族是一个非常喜爱对联的民族，中国是一个处处可见对联的国家。

反映中国传统文化的载体很多很多，经史子集、诗词歌赋、琴棋书画、文物古迹、民风习尚、山野谣谚，林林总总，气象万千。可是，对联是其中最有特色的一种，除了如同其他文学形式可以表现大千世界的方方面面之外，它更是只有我们中国才有的、其他国家所不能模仿的一种独特的表现方式，是名副其实的独一味。

对联是最能代表单音节方块汉字特色的文学表现形式。它讲究对仗，讲究书法。从视觉冲击力上，它具有强烈的观赏功能，特别具有一种世所罕见的表现完全对称的形式美。

对联是最能代表有音调区分的汉语特色的文学表现形式。它十分严格地讲究格律，讲究平仄。从听觉的冲击力上，具有一种世所罕见的表现发音的抑扬顿挫、高低强弱的韵律美。

对联是各种文学体裁之中最为短小精悍的表现形式。它字数不多，但字字珠玑，十余字可胜长文数卷，上下联犹如一部大书，可以称为“袖珍的经典”。从立意深远、内涵宏大的思维冲击力上，具有一种世所罕见的高度精练的浓缩美。

对联是最为亲民而实用的、最为人们所喜闻乐见的文学表现形式，处处可见，家家皆有，甚至在农家的牲畜圈头、厨房厕所，在虚拟的阴曹地府都可以见到相关的对联。且不说还有各种类型、各有所用的春联、寿联、挽联、业联、婚联、贺联、谐联、讽联、趣联……在中华民族所有的文学形式之中，对联绝对是与千家万户、士农工商、各行各业、男女老少的生活密不可分的，情感相通、心心相印的朋友与伴侣。

纵目中华大地，处处皆有对联，步入城乡建筑，迎面皆是对联。张贴在每处建筑大门之外的对联，就是每处建筑的迎宾，就是每处建筑的向导，就是每处建筑的解说词，我们可通过解读每一处建筑的对联而解读每一处建筑的历史，体验每一处建筑的文化。推而广之，如果我们能够读到一个城市之中的有代表性的一副副名联，我们也就打开了这个城市的一扇扇门窗，触摸了这个城市的一处处文脉，也就可以从多侧面体验这个城市，从多层次融入这个城市。

回忆还在孩提时代，父母与很多长辈就开始教自己“对对子”。进学校读书之后，同学之间也往往比赛“对对子”。长大之后，不仅在各地见到了若干名联，阅读过多种有关的书籍，订阅过山西出版的《对联》杂志，还知道1932年陈寅恪先生在清华大学曾经以“孙行者”为上联，让学生对出下联作为国文试题以考试学生。所以，我也算是一个多年的对联爱好者。不仅喜爱高挂在各地的名联，还尤其喜爱我们成都的名联，特别是民国时期成都文坛怪杰刘师亮的绝世谐联。改革开放之后，四川人民出版社每年春节前都要印制大量春联销往城乡各地，我也曾连续几年参与撰写，算是为满足人们对春联的需求而聊尽绵薄。

成都是我国的历史文化名城，有着异彩纷呈、赏心悦目的文化瑰宝。通过成都的一副副名联而走进成都的一个个堂奥，是我们了解与欣赏成都的历史文化、风土民情，进而再登堂入室去拜望成都的历史文化名人、研读成都的历史文化名篇的最佳台阶。

曾经在成都居住与往来的历史文化名人多多矣，留在成都一处处名胜古迹的名联佳作多多矣。在全面建设成都新文化的新时期，成都的一批有志于研究与传播成都历史文化的年轻人发奋努力，将一批成都名胜古迹的名联编次于此，进行了较有深度的解读与赏析，这是一件大好事。我支持他们，也为他们提供过一些力所能及的帮助，所以我也成了这个有意义的项目的一员，故而乐意于在这里谈一点自己的感受。这不能说是序言（我时刻牢记顾炎武之告诫：“人之患在好为人序”），只是在以一个参与者的身份回答这样一个问题：我们为什么要搞出这样的一本书？

袁庭栋

目录

武侯祠

漢昭烈之陵

唯德与贤，可以服人，[①]三顾频烦天下计；[②]如鱼得水，[③]昭兹来许，[④]一体[⑤]君臣祭祀同。

——蒋攸铦

注释

①**唯德与贤，可以服人**：只有凭借贤德，才能征服人心。德：道德，品行；贤：才能，德行。出自刘备给儿子刘禅的遗诏："唯德唯贤，能服于人。"

②**三顾频烦天下计**：出自唐杜甫《蜀相》诗："三顾频烦天下计，两朝开济老臣心。"刘备三顾茅庐见到诸葛亮后说："孤不度德量力，欲信大义于天下……君谓计将安出？"刘备频烦三顾，为了求得天下安定的大计。

③**如鱼得水**：比喻得到很投契的人或很合适的环境。出自晋陈寿《三国志·诸葛亮传》，刘备说："孤之有孔明，犹鱼之有水也。"

④**昭兹来许**：出自《诗经·大雅》："昭兹来许，绳其祖武。"昭：彰显；兹：这里；来：勤勉；许：处所。

⑤**一体**：关系密切、协调一致，犹如一个整体。《管子·七法》："有一体之治，故能出号

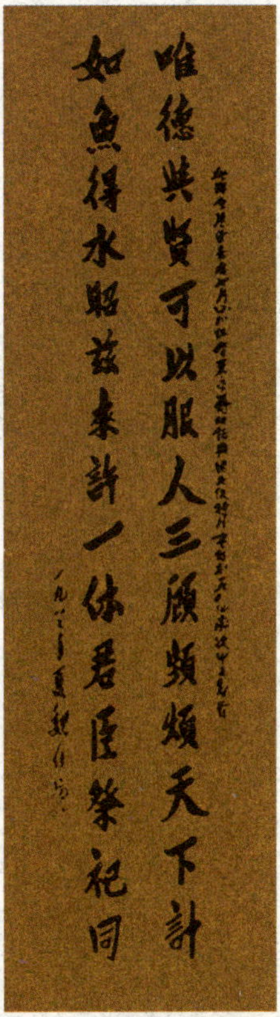

令，明宪法矣。”唐杜甫《咏怀古迹五首·其四》有“武侯祠屋长邻近，一体君臣祭祀同”句。

解读

这副对联悬挂在武侯祠刘备殿前的二门，为清代嘉庆年间的四川总督蒋攸铦撰，今人魏传统补书，简称“唯德与贤”联。对联从刘备一生的感悟“唯德唯贤，能服于人”八字切入，揭示他取得成功的真谛，凸显传统文化中“德”与“贤”的魅力。

壹

“唯德唯贤，能服于人”，是刘备在白帝城临终之时给刘禅遗诏中的一句话。

章武元年（221）七月，刘备以帝王之尊，为夺回荆州，替关羽报仇，意气风发率大军出征，结果被孙吴年轻将领陆逊打得狼狈逃窜，兵败退驻白帝城，史称“夷陵之战”。刘备在白帝城，从章武二年（222）闰六月至次年四月二十四日病亡，住了整整十个月之久。开始，他对于失败不解、羞愧、愤懑，然而残酷的现实又迫使他必须面对，并促使他去反思。

在病卧白帝城永安宫的时日里，他想到自己从跨有荆、益，三分天下，到登基称帝，再到如今折兵失地。事业的大起大落，让他回忆自己的一生，反省自己的一生。自己从一个贩履织席的市井草民，无资产和社会背景，仅凭借侠义正直、仁爱厚道、躬行仁德，重感情讲道义，得到一批智士猛将的倾心拥戴，成就了三分天下有其一的业绩。想到这些，他除了有几分释然、几分欣慰泰然面对死亡外，还把成功经验、人生感悟在遗诏中向刘禅诉说。

遗诏中有两句直白而极富哲理的话：“勿以恶小而为之，勿以善

刘备像

小而不为。唯贤唯德，能服于人。”这应该是他角逐天下最重要的经验。

草莽英雄刘备之所以能说出这样富有哲理的话，是因为他年轻时曾拜著名大儒卢植为师，接受过经学的正规教育；如今又融入自己一生闯荡天下的体会，所以能将毕生经验凝练而成这样明白透彻的格言警句。

刘备总结自己的一生认为，一个人只要从小事做起，只要坚持做下去，就可以成为一个德才兼备的贤者，就可以凭借贤德得到拥戴，去成就一番事业。因此他把自己从坎坷人生中领悟到的这两句话写在遗诏里，并加以强调，留给了儿子。在临终如此重要的遗诏中，没有关于如何做皇帝的只言片语，却告诉刘禅做人的基本道理。

有学者指出：“正是这个‘唯贤唯德，能服于人’的基本政治理念，铸成了刘备一生受人敬重的政治品格。”的确，正是他这种受人敬重的处世品格和政治品格，使他占人和、得人心，成为一代人主。

贰

刘备的一生是在汉末乱世中度过的，他虽然被人称为“枭雄”，但其待人处事和东征西战的基调则奉行的是贤德仁义。对此史书中尚存有不少史实和评论可以佐证。

207年，曹操兵指荆州，攻打樊城、襄阳，寓居荆州的刘备仓皇奔逃，一时十余万士人百姓纷纷追随他撤离。到当阳时，有人劝刘备弃众而快逃，刘备说：“夫济大事必以人为本，今人归吾，吾何忍弃去！”在自身都难保的情况下，他还顾及士人百姓，其爱民仁心令人感动。赤壁之战后刘备得到荆州，庞统劝他下一步进袭益州，刘备认为无故夺人地盘是不义之举。他说：“今指与吾为水火者，曹操也。操以急，吾以宽；操以暴，吾以仁；操以谲，吾以忠；每与操反，事乃可成耳。”奉行宽厚、仁德、忠义，在群雄竞起、军阀混战的时代这显得多么迂腐。

但是，当时不少人却称赞刘备的这种仁德信义。广陵太守陈登说：“雄姿杰出，有王霸之略，吾敬刘玄德。”袁绍说：“刘玄德弘雅有信义。”诸葛亮在《隆中对》中说：“将军既帝室之胄，信义著于四海。”刘备死后，陈寿在《三国志·刘备传》的评语中说：“先主之弘毅宽厚，知人待士，盖有高祖之风，英雄之器也。”《刘备传》中引东晋文学家习凿齿的评论则说得更透彻：“先主虽颠沛险难而信义愈明，势偪事危而言不失道。追景升之顾，则情感三军；恋赴义之士，则甘与同败……其终济大事，不亦宜乎！”意思是：刘备以仁德忠义终于成就了三分天下有其一的大业，不是应该的吗？

叁

史书记载说，刘备从小侠义，“好结交豪侠，年少争附之”，很得人心。起事之初他就受到拥戴，有关羽、张飞与之“恩若兄弟”，随之征战“不避艰险”。他任职于平原相时，“人民饥馑”，他便将府中财物施舍以度饥荒；对于来投奔的“士之下者”，“必与同席而坐、同簋而食”。当时有个富豪看不起卖草鞋的刘备，派人去刺杀他，“备不知而待客厚”，“客不忍刺，语之而去。其得人心如此”。对人尊重，待人真诚，连刺客都受感动不忍刺杀他，并坦白相告而去，贤德的刘备是如此深得人心。

“三顾茅庐”则是刘备真诚礼贤、得人效死最感人的故事。

201年，刘备被曹操打败，逃到荆州，寄人篱下，蹉跎岁月，一晃七年。他不甘心就此沉沦，念念不忘建功立业，在反思自己的创业生涯时，意识到屡战屡败是因为没有得力的谋士。于是，他以前所未有的求贤欲望，在荆州寻访俊杰智士。著名的“三顾茅庐”因此产生。刘备的真诚和器重让诸葛亮深受感动，毅然出山相助；刘备得到如此高士大贤，感叹自己“如鱼得水”。

诸葛亮的归服，是刘备真诚、仁爱、贤德、信义人格魅力的标志。之前，他用真情、真心打动关羽、张飞、赵云等人；得到诸葛亮之后，又有庞统、法正等智士归附，从此君臣上下一心，关系如鱼水，为兴复汉室、一统天下而不屈不挠、矢志不渝。

刘备人格魅力中的“唯贤唯德”，是他的基本政治理念，铸就了他一生受人敬重的品格。他的这一政治品格，正是中华悠久历史中治国理政的重要经验。

肆

蒋攸铦于1817年来四川任总督，1821年离任。他钟情于刘备与诸葛亮君臣的往事，心怀敬仰，常常来武侯祠拜谒，留下有匾联四副。1817年仲春，他赴任刚到成都，就来武侯祠祭拜，在刘备殿题写楹联曰：

汉昭烈庙大门

曰宫曰殿曰幸且曰崩，诗史留题，千载犹存正统；

书魏书吴书汉不书蜀，醇儒特笔，三分岂是偏安。

此后，他还多次来武侯祠，在刘备殿题写了“高光余烈”，在孔明殿题写了“神化西南”等匾额。可惜都因战乱亡佚了，仅剩下“唯德与贤”联。

1820年七月的一天，蒋攸铦又来到武侯祠，在刘备殿看到刘备与他的文臣武将济济一堂，同享祭祀，感悟顿生，提笔写下了这副楹联：

唯德与贤，可以服人，三顾频烦天下计；

如鱼得水，昭兹来许，一体君臣祭祀同。

上联说，从古至今，只有德与贤可以征服人心，刘备虔诚三顾茅庐，求得了安邦定国的大计；下联说，诸葛亮、庞统、关羽、张飞、赵云等文武大臣，纷纷投奔刘备，衷心拥戴，君臣和谐如鱼水，乃是君臣关系的典范，所以被共同供奉在这里，一同享受后人的祭拜。

惠陵神道

人物

蒋攸铦（1766—1830），字颖芳，号砺堂。曾任两广总督、四川总督、刑部尚书、直隶总督、两江总督、军机大臣等职。每在任上，均能除害兴利，整饬吏治、勤政忧国。1830年病卒，谥“文勤”。著有《绳枻斋集》《黔轺纪行集》，其子编撰《绳枻斋年谱》存世。

蒋攸铦 贤德的清代总督

壹

蒋攸铦是清代一位正直、贤德、勤政的官员。史称，他“精敏强识，与人一面一言，阅数十年记忆不爽；勇于任事，不唯阿；尤长于察吏，荐贤如不及，所举后多以事功名节著”。他精敏强识，与人见一面谈一席话，数十年后仍然记忆清晰。他做事勇于担当，不曲意逢迎；他对于下属管束甚严，热心举荐贤才，所举荐的各级官吏都以名声气节著称，都以事功业绩著名。

道光三年（1823）皇帝任命他为直隶总督，可他说直隶总督位重事繁，恐怕自己不堪重任，一再推辞，不愿就任。最后还是在道光帝的劝说甚至强令下，他才走马上任。总共当了两年多的直隶总督，死后就葬在满城。

《满城县志》记载说，蒋攸铦天资聪颖，勤奋读书，学业有成，赴京赶考，金榜题名。由于自幼生长在民间，深感百姓疾苦，当官后爱民如子，体贴民意。相传他在任直隶总督时，曾衣锦还乡，到村里祭祀祖宗，看望亲属及众乡亲。后来历任两广总督、湖广总督、四川总督、刑部尚书、军机大臣、体仁阁大学士，官居一品，位极人臣，都常常回家探亲祭祖。每次回家乡，他都是到满城就下轿步行，一路走到村里。进村步行，是中华民族非常重视的敬祖习俗，蒋攸铦在尊重礼俗的细节方面，就表现出自己的贤德。

秋色中的武侯祠一角

贰

据说蒋攸铦的先祖由浙江迁辽东，从清军入关后居直隶宝坻县（今天津市宝坻区）。五世祖蒋毓英迁河北满城杨家佐村，蒋攸铦自幼在该村三教堂（玉川寺）读书，关于他的故事逸闻至今在保定流传。

《蒋大人读书》中有一个故事：有一次，蒋

武侯祠刘备殿

攸铦回杨家佐村给祖先上坟，满城知县听到消息后，赶忙迎接总督大人。见蒋攸铦步行，就跟在后面尾随护送。走到眺山脚下，碰上了本村的年洛天。蒋攸铦连忙拱礼：“洛天兄，安好。”“好！好！小堂子，你也好吧？”随即两人拥抱在一起，好长时间才罢。

原来，年与蒋攸铦是儿时的同学好友，情同手足，关系莫逆。衙役们见到总督大人管一个土里土气的人叫“洛天兄”，知道来者不一般，争先恐后地叫“洛天爷”。蒋攸铦一边步行一边与年洛天拉家常。年洛天见衙役抬着空轿子，就打起坐轿子的主意，央求蒋攸铦说“让我坐坐轿子，过过当官的瘾”，蒋攸铦高兴地答应了他。年洛天乐滋滋地坐上轿子，不知不觉地到了村里，陪着蒋攸铦先到玉川寺敬神上香，随后祭祀祖宗和看望父老乡亲，晚上住宿在玉川寺。

《清史稿·蒋攸铦传》载，道光初年，直隶先是久旱，而后三年大水，受灾州县多达120个；总督蒋攸铦请出帑银180万，实行以工代赈的办法，修治永定河；同时在水灾最重的地方，于寒冬“拨米石设厂煮赈”，救助灾民。

1817年，他调任四川总督，上任即制裁川兵骄横，禁乡村制兵刃以维护治安；岁修都江堰，禁派捐以累民；重修文翁石室，兴学造士；禁止非法刑讯等，四川很快得以丰足，受到嘉庆皇帝嘉奖。

这样一位才德兼备的官员，对刘备“唯德唯贤”的敬仰、推崇，自然是情理之中的事了。

◎撰稿　赵　斌　◎审读　谭良啸

主要参考资料

《三国志·蜀书》（晋·陈寿）

《刘备临终给儿子的遗嘱解读》（张祎　谭良啸）

《昭烈忠武陵庙志》（潘时彤）

《清史稿·蒋攸铦传》

能攻心[①]则反侧[②]自消，从古知兵[③]非好战[④]；
不审势即宽严皆误，后来治蜀要深思。

——赵藩

注释

①**攻心**：从精神上或思想上瓦解对方，使之心服。《战国策·韩·三》：“昔先王之攻，有为名者，有为实者。为名者攻其心，为实者攻其形。”《三国志·马谡传》注引《襄阳记》记载，诸葛亮南征前询问马谡有何良策，马谡指出，南中地区“恃其险远”，

时服时叛，反复作乱。于是他建议："用兵之道，攻心为上，攻城为下；心战为上，兵战为下。愿公服其心而已。"马谡认为，南征最重要的是收服人心。对此诸葛亮大为赞赏。

②**反侧**：反复无常。《诗经·小雅·何人斯》："作此好歌，以极反侧。"

③**知兵**：通晓军事。《史记·项羽本纪》："宋义论武信君之军必败，居数日，军果败。兵未战而先见败征，此可谓知兵矣。"

④**好战**：热衷于战争。《孟子·梁惠王·上》："王好战，请以战喻。"明人刘基兵书《百战奇略》有《好战》篇指出："法曰：国虽大，好战必亡。"人君不可仗恃国大民众而随意发动战争；一旦穷兵黩武，好战不止，势必导致国家败亡。

解读

这副对联悬挂在武侯祠诸葛亮殿正中门柱，由赵藩于清光绪二十八年（1902）撰并书，简称"攻心"联。赵藩时任代理四川盐茶道使。他为人耿介，为官清廉，有文才，善书法。当时的四川总督岑春煊以武力肆杀起义百姓，赵藩对此深以为忧，于是撰书此联，进行劝谏。他以诸葛亮治蜀的成功经验，提出"攻心""审势"两个发人深省的问题，使这一副对联深得后人喜爱。

1958年，毛泽东主席来成都开会，闲暇莅临武侯祠，在此联前驻足良久，凝视玩味。十年后他又对一位前来四川主政的同志提到这副对联。"攻心"联因其富有哲理的内涵逐渐为人所重视、喜爱，现已经成为游客游览武侯祠必观看的重要文物。三国距今已1700多年，赵藩撰写此联也已过百年，而这副联语传递出的历史启迪至今仍然闪烁着耀眼的光华。

诸葛亮塑像

壹

诸葛亮作为军事家一生的亮点，人们最熟悉的莫过于南征与北伐。而“攻心”典故则是南征的闪光点。

南征发生在刘备病逝、刘禅继位之初。蜀国南中地区（云南、贵州及四川南部）的“夷人”得知刘备战败病亡，纷纷趁机叛乱。

先是益州郡的“夷帅”雍闿杀死建宁太守正昂，缚益州太守张裔到东吴，正式与蜀汉决裂。后有越嶲郡酋长高定响应，杀死郡中将领焦璜，自封为王，并率军北上攻打新道县，但被李严从犍为率援军打败。

由于刘备刚刚去世，诸葛亮决定先安定国内人心，蓄积力量，同时派人和东吴修好；另一方面，令李严写信劝喻雍闿，晓以利弊。李严先后去信六封，但雍闿却只回书一封说：“听说天无二日、土无二王，现今天下鼎立，称帝的都有三个，所以我们边鄙之人心生惶惑，不知该归属哪个。”其态度之傲慢、气焰之嚣张令人难以忍受。

当时，有的“夷人”并不服从雍闿，不愿脱离、反抗蜀汉政权，雍闿便派当地夷人信服的夷帅孟获，去游说威逼各部落酋长，以蜀汉官府要实行苛政重税为由，鼓动叛乱。

南中严峻的形势，已经到了非战不可的地步。

贰

公元225年春，经过一年多的“闭关息民”，诸葛亮率众南征。临行，他向在越巂任过太守的马谡询问良策，然后诸葛亮听从了马谡“服其心”的建策，将其提出的“攻心为上，攻城为下；心战为上，兵战为下”的意见作为南征军令颁发，指导作战。

《三国志·诸葛亮传》注引《汉晋春秋》、《华阳国志·南中志》等史书都简要记载了诸葛亮南征中以“攻心”之策“七擒七纵”孟获的故事。

孟获是南中民族中一个有声望和号召力的头领，于是诸葛亮对他采取了“攻心为上”的策略。两军交战，孟获被活捉后，诸葛亮立刻叫人给他松了绑，然后陪着他去看蜀军的阵容和装备。然后问孟获：“您看我们的人马如何？”孟获傲慢地说：“以前我不知虚实，所以败了。今天承蒙您给我看了，也不过如此，要打赢您很容易。”诸葛亮笑了笑，说：“那您就回去好好准备，然后再战吧！”

两军再战，孟获又被俘获；他不服，诸葛亮就又放了他。这样捉了又放、放了又捉，一次又一次，孟获共被擒获了七次。第七次放孟获走时，他却不愿意走了，说：“诸葛公，天神之威也，我打心眼里敬服，从此再也不反叛了。”

七擒七纵孟获，以攻心之策诚服南中部族，使南中战事半年即顺利结束。蜀汉由此获得相对稳定的后方，并获得丰富的兵源、物资，史称“军资所出，国以富饶”。诸葛亮也得以一心一意准备大举北伐。

叁

作为政治家的诸葛亮，其亮点表现在多个方面，审势执法是其中之一。

在刘备取得益州之后，诸葛亮与法正、李严、刘巴、伊籍等人“共造《蜀科》”，制定了蜀国的法典，颁布施行。

有了法典，诸葛亮强调严格依法行政，以改变蜀地以前法令不行、规章混乱的状况。蜀郡太守法正却认为刑法过严，劝谏诸葛亮要“缓刑弛禁”，效仿汉高祖，仅约法三章。于是，诸葛亮作《答法正书》，向法正，同时也向所有蜀地人士宣告他审势执法、以法治蜀的坚决态度。

诸葛亮说：“君知其一，未知其二。秦以无道，政苛民怨，匹夫大呼，天下土崩，高祖因之，可以宏济。刘璋暗弱，自焉以来有累世之恩，文法羁縻，互相承奉，德政不举，威刑不肃。蜀土人士，专权自恣，君臣之道，渐以陵替。宠之以位，位极则贱；顺之以恩，恩竭则慢。所以致弊，实由于此。吾今威之以法，法行则知恩；限之以爵，爵加则知荣；恩荣并济，上下有节。为治之要，于斯而著。”

诸葛亮认为，施政执法无论从宽还是从严，都须根据客观形势决定。汉高祖入关时，必须除去秦朝的严刑峻法，所以宽刑省法，以解除士民的痛苦。现在益州在刘焉刘璋父子的统治下积弊太多，法规没有权威，就必须厉行法治，以威慑那些目无法纪的益州豪强人士，彻底改变“专权自恣”、为所欲为的混乱局面。“吾今威之以法”，以“恩威并济”两手来整顿纲纪，明确君臣上下的关系，方可真正恢复秩序，实现安定社会的目标。

诸葛亮这一审时度势的见解，说明他善于把控变化了的客观形势，能恰当处理行法宽惠和严厉的关系，作为一个封建政治家是十分难能可贵的。诸葛亮的审时行法、审势施政，作为一条治国经验受到后人的称颂。

肆

1901年冬，岑春煊担任四川总督。岑到任之后，对待官军、团练加强连坐制，甚至特别制定整团保甲连坐，造成滥杀无辜的事比比皆是；对待地方官员，则“一朝天子一朝臣”，对政见不合者，往往寻找理由罢免裁撤，弄得官场人人自危。而此时社会动荡，民变起义迭起，岑春煊施以高压，大肆杀戮。岑春煊显然是要借镇压义军和纠察官吏一显身手。

赵藩因与岑家的关系，当时被委以代管全省的盐、茶厘金（两大重要财源）之职。面对随时爆发的社会各种隐患，正直的赵藩忧心忡忡，但是除了劝谏别无他法，因为此时的岑春煊已不是他的学生而是他的顶头上司。赵藩看到民心思变，清王朝已岌岌可危，但他既不能把这种看法对岑春煊和盘托出，又不愿坐视岑的一味蛮干，加剧社会矛盾，使百姓遭殃，因此心中抑郁不快。

1902年冬月初，赵藩又来到武侯祠遣闷解烦。读唐碑，观塑像，拜谒诸葛亮。他伫立像前，思绪万千。诸葛亮治理下的蜀地，史书描写为“科教严明，赏罚必信，无恶不惩，无善不显，至于吏不容奸，

武侯祠航拍图

人怀自厉，道不拾遗，强不侵弱，风化肃然”。这是一种多么令人神往的社会呀！而今的四川满目疮痍，黎民百姓已经不堪其苦了。他压抑不住心中的愤懑，略微思索后撰书了这副“攻心”联，从诸葛亮治蜀经验中总结出两点，告诫“后来治蜀”者——岑春煊，要认真揣度时势，不可执意蛮干，肆意高压，弄得民怨鼎沸。对联刻好悬出的次年春，岑到武侯祠，看到此联后，脸色凝重，不置一词。当年岁末，因为以镇压治理四川有功，岑春煊被升为两广总督。与此同时，赵藩却被调到永宁道任地方官。从那以后，川中士人中流行这样一句话：“师道何所道？且看永宁道！”为人耿介、忧国忧民的赵藩没有得到理解，没有得到赏识。

体味了赵藩的一番良苦用心，再来品读这副楹联，感悟他的对诸葛亮用兵施政经验的提炼：

能攻心则反侧自消，从古知兵非好战；

不审势即宽严皆误，后来治蜀要深思。

上联说，用兵打仗能使用攻心的策略，反叛就会自然消除，感叹从古至今真正懂得用兵打仗的军事家，并不只凭武力去取胜。下联说，不审时度势，刑法及施政方针或宽或严都会造成失误，后来的治蜀者要深悟这一施政之道。

所谓“攻心”，实际上就是要让人心悦诚服，要获得人心。诸葛亮南征的立足点就是要取得南方各族的认可，从心里接受蜀汉政权，使其北伐有一个安定的后方，而诸葛亮南征“服其心”的指导方针符合那个时代各民族和睦相处的潮流。所谓“审势”，是对诸葛亮治蜀思想和政策的总结。在“兴复汉室”的总体目标下，立法施政因时而异、因势而异，这是一种唯物辩证的科学的施政治国之道。因此，“攻心”和“审势”，成为诸葛亮留给后人最有价值的精神财富之一。

赵藩借诸葛亮治蜀成功的经验劝谏岑春煊，虽然未见成效，但这副楹联却成了成都武侯祠不可多得的文物。它让人们越过历史的长河，去回顾1700多年前诸葛亮治蜀的往事，从“攻心”“审势”中思索治国安邦的道理；它承载着赵藩恪尽职守、体恤百姓的情怀，体现出中国传统士人的社会担当，至今让人唏嘘慨叹。

人物

赵藩（1851—1927），字樾村，一字介庵，别号蝯仙，晚年号石禅老人。白族，云南省剑川县向湖村（又名“水寨”）人，云南近代著名的政治家、学者、诗人和书法家。光绪乙亥年（1875）举人，曾任四川臬台，官至四川按察使，参加过镇压农民起义。后又参加辛亥革命和护法、护国运动，历任众议员、广东护法军政府交通部长。1920年辞职回滇，从事文化工作，任云南省图书馆馆长。赵藩一生著述颇多，尤以诗词为最。晚年致力于文化事业，总纂《云南丛书》等书籍至逝世，享年76岁。

赵藩 云南近代著名政治家、文化大家

壹

赵藩祖辈三代受封为光禄大夫，他出身于“家富图籍”的书香门第。24岁考中举人，但在1876—1893年的18年中，六次进京赴考，六次名落孙山。其间，曾入云贵总督岑毓英幕府任职，辅导岑的几个儿子读书。岑毓英的三公子就是后来晚清政坛的风云人物——岑春煊。

1893年赵藩赴京候选，被分配到四川。在四川六年，先后任酉阳州知州、川

东土税局督办等职。因督办征收税款多，镇压秀山白莲教有功，受到赞赏。又因护送贡品去西安慰问避八国联军之难的慈禧太后和光绪皇帝，受到召见及奖励，被委任为道员，到四川候用。两年后，岑春煊任以“署盐茶道兼理通省厘金”。他在四川八年，还出任过总办滇黔官运局、两任按察使、一任永宁道。在任上他兢兢业业，于财政、司法、民政等方面政绩突出，受到嘉奖。

1905年以后，清政府进一步腐败，人民和革命党的反清斗争进一步高涨，赵藩的思想和立场开始逐步变化。1907年，他曾设法营救同盟会的人，不果，深为惋惜。1910年，他第三次请求辞官归乡，终于如愿。1911年10月，蔡锷在昆明起义，赵藩应邀参加了辛亥革命，被蔡锷委以统管滇西军政事务。在任上，他消除了大理地区驻军的混乱。国会开幕，他当选为众议院议员，因不满袁世凯的做法，于1913年离开北京回到云南。1915年秋，参与蔡锷等人的反袁活动，参加护国战争，出任云南团保局总办，为保持云南的安定，为护法运动做出了贡献。

孙中山在广州组织护法政府，自任大元帅，陈荣廷、唐继尧任元帅，与北洋军阀政府对抗。唐继尧无心护法，意在争夺地盘。在向四川扩张势力时，任熟悉情况的赵藩为幕僚。赵藩献策“以川人主川事”，助唐在四川站住了脚跟。1918年，广东护法军政府改为七总裁合议制，唐继尧被举为总裁之一，赵藩作为代表出席政务会。此时岑春煊为七总裁政务会的主席，二人相见早已没有了往日的尴尬。岑春煊与赵藩有师生之谊，又有同僚之情，多年相交，知根知底，于是他任命赵藩为护法军政府的交通部长。在任上，赵藩对道路、邮电、航空等事业一一悉心规划，以期逐步实施，并参与斡旋南北议和。然而军阀间矛盾重重，厮杀随时可能爆发。1920年，赵藩辞去总裁代表和部长之职，回到昆明，把自己的余生投入文化事业中。

贰

赵藩一生在文化上颇有贡献，最突出的是编纂了《云南丛书》和创作了大量诗词，其楹联和书法也享有盛名。

1914年，他从北京回到昆明，即被唐继尧任命为云南图书馆馆长。于是他申请拨款编辑出版《云南丛书》，并自任总编辑，具体领导该书的编辑、印刷，同时聘请一批著名学者参加编辑工作。自此至1927年逝世，13年里他对编书“穷日夜之力不辍”，即使在四川和广东期间，也遥领此事。死时，《云南丛书》成书达1400卷，且大部分是木刻。

《云南丛书》保存了大量的云南地方史文献，是云南地方文化史上的一大成就，深受云南省内外，乃至国内外文化界的重视，受到好评。

赵藩有文才，一生写诗，创作了大量诗篇。《滇八家诗选》说他“存诗七十卷，不下万数千首”。现存诗词虽仅有五千余首，在中国文学史上也算“多产诗人”。他的诗词内容因其经历复杂而精华糟粕并存，既有揭露封建黑暗统治、同情人民疾苦、反帝爱国、歌颂辛亥革命的进步作品，也有宣扬封建礼教、仇视农民起义、表现地主绅士无聊生活的陈腐篇章。

赵藩书法造诣极深，宗颜真卿、钱南园，结体用笔又有自己的风格，后为清代滇中四书家之一。岑毓英赏识其才华，两人唱和不断。如今悬挂在昆明大观楼、孙髯翁所撰的“古今第一长联”就是赵藩38岁时应岑毓英所邀而书的，书法刚劲圆润，与孙髯翁的长联相得益彰。

叁

赵藩崇拜诸葛亮，也喜欢三国英雄，其诗词中有不少咏诸葛亮及其他三国人物的，表达了对他们的仰慕。赵藩景仰诸葛亮正身立德的风范，赞扬诸葛亮等在乱世中为重振社稷、统一国家而奋斗不息的精神，也借斥责曹操等乱世枭雄，愤怒地针砭当时的窃国大盗们。

赵藩早年赴京会试途中的《隆中谒武乡侯祠》一诗，反映了他对诸葛亮的倾慕：

高岗云气湿蒙蒙，卧龙犹疑此山中。

大好溪山名士宅，不轻出处帝臣风。

立谈早定三分局，异代犹尊一亩宫。

祠宇西南瞻拜遍，参天松柏共青葱。

赵藩来到诸葛亮年轻时隐居耕读处拜谒，赞叹隆中景致幽雅的“大好溪山”，由衷赞誉策划三分天下的《隆中对》。隆中是刘备三顾茅庐之处。正因为刘备的真诚感动了诸葛亮，诸葛亮遂为之驱驰、效命。未入仕途的赵藩，感慨诸葛亮的“不轻出处”，更盼望也遇到明君，为国为民建功立业。

在另一首《满江红·自书抱膝堪图》词中，赵藩对诸葛亮做了较全面的评价：

名士虚声，武乡出，使明真相。与前哲，渭滨莘野，比肩相望。八百株桑田十顷，赢余肯为儿孙饷。最平生淡泊是襟期，何超旷。

诫子语，端趣向。出师表，纾忠亮。竞重扶汉鼎，功难于创。世乱吾期全性命，运移人为生悲怅。愿相从抱膝草庐中，征微尚。

赵藩赞扬诸葛亮经国济世的才干，赞誉其丰功伟绩，对其“平生淡泊”的高尚品德景仰不已，慨叹天不助人，而使先贤出师未捷，并欲以诸葛亮为榜样。

“亮岂徒严侨岂猛，灯前搔首郁遐思。”这是赵藩《按行西北乡即事有作》中的一句，其诗作于辛亥革命中，时赵藩主持滇西政务，考虑施政执法有感而言。诸葛亮当年即因“蜀土人士专权自恣”，始“威之以法”。但史书誉诸葛亮为“识治之良才”，其治蜀绝非仅靠严刑峻法，而是大兴教化，方才使蜀汉“风化肃然”。正是从这个意义上，赵藩在“攻心”联中，主张“要深思”执法的宽严，务须审时度势而为。

附记

关于此联的“审势”，有一种声音认为，是指诸葛亮“不审势”。诸葛亮为刘备提出的“兴复汉室”目标，是一个错误，因为他在“审势”上出现了问题；当然，诸葛亮此错误与他深受儒家文化的影响有关，是一个可爱的错误。

笔者认为，从赵藩对诸葛亮的评价、敬仰，从他撰写此联的目的看，联语中的“不审势”是以诸葛亮的审势来指责岑春煊的胡乱作为，与诸葛亮“兴复汉室”的理想无关。诸葛亮“兴复汉室”理想的形成、提出、实施，到底是不是因为他“不审势”产生的错误，这涉及他的政治思想、哲学思想、家风传承、人生价值取向等多个方面，是一篇大文章，不是本文阐述的内容，所以没有对之进行辩驳，谨此说明。

◎撰稿　赵　斌　◎审读　谭良啸

主要参考资料

《三国志·蜀书》（晋·陈寿）

《武侯祠大观》（谭良啸）

《赵藩年谱》（赵静庄）

《赵藩的政治转变和文化成就》（夏光辅）

《赵藩其人及咏赞三国诗词》（李兆成）

勤王事[1]大好儿孙，三世忠贞，[2]史笔[3]犹褒陈庶子；[4]
出师表[5]惊人文字，千秋涕泪，[6]墨痕同溅岳将军。[7]

——刘咸荥

注释

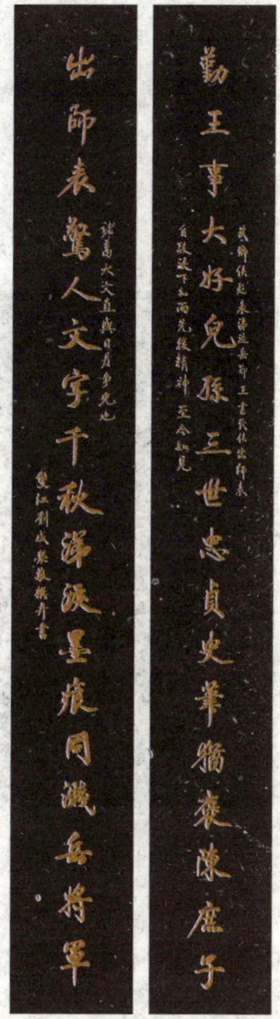

①**勤王事：**与下联《出师表》对仗，即为勤王之事。勤王：语出《左传》，指为王事尽力，出兵救援王朝。此处指为蜀汉王朝出征打仗。

②**三世忠贞：**诸葛亮及其子诸葛瞻、孙诸葛尚三代的忠贞。《三国志·诸葛亮传》记载：诸葛亮北伐时病死于五丈原，其后“长子瞻与邓艾大战，临阵死。瞻长子尚与瞻俱殁”。

③**史笔：**历史记录。出自《三国志·陈思王传》：“必效须臾之捷，以灭终身之愧，使名挂史笔，事列朝策。”此指陈寿《三国志》。

④**陈庶子：**即陈寿（233—297），巴西安汉（今四川南充）人。先在蜀国为官，后入晋，任著作郎、治书侍御史、太子中庶子，故称“陈庶子”。他身为晋朝

史官，《三国志》以魏为正统，却在书中高度评价敌对之国丞相诸葛亮。

⑤**出师表**：诸葛亮于公元227年北伐前给后主刘禅的奏章，感情真挚。后有《建兴六年上言》，称《后出师表》（此表是否为诸葛亮所著，学术界有争议），其中的“鞠躬尽瘁，死而后已”已成为千古名句。

⑥**千秋涕泪**：诸葛亮在上《出师表》时“临表涕泣”，千百年来诵读者也往往因感动而禁不住涕泣。

⑦**墨痕同溅岳将军**：据说南宋岳飞北进路过南阳武侯祠，曾应道士之请挥笔书写《出师表》，当时为表文传递出的情感触动心事，不禁热泪横流，一时墨泪交融，笔随情走。

惠陵甬道

解读

中国历史上的无数仁人志士，在不同的时期用自己的人生历程诠释了忠贞这一品质。诸葛亮及其子孙“三世忠贞”，则是诠释这一品质的典型代表。

成都武侯祠诸葛亮殿前悬挂的这副“勤王事”联，以陈寿撰写《三国志》时对诸葛亮的颂扬，以岳飞书写《出师表》时的哭泣，讴歌了诸葛亮一家三代的忠贞，表达了人们对民族传统精神忠贞品质的景仰。

壹

成都武侯祠诸葛亮殿内供奉着诸葛亮祖孙三代的塑像，三代同一堂，供后人祭拜瞻仰。

诸葛亮的忠贞，是用他的生命和热血所铸就，所以感天动地，永垂宇宙。

207年，诸葛亮受刘备“三顾”出山，在最初的十几年里没有随刘备东西征战，仅任后勤事务，“调其赋税”“足食足兵”，但他任劳任怨，尽责于职守。223年刘备“白帝托孤”之时，他以“竭股肱之力，效忠贞之节，继之以死”的掷地有声的回答，将自己的忠贞表达得淋漓尽致。在此后的12年里，他总理蜀汉军政，审势行法，广任贤才，发展生产，富国强兵，纳言正身，廉洁奉公，日理万机，尽心竭力，为实现“兴复汉室”的目标、忠于刘备的托付而至死不渝。他以超人的智慧和顽强的毅力，做出了非凡的业绩。最后因积劳成疾而病逝于五丈原军中，享年54岁。

关于诸葛亮忠贞的内涵，不单纯是君臣之职分，它包含着“士为知己者死”的气节，包含着怀义感恩的情操；诸葛亮的忠贞不仅仅是对君王的忠诚，更是对自己承诺的担当，是对自己职责的坚守。所以“鞠躬尽瘁、死而后已”的精神，成为忠贞的箴言，成为忠贞的经典，深深感动着一代又一代的志士仁人。

贰

一个人的才智品德是难以代代遗传给子孙的，所以有“富不过三代”的说法。而诸葛亮的儿孙则能继承父志父德，成为忠贞的“大好儿孙”，这是为什么呢？是他严格的家教所至，是他的言传身教所至。

诸葛亮的儿子叫诸葛瞻，孙子名诸葛尚。诸葛亮深知家风家训的重要性，因此十分注重以良好的家风、严格的家教和言传身教要求、教育儿子。尽管他军政事务繁忙，但从现存的《诸葛亮集》一书中留下的他与哥哥诸葛瑾的几封书信和两封《诫子书》、一封《诫外甥书》，仍可看到他教子的良苦用心。《诫子书》告诉儿子：“静以修身，俭以养德。非淡泊无以明志，非宁静无以致远。”以心灵的宁静使自己品德完美，因生活的俭朴使自己品德崇高；心灵无欲恬淡，才能保持志向明确坚定；心灵纯洁宁静，才能使理想远大宏伟。他告诫儿子：“夫学须静也，才须学也，非学无以广才，非志无以成学。”要求儿子立志勤学以增长才干，去浮躁以陶冶性情，要珍惜光阴，以至学有所成。文中的“淡泊明志，宁静致远”，是诸葛亮的人生感悟，是他思想行为的准则，也是他对儿子修身、治学、立德的要求。

诸葛瞻谨记父亲教诲，成年后德才兼备，17岁娶公主，任骑都尉，后又升任尚书仆射、军师将军等职。他虽身居高位，又是皇亲国戚，但从不骄横跋扈、仗势欺人，而是勤政亲民，对国事尽职尽责。263年，魏国出兵灭蜀，诸葛瞻率兵驻守涪城（今四川绵阳）抵御魏将邓艾的进攻。两军交战，蜀军失利，诸葛瞻率部退守绵竹。邓艾攻城不下，便写信引诱诸葛瞻投降说：“你如果投降，我一定奏请皇上封你为琅邪王。”诸葛瞻大怒，斩杀来使，率部与魏军决一死战，不幸战败，壮烈捐躯。其子诸葛尚也临阵战死，时年不足20岁。诸葛瞻父子忠贞之节操，承袭了诸葛亮遗风。

在距成都不远的绵竹，为颂扬诸葛瞻父子为国英勇战死的忠贞之举，后人建有双忠祠，还有他们父子的衣冠墓。双忠祠与成都武侯祠遥遥相望，是诸葛一门“三世忠贞”的历史见证，反映出民众对传统文化中忠贞的崇尚。

叁

后世对诸葛亮事迹和品格的了解，主要来自陈寿的《三国志》。三国时蜀国虽设有史官，却没有史书留下来，关于诸葛亮的事迹无官方记载，靠陈寿查阅档案，四处搜集并加以整理而成。

陈寿先在蜀国任职，蜀亡后到晋国担任著作郎，撰写《三国志》。由于晋承袭魏立国，所以《三国志》以魏国为正统，魏国君主的传记称《纪》，蜀、吴的则称《传》。陈寿的父亲原来也在蜀国为官，是马谡的参军，街亭败北后受到髡刑（古代剃去部分头发的刑罚）。因此，陈寿无论于公于私都难以为诸葛亮立下佳传，对其加以赞扬。然而事实却相反。陈寿不仅为诸葛亮破格单独立传，而且还对其大加颂扬。

在《三国志》中，人物传记都是几人合为一卷，只有人君才能一人一卷。而诸葛亮（还有陆逊）是一人一传一卷，与三个国家的帝王的地位等同。在《诸葛亮传》末的“评语”中，陈寿又高度评价说：“诸葛亮之为相也，抚百姓，示仪轨，约百官，从权制，开诚心，布公道；尽忠益时者虽仇必赏，犯法怠慢者虽亲必罚，服罪输情者虽重必释，游辞巧饰者虽轻必戮；善无微而不赏，恶无纤而不贬；庶事精练，物理其本，循名责实，虚伪不齿；终于邦域之内，咸畏而爱之，刑政虽峻而无怨者，以其用心平而劝戒明也。可谓识治之良才，管、萧之亚匹矣。”这是何等中肯、翔实的评价呀！

此外，在《诸葛亮传》中，陈寿还在不少地方充满感情地称颂诸葛亮的才德。如说“亮性长于巧思”；引诸葛亮的《自表后主》表彰诸葛亮不治余财、清正廉洁的品德。还引敌人的言行肯定诸葛亮，如司马懿慨叹诸葛亮是“天下奇才”；记述“魏征西将军钟会征蜀，至汉川，祭亮之庙，令军士不得于亮墓所左右刍牧樵采”等等。

为什么陈寿如此一往情深地崇敬诸葛亮、称颂诸葛亮？

原来，陈寿在搜集诸葛亮事迹的过程中，深深感动于百姓对诸葛亮长久不断的追思，他不禁在传记中发出感慨：“至今梁、益之民，咨述亮者，言犹在耳，虽《甘棠》之咏召公，郑人之歌子产，无以远譬也。”意思是诸葛亮死后，百姓非常想念他，直到今天，梁（古九州之一，治所在今陕西汉中）、益（古九州之一，治所在今四川成都）地区百姓赞叹思念他的话，依然随处都可以听到。

陈寿在搜集诸葛亮资料的过程中，还深深感动于诸葛亮无处不在的公忠体国之心，他说，那些“声教遗言，皆经事综物，公诚之心，形于文墨”。诸葛亮公正忠诚之心流露于那些训示教令之中，所以要尽力搜集整理出来，“有补于当世”。

“史笔犹褒陈庶子”的原因，是诸葛亮的人品、人格魅力，是诸葛亮的卓著功绩令人感佩；是“良史”陈寿的正直，令他不得不对诸葛亮的一生，对诸葛亮的才德业绩大书特书。

肆

诸葛亮《出师表》之情之忠感人至深，封建时代有“读《出师表》不哭者不忠”之说。联语中的“千秋涕泪”，正是《出师表》感动后世、影响深远的写照。《出师表》感动后人最著名的故事是岳飞书两表。他先在读《出师表》时泪流满面，之后在书写《出师表》时，更是泣不成声。武侯祠二门壁间镶嵌有《岳飞书前后〈出师表〉》石刻，石刻后的“跋语”记述了这一故事。

南宋绍兴戊午年（1138），中秋前的一天，岳飞领兵路过河南南

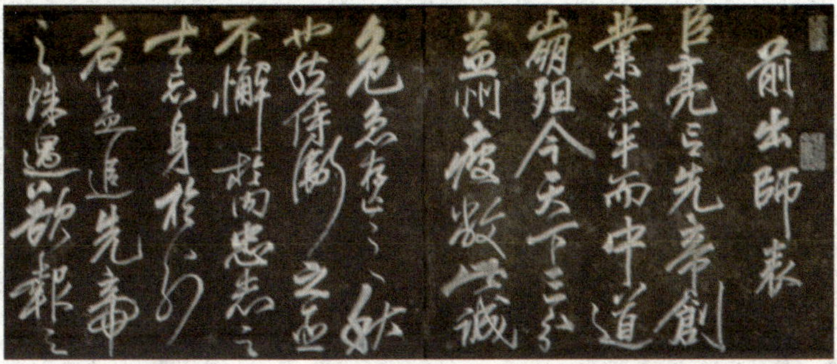

岳飞书《前出师表》（局部）

阳，到武侯祠拜谒诸葛亮，适逢下雨，便在祠内住下来。入夜闲暇，岳飞秉烛殿内，观看前代贤士留在壁间的赞颂诸葛亮的诗词和文章，以及前后出师二表，看着看着，情不自禁，泪下如雨。是夜，他思绪万千，竟无法入睡，坐着等待天亮。

次日早晨，祠内的道士来献茶请安，然后摆出文房四宝，恳请岳飞留下墨宝。于是，岳飞便飞笔走纸，把诸葛亮的前后《出师表》书写了一遍。在书写的过程中，他被表文传递出的忠贞情感所触动，情不自禁，走笔挥涕。书毕，他心中抑郁之气仿佛得到了纾解。

前后《出师表》字体兼行兼草，一气呵成，写得酣畅淋漓，综观如电掣雷奔、龙飞凤舞；细视则铁画银钩、顿挫抑扬。从字迹可以看出，开始行笔稍缓，后来笔势加快，激越奔放的情感充溢于字里行间，令人遥想岳飞跃马扬鞭驰骋疆场的英雄气概。

“二表精忠贯日月”，岳飞读《出师表》哭了，书《出师表》哭了，千百年来《出师表》不知感动了多少血性男儿，让他们热血沸腾、热泪横流。宋代文天祥《怀孔明》诗曰：“至今《出师表》，读之泪沾胸。”明代沈周《读出师表》诗曰：“两篇忠告慷慨辞，字字中间有涕洟……不朽文章千载事，后人能鉴乃能悲。”明代李晔

《五言古诗》说："拳拳《出师表》，读之涕盈襟。"谢士元《诸葛兴汉》诗写道："二表誓出师，忠诚泣神鬼。"清人杜淶《赋得"山光深小梦"》诗曰："出师二表矢忠劬……千载令人哭忠武。"这些都是后世仁人志士为诸葛亮《出师表》所感动的心声。

诸葛亮的前后《出师表》，表中"鞠躬尽瘁，死而后已"这八个字，凝聚了他对信念的追求，对事业的执着、对国事的忠贞、对恩情的回报，对承诺的担当，这种精神如日月经天，至今光彩照人。

伍

武侯祠桂荷桥石兽

对联作者刘咸荥，是蜀中大儒刘沅的孙子，他们一家祖孙世代崇敬诸葛亮。祖父刘沅因崇敬诸葛亮而主持维修武侯祠，对祠内的文臣武将塑像按忠贞的标准进行调整。武侯祠内现存的47尊塑像中，有25尊是刘沅调整重塑的。这次调整形成了今天成都武侯祠塑像的格局。其父刘桂文深受祖父诸葛武侯情怀的影响，也参与了当时武侯祠的维修。

刘咸荥从小对祖父刘沅十分尊敬与景仰，深受其尊崇诸葛亮的影响。成年后精通经史，尤长诗词书画，他常常去武侯祠祭拜诸葛亮，对其事迹了解之透、感情之深、敬佩之至，可以说难有人可比。一天，他又来到武侯祠，感受丞相祠堂肃穆的氛围。他在孔明殿久久徘徊，凝视着诸葛亮祖孙三代的塑像，一时思绪飞扬。诸葛亮积劳病逝五丈原、儿孙壮烈战死绵竹的画面定格在他面前；诸葛亮上《出师表》热泪夺眶而出的情景，岳飞读、书《出师表》泪流满面的往事呈现在他眼前，一时间他心潮起伏，于是展纸走笔，直抒胸臆，一气呵成写下这副传世楹联：

勤王事大好儿孙，三世忠贞，史笔犹褒陈庶子；

出师表惊人文字，千秋涕泪，墨痕同溅岳将军。

对联以诸葛亮及其儿孙三代在“勤王”卫国上表现出的忠贞，与史学家陈寿在撰写《诸葛亮传》时的感动，以及《出师表》传递出的怀义感恩和“鞠躬尽瘁，死而后已”的精神，乃至岳飞和无数仁人志士受到《出师表》激励而泪奔的情景，颂扬了为国尽忠和怀义感恩精神的可贵和伟大。在上联，刘咸荥题有边款曰：“武乡侯临表涕泣，岳鄂王书武侯《出师表》自跋泪下如雨，先后精神至今如见，诸葛大名直与日月争光也。”的确，诸葛亮的“鞠躬尽瘁”和岳飞的“精忠报国”精神是一脉相承的。

刘咸荥对诸葛亮忠贞的钦佩情感，上承其祖父，下延至儿孙。刘家数代的这种崇敬诸葛亮的情结，在成都武侯祠得到了充分的体现。

人物

刘咸荥（1857—1949），字豫波，成都双流人，蜀学泰斗、槐轩学派创始人刘沅之孙。清光绪二十三年（1897）拔贡，曾任内阁中书。终身从事文教工作，先后任教于成都尊经书院、四川通省师范学堂、四川高等学堂、成都大学、华西协合大学等，是著名作家李劼人的老师。他精通经史，有《静娱楼诗文集》等传世。他尤长于诗词书画，其书法遒劲飘逸，有黄庭坚书法的意趣。他与其弟弟刘咸炘、刘咸焌并称“双流三刘”。他也潜心劝善，并身体力行，办刊物，施赈济，是民国成都著名的“五老七贤”之一。

刘咸荥　蜀学大家的“武侯”情结

壹

五代书香不断，家族成员不仅精通琴棋书画，而且还辈出书法大家，成都的许多名胜古迹都有他们的书法墨迹，这个家族就是著名的蜀中双江刘氏家族。1857年，出生在这个家族里的刘咸荥，因其家风家教传承了这种文化血脉。

刘咸荥的祖父刘沅，字子唐，1793年考中举人，然而其后却三试不第。于是，他“念母老家贫，无心仕进”，遂转而专心致力于学术研究和教育后进。1813年，刘沅移居成都，在南门纯化街创办儒林第“槐轩”，讲学、治学40余年，学生、门徒数千，桃李满天下。光绪年间，其著作被集成《槐轩全书》。该书最大的特点是以儒学元典精神为根本，融道入儒，会通禅佛、体大精深，堪称鸿篇巨制，影响巨大。南怀瑾先生在《禅海蠡测》里说：“成都双流刘沅（止唐）为乾嘉时之大儒，讲道系于西蜀，世称为‘刘门’，著作丰富，立论平允，于三教均多阐发。”

刘沅晚年致力于公益，集资筹办慈善事业，曾维修武侯祠、黄忠祠墓。由此刘氏家族与诸葛亮、武侯祠结下不解之缘。刘咸荥从小深受祖父刘沅影响。正是这样一种文脉相传，让刘咸荥和他的兄弟、后人，始终延续着对诸葛亮精神的崇敬与坚守。

贰

刘沅父子维修武侯祠，而刘咸荥兄弟与子孙承袭家族的诸葛武侯情结则从祠内的匾联中得到体现。

刘咸荥在武侯祠里留下四副楹联。除了著名的“勤王事”联外，还有一副“合祖孙”联也引人瞩目。联文曰：

合祖孙父子兄弟君臣，辅翼在人纲，百代存亡争正统；

历齐楚幽燕越吴秦蜀，艰难留庙祀，一堂上下共千秋。

这副联的意思是：昭烈庙中聚合了祖孙（刘备与刘谌）、父子（关羽、张飞与其子）、兄弟（刘、关、张）、君臣（刘备与其文臣武将）等人的塑像，他们辅佐刘备，维护“三纲五常”，自古以来生死存亡都是为争正统。刘备君臣经历了齐（山东）、楚（湖北、安徽）、幽燕（河北、辽宁）、越吴（浙江、江苏）、秦（陕西）、蜀（四川）等地，转战南北，艰难立国，留下了这座祠庙。现在，他们君臣一堂，永远受人祭祀。这副悬于二门的对联短短42字，却形象地道出了刘备君臣开创帝业的艰辛。

在刘备殿里，刘咸荥还留有一副“惟此弟兄”联。联曰：

惟此弟兄真性情，血泪洒山河，志在五伦存正轨；

纵极王侯非富贵，英灵照天地，身经百战为斯民。

上联说，刘备、关羽、张飞三人结为兄弟，具有至性真情，他们浴血奋战夺取江山，立志要维护君臣父子的道德准则和礼法正轨；下联说，他们虽然分别已为王为侯，却不贪图富贵，不恤身经百战，只为造福人民，他们的英灵如日月照临天地。联文颂扬刘、关、张结义是上为正纲常、下为救黎民的高尚之举。

此外，刘咸荥的父亲刘桂文曾在黄忠祠撰书一副楹联，联文曰：

北伐数中原，溯汉中王业所基，惟公绩最；

西城留墓道，与昭烈庙堂相望，有比祠高。

弟弟刘咸炘在武侯祠撰书有“义薄云天”“诚贯金石”等匾，儿子刘东父、孙子刘奇晋也先后在武侯祠留下有墨宝。如刘备殿内一副颂扬刘备孙子刘谌的对联，系刘咸荥撰，由刘东父于1963年补书。这些匾联和墨宝体现出刘氏家族五代诸葛武侯情结的一脉相承，体现了刘氏一家对诸葛亮的敬仰；这些匾联和墨宝已成为珍贵的书法艺术品，成为武侯祠的文物。

叁

在刘咸荥出生的两年前，刘沅就辞世了，关于祖父的记忆大多都来自父亲刘桂文。不过，祖父的著作《槐轩全书》对他的影响特别大。他自幼在父亲的要求下，认真诵读祖父留下的文化瑰宝。在祖辈精神的熏陶下，并通过自身的刻苦修炼，他将传统儒学经典教化于人、美育于心，成为一代儒学大家、书法大家、教育大家。

刘咸荥生活的年代，恰逢世事更迭，各种观念四起，尤其是晚清到民国时期，一些文化精英不遗余力吸收西方文明，对传统文化持过激的否定态度。但刘氏家族一直坚守，继续弘扬和传播中华传统文化的理念，无论是劝善、书画，还是教育，他都矢志不渝地贯彻这一理念。

劝善，这在刘家是一脉相承的传统。刘咸荥的祖父十分重视通过弘扬传统文化来劝善劝学。《成都志通讯·成都街名考》说：“纯化街原名三巷子，后因刘止唐住此传道讲学，故更名为纯化街。寓有‘纯正人心、感化大众’的意思。”

刘咸荥也特别重视教育，并形成了劝善的文化特质。

61岁时，刘咸荥经过深思熟虑，决定仿照书法家翁同龢，标明润笔费卖字，从所获得的收益中取出七成捐办赈济事业，留下三成维持家用。于是，这位年过花甲的老人，几乎每天都在乐善公所里，把自己的书法志趣换作兼济天下的钱财物资，帮助那些有难的黎民百姓。正是这种对德行的坚守，让刘咸荥成为受人尊敬爱戴的“五老七贤”之一。

1931年，长江流域发大水，沿江堤防多处溃决。洪灾遍及四川、湖北、湖南、江西、安徽、江苏、浙江、河南等17个省，灾民达2800多万人。成都市各界助赈会发起募集寒衣，已经74岁高龄的刘咸荥作为四川著名乡贤，作为“五老七贤”中为数不多的健在者，他亲自撰《成都市各界募集寒衣助赈会公启》一文进行劝募，堪称仁人义举。文章文情并茂、情深义重，至今读来仍催人泪下。

著名作家李劼人在《风土什志·敬怀豫波先生》一文中说：“刘先生半生除了治学，除了以文章劝人，以书画感人外，也是不搞政治的。虽然当过几次议员，而在刘先生，却……在那里劝人为善，劝人以‘民之所好好之！民之所恶恶之！’……（刘先生）本着中国的圣贤态度，勤勤恳恳、老老实实，示人以大道。”

肆

刘咸荥自幼学习书法，逐渐到达炉火纯青的地步，形成了自己鲜明的艺术风格。此外，书法也成为他的一种生活方式。无论为殿堂庙宇书写楹联匾额，还是劝善为人作书，他的作品始终有一种遒劲飘逸，或隐或显地表现出黄庭坚书法的意趣，风致跌宕而雍雅，体现出一种达观旷逸的人生境界。

同为“五老”之一的诗人、书法家赵熙去世时，刘咸荥亲撰挽联曰：

五老只余二人，悲君又去；

九泉若逢三友，说我就来。

上联悲伤于老友的前后故去，下联又很诙谐地告诉亡者，死，无外乎是另一种生活的开始，我很快就会来和你们重逢。这样的人生态度，体现在刘咸荥笔下行走的线条、水墨那里，必然是潇洒旷达，必然显现艺术大家才具备的智慧与才情。

他的大学同僚宋诚之在《为刘豫老追悼会》文中说："犹忆前不久，豫老尚能说话，余至卧室看视，因曰：'以百年后当见如何现象？盖私心以为九十余岁老人，已不多见，其对于生死的心早有所释。'豫老答曰：'死后之情况那能晓得？惟人生总有一死，应尽便须尽，不必多虑，亦不必有所喜惧耳！'"他的另一位朋友林思进在《双流刘君豫波家传》中说："然君顾不汲汲荣进……又十余年，既倦而休，优游终老。至九十有二，神明湛然，无呻吟痛苦，非有道之士，其孰能与于斯！"他的通透、泰然的人生观，让朋友们敬重、佩服。

◎撰稿　赵　斌　◎审读　谭良啸

主要参考资料

《诸葛亮集》（三国·诸葛亮）

《三国志·蜀书》（晋·陈寿）

《历代吟赞诸葛亮诗选》（谭良啸）

《三国胜地——武侯祠》（谢辉　罗开玉等　）

公本识字耕田人，①为感殊遇②驱驰③，以三分始，
以六出终，统一古今难，效死不渝，④遗恨功名存两表；

世又陈强古冶子，⑤应笑同根煎急⑥，谁开诚心，⑦
谁广忠益，⑧安危天下系，先生已往，缅怀风义⑨拂残碑。

——王天培

注释

①**公本识字耕田人**：指诸葛亮。《三国志·诸葛亮传》称，诸葛亮年轻时在襄阳隆中游学读书，“躬耕陇亩”，度过了十年的耕读生活。

②**殊遇**：特别的待遇，多指恩宠、信任。出自《出师表》，表文说，蜀汉文臣武将“盖追先帝之殊遇，欲报之于陛下也”。

③**驱驰**：驱逐奔驰。引申为尽力效命之意。出自《出师表》，表文说，对刘备的“三顾”，诸葛亮“由是感激，遂许先帝以驱驰”。

④**效死不渝**：以死效力，始终如一。《孟子·梁惠王·下》：“效死而弗去，则是可为也。”

⑤**陈强、古冶子**：“二桃杀三士”典故中的人物。出自《晏子春秋·内

武侯祠刘备殿前

篇·谏》卷二，讲述晏婴因三士“无君臣之义”，故用计除之。春秋齐景公时，有陈强（田开疆）、古冶子、公孙接三位勇士，恃功骄傲。晏婴用计，让他们论功取食两个桃子，三人都以功大该吃而互不相让，结果均在争桃中死去。而诸葛亮《梁父吟》则曰：“一朝被谗言，二桃杀三士。”指责晏子听谗言设计杀三壮士。

⑥**同根煎急**：比喻兄弟相逼。出自《世说新语·文学》。曹丕忌恨胞弟曹植才学，命其七步中作诗，不成即行大法。于是曹植作《七步诗》讽劝。诗中有“本是同根生，相煎何太急”一句。

⑦**开诚心**：显示诚心。出自陈寿《三国志·诸葛亮传》的评语，称赞诸葛亮“开诚心，布公道”。

⑧**广忠益**：推广对国家忠诚有益之事。出自诸葛亮《与群下教》，教曰：“夫参署者，集众思广忠益也。”

⑨**风义**：节操，道义。

解读

成都武侯祠诸葛亮殿悬挂的历代名人楹联中，有一副“公本识字耕田人”的篆书长联，颇为引人注目。这副楹联的撰书者是北伐名将侗族人王天培，他于怅惘中撰写此联称颂诸葛亮，痛斥当时的军阀混战如同根相煎，借以纾遣胸中块垒，其忧国爱民之情溢于联语的字里行间。

壹

在东汉晚期，一些士人因避乱世，往往隐居山林，耕读自食。诸葛亮幼年丧父，约14岁时，与弟弟和两个姐姐随叔父诸葛玄从山东经江西来到湖北襄阳，凭借叔父与荆州牧刘表的关系安定了下来。17岁时叔父被杀，诸葛亮失去亲人和依靠，面对黑暗而混乱的社会，他仿效当时名人雅士的隐居做法，带着弟弟诸葛均（两个姐姐已出嫁）来到襄阳城西二十里的隆中寓居了下来。他边读书，边耕田，边求学拜师，边游学交友，静观天下之变。

207年，刘备为谋求发展，以实现“兴复汉室”的志向，一次、两次、三次，屈尊前去顾访，向诸葛亮请教安定天下大计。诸葛亮为其执着和诚意深深感动，于是献上《隆中对》，毅然追随刘备开始了他叱咤风云的人生。

47岁的刘备，曾任豫州刺史、徐州牧，又被曹操推荐为左将军，有“天下英雄”之称，甚得各路诸侯的尊重，然而他却三次登门去请教于诸葛亮。诸葛亮时年27岁，虽有“卧龙”之美称，却是一布衣且无所建树。刘备的这种诚意和器重深深感动了他，二十年后在《出师表》中他曾深情回忆说：“臣本布衣，躬耕于南阳，苟全性命于乱世，不求闻达于诸侯。先帝不以臣卑鄙，猥自枉曲，三顾臣于草庐之中，咨臣以当世之事，由是感激，遂许先帝以驱驰。”刘备的三顾，让怀义感恩之情伴随了诸葛亮一生。

诸葛亮出山后，出使江东，说服孙权联合抗曹，孙、刘取得赤壁大捷，“鼎足之形”雏成。之后，他辅佐刘备、刘禅两代君主，开诚布公，集思广益，察纳雅言，克己奉公，勤政廉洁，发展生产，富国强兵，七擒孟获，安定南中，然后上表，出师北伐。为报答刘备三顾的知遇之恩和托孤之情，为了实现兴复汉室的宏伟抱负，他先后五次（《三国演义》称为“六出祁山”）出兵伐魏。最后因积劳成疾，病逝于五丈原军中，时年54岁。

三国鼎立的局面直至280年才归为一统，不过很快又分裂为南北朝，直至300年后的隋唐时国家才又统一起来。

诸葛亮兴复汉室、一统天下的抱负没能实现，但他“鞠躬尽瘁，死而后已”的奋斗精神，千百年来却感动、激励着无数的仁人志士。唐代诗人杜甫在武侯祠曾写下千古绝唱《蜀相》。诗中的“三顾频烦天下计，两朝开济老臣心。出师未捷身先死，长使英雄泪满襟”两句，道出了无数英雄豪杰的哀婉叹息之声。

贰

1911年辛亥革命之后，全国各地军阀因派系、因革命与反革命、因地盘扩张处于一片混战之中。如四川军阀常常内讧，互相争权夺地，在1912年至1932年的20年间就发生军阀混战达470次之多。

王天培任黔军第二师师长时，于1923年驻军四川江津、铜梁一带。他的军队纪律良好，甚得民心，百姓为之立“生祠”。1924年12月初，刘湘以川康边务督办兼四川军务督办名义在成都举行会议。王天培应邀与会。当时他既不能返黔，又不能留川，面对南北对峙、四分五裂的中国，面对川黔滇军阀割据征伐、战乱频仍、民不聊生的局面，深感怅惘、苦闷。

因参加会议到成都，一天得空，他来到武侯祠，祭拜先贤。走到诸葛亮像前，不觉吟诵起《出师表》，吟罢却陷入沉思。诸葛亮一统天下的抱负，效死不渝的追求，执掌朝政开诚布公、集思广益的胸怀，是何等的崇高，何等的令人倾慕。当他收回神思，满目却是炮火连天、硝烟弥漫，国人相互残杀、人民逃荒要饭的画面。他不禁眉头紧锁，仰天长叹，即命副官取笔铺纸，一笔一画写下这副对联：

公本识字耕田人，为感殊遇驱驰，以三分始，以六出终，统一古今难，效死不渝，遗恨功名存两表；

世又陈强古治子，应笑同根煎急，谁开诚心，谁广忠益，安危天下系，先生已往，缅怀风义拂残碑。

书写完后，他又加跋语于对联两旁道：

武侯治蜀，千古一人。于君臣僚友外内之间，风义犹著。《记》称，人存政举，非号言法治者所能易也。民国以来，蜀中多故，抚影沧桑，恻怆今昔。乙丑战后，四川省会议来成都，瞻拜先祠，执鞭忻慕。《诗》曰：虽无老成人，尚有典型。今乃茫然四顾，有天地寂寥之感。所谓不到才智俱穷，不足以见道之变也。谨识数语，永矢生平。中华民国十有四年冬十一月，天柱王天培敬题。

这段跋语，叙述了他来川的原因以及题联时的郁闷心情。

这副对联的上联说，诸葛亮原本隐居隆中，一心读书耕田，为感激刘备“三顾”的知遇之恩而为之奔走效力；以三分天下的雏形开始，到六出祁山病逝。统一天下虽是古今的一大难事，但他鞠躬尽瘁、矢志不渝；遗憾的是未能成功，留下了记载其功业的前后《出师表》。联文赞颂诸葛亮公忠体国，为实现统一效死不渝的精神，以及诚心处世待人的高尚品德。最后以“遗恨功名存两表”，浓缩杜甫“出师未捷身先死，长使英雄泪满襟”的名句，寄托了自己深切的哀思。

下联直击时势，鞭挞那些一心只图私利，致使生灵涂炭的大小军阀。联文说，如今世上又出现了陈强、古冶子这样的人，可笑的是

武侯祠桂荷楼

他们去学曹丕，本是同根生的同胞，却因争权夺利以刀枪相逼。谁能像诸葛亮那样，“开诚心布公道”“集众思广忠益”，把天下安危系于一身？先生虽已长逝，但我仰慕他的高风亮节，前来拜读先贤的赞词，寄托无限景仰之情。

王天培在呐喊，在呼吁，学学先贤诸葛亮吧，以国事为重，以公心处世，身系天下安危；他在抨击，在痛斥，那些争权夺利的军阀们何以要同根煎急。然而他又深深地感到无奈和悲哀，放眼四望，“有天地寂寥之感”，哪里去找诸葛武侯这样忠贞为国、开诚布公的人呢？他只能撰写一副对联，通过缅怀诸葛亮，把自己的期盼和对军阀混战的愤慨倾吐出来。

这副对联，把一个正直耿介、忧国忧民的将领鲜活地呈现在了人们面前。

人物

王天培（1889—1927），原名王伦忠，字植之，号东侠，出生于贵州天柱县织云（古名执营）侗族农家。国民革命军著名将领，北伐名将之一，能诗善文，有儒将风度。他自幼聪慧，立下经武报国的志向。后参加辛亥革命，因英勇善战得到提升，1926年任北伐军第三路十军军长，战功卓著。可惜在1927年9月2日被诬陷杀害于杭州西湖，年仅39岁。

王天培　耿介善战的北伐名将

壹

王天培自幼家中贫寒，天柱县富豪龙大楷见他天资聪颖，便悉心栽培。辛亥革命前夜，王天培加入了同盟会。1911年参加武昌起义，因作战有功，被保送保定陆军军官学校深造。1914年毕业被分回贵州，历任黔军见习排长、连长、营长等职。在征战中他以身先士卒、勇敢善战驰名。1921年，参加讨袁（世凯）战争，深得孙中山赞许，受到接见；遂被任命为中央直辖黔军第二混成旅旅长。王天培表示：“中山先生真正伟大。今后我坚定宗旨，追随先生革命到底。”然后与胞弟王天锡均加入中国国民党。

1922年，他奉孙中山总理之命，率所辖部队回黔定乱，被任命为黔军第二师师长。1923年入川参战后一直未回黔。1926年夏，川军各将领提出“川人治川”，要求黔军退出四川。黔军总司令袁祖铭仍不想走，王天培则坚决主张去参加北伐。国民党中央党部陆续派陈汉瑜、吴玉章（共产党员）来渝动员黔军参加北伐，王天培接受了吴玉章的动员，决心加入革命行列。吴玉章赞誉王天培“是一位忠心耿耿、青年有为、文武全才的军长”。

同年农历五月，广州国民政府任命王天培为国民革命军第十军军长，王在湖南洪江誓师后，随即取道湖南东部，加入大革命。

贰

1926年至1927年，王天培率领国民革命军第十军转战湖北、河南、安徽，进围徐州。徐州历来为军事重镇，军阀孙传芳和张宗昌在此纠集重兵死守。但王天培仅用14天时间，就取得徐州大捷。徐州战役是北伐战役中的一次大战役，意义重大。为此，中国各地举行了隆重的庆功会，各报竞相报道，将王天培的第十军和叶挺的独立团并称为“铁军”。王天培也因此被任命为南京国民政府军事委员会委员。

第十军在王天培军长的指挥下，取兖州，下泰安，直指济南。济南之敌震动，张宗昌部军长张敬尧、曲同丰等派人向王表示：“十军打到济南，我们就反戈归附。”当时要拿下济南，已是指日可待的事了。

1927年8月初，蒋介石因敌视中国共产党比北洋军阀更甚，存心放弃北伐；加以张宗昌、孙传芳所部猛烈反扑，国民革命军北伐部队败退，全线后撤。于是，在绵延百里的津浦线上仅存第十军等少数部队在抗击十倍之敌。王天培多次向蒋介石求援均无果，第十军终因孤立无援、缺乏粮食弹药而弃徐州败走，一直退到安徽的符离集。

徐州失守，蒋介石欲以王天培为替罪羊。于是急电王天培赴南京面商军机。王天培不听部下劝阻，于8月9日到南京拜见蒋介石，但蒋以忙为由拒绝会见。8月14日，王到军事委员会晋见时，即被扣留，宣布的罪名是“经理无绪”。旋即被移禁国民革命军总司令部，是晚深夜，以专车押至杭州浙江省防军指挥部秘密处死，年仅39岁。

王天培因莫须有的罪名冤死，全国哗然，纷纷为其鸣冤叫屈。1931年8月5日，国民政府迫于种种压力，为其昭雪，闪烁其词地说其死乃“有人妒贤嫉能，谗言惑上”；承认其“蒙冤受害”，表示“悼惜良涕”；表彰其“忠勇双全，夙娴韬略，历著当勋”；追授为陆军上将衔。

北伐名将王天培虽英年冤死，但他的正直和忧国忧民之心却永远铭刻在武侯祠这副对联上。

◎撰稿　赵　斌　◎审读　谭良啸

主要参考资料

《三国志·蜀书》（晋·陈寿）

《四川通史》（第七卷）（温贤美）

两表[1]酬三顾[2]，
一对[3]足千秋。

——游俊

注释

①两表：诸葛亮的前后《出师表》。

②三顾：刘备三顾茅庐。

③一对：诸葛亮的《隆中对》。

解读

作为政治家和军事家，诸葛亮出山后戎马倥偬、南征北伐，没有留下什么文章论著，有的只是言谈、教令、书信、表奏。史学家陈寿曾编辑《诸葛亮集》，共24篇104112字。可惜这一文集已亡佚，后人无法窥其全貌。不过，诸葛亮的《隆中对》和前后《出师表》却流传了下来，这既是从政表奏，又是文学名篇，将诸葛亮一生的亮点、精彩留给了后人。

作为君臣的刘备与诸葛亮，以三顾茅庐始，以白帝城托孤终，被誉为"君臣之至公，古今之盛轨"，两人关系成为中国历史上一段千古传颂的佳话。在武侯祠刘备殿与诸葛亮殿之间的过厅，悬挂着永川人游俊题写的一副对联："两表酬三顾；一对足千秋。"高度凝练地将诸葛亮一生的亮点，将他一生感恩尽忠的精彩呈现在后人面前。

壹

《隆中对》，是诸葛亮在刘备三顾茅庐

时应请求回答的一番话。刘备见到诸葛亮时说："汉室倾颓，奸臣窃命，主上蒙尘。孤不度德量力，欲信大义于天下，而智术浅短，遂用猖獗，至于今日。然志犹未已，君谓计将安出。"刘备在天下大乱、群雄争霸之际，要挽狂澜于既倒，力图兴复汉室，请求诸葛亮拿出一个可行的规划方案。于是，诸葛亮呈上《隆中对》。

诸葛亮分析认为：当前的形势是——天下分裂，豪杰并起。面临的对手是——曹操发挥"人谋"战胜了袁绍，已经强大，"不可与争锋"；而孙权根基牢固，"可以为援而不可图"。势力发展的方向是——荆州乃用武之国，其主不能守，"此殆天所以资将军"；益州乃天府之土，"智能之士思得明君"。成就霸业的有利条件是——刘备系帝室之胄，信义著于四海，总揽英雄，思贤如渴。成就霸业的步骤是——跨有荆州、益州，保其岩阻；然后西和诸戎，南抚夷越；外接好孙权，内修政理；等待天下有变。成就霸业的战略战术是——两路出兵，荆州之军以向宛、洛，益州之众出于秦川，一举完成兴复汉室大业。

《隆中对》三百多字，言简意赅。诸葛亮从分析诸侯纷争的形势入手，讲到主要对手的优势，及应该采取的对策；然后分析刘备的优势，以及势力发展的方向和如何以己之长积聚壮大力量；最后，待时而动，两路出兵，实现成就霸业、兴复汉室的目标。

关于《隆中对》，有学者从战略决策的角度指出，是"一篇精彩的决策学文献"；有学者从策划的角度认为，是"一份中长期策划方案"；还有学者认为，《隆中对》是一份"规划方案"，是诸葛亮为刘备制订的十年、二十年或更长远发展的一个总体规划。

的确，《隆中对》是诸葛亮一次十分成功的宏大规划，有预见性，接地气，可实施，充分体现了诸葛亮的智慧和规划才能。

唐代崔道融《过隆中》诗曰："玄德苍黄起卧龙，鼎分天下一言中。"清人李贽说："草庐数言，皆如左卷。"此后刘备集团事业

孔明殿庭院

的发展，基本上是按照这一规划蓝本进行的，《隆中对》因而被誉为“千古奇策”。

贰

227年春，诸葛亮在平定南方、军资富饶后举兵北伐，临行上表后主，世称《前出师表》。表文首先指出蜀国在三国中所处的不利地位，劝勉刘禅振作奋起，听取忠谏之言；要求他行法公允、严明赏罚。接着向他推荐一批“志虑忠纯”之士，要他“亲之信之”。然后引用两汉兴衰的教训，指出“亲贤臣，远小人”对兴复汉室的重要性。最后追述自己受先主三顾和托孤的知遇之恩，表达了一定竭忠尽智尽臣职之分的决心。诵读到表文的最后，诸葛亮竟“临表涕泣”，声泪俱下。诸葛亮剀切陈述《出师表》的忠贞形象感人肺腑，深深刻印在后人的脑海中。

228年，在首次北伐街亭失利后，朝中出现了不赞成伐魏的议论，于是诸葛亮在第二次伐魏前又上表，以批驳流言，强调继续北伐的必要性，再次表达决心。此表后世称《后出师表》。

在表文中，诸葛亮分析了当时局势，说明敌人“适疲于西，又务于东，兵法乘劳，此进趋之时”；并从六个方面阐明继续北伐之必要；同时郑重表示“臣受命之日，寝不安席，食不甘味”，兢兢业业于伐魏的心志；最后他说：“臣鞠躬尽瘁，死而后已。至于成败利钝，非臣之明所能逆睹也！”诸葛亮不计成败，一心兴复汉室的顽强进取精神跃然纸上，千百年来令多少英雄垂泪，令多少志士景仰。从此，“鞠躬尽瘁，死而后已”二句成为千古名句，闪烁着中华民族传统精神的光华。

前后两表语言朴实无华，情感真挚，正气凛然，体现出诸葛亮的忧患意识和悲壮感，以及忠恳勤恪的性格作风。

叁

一个人的成功需要天赋、勤奋、机遇与平台。诸葛亮能以一代忠臣贤相扬名天下，是刘备的三顾和托孤给予了他机遇和平台，否则他只是隆中山下的一卧龙。唐人胡曾《咏史诗》说：“蜀王不自垂三顾，争得先生出草庐。”元代萨都剌也认为：“若非蜀主三顾贤，终只如龙卧南阳。”所以诸葛亮“誓将雄略酬三顾”，所以他“二表已深为国计，一心诚切报君恩”（明人朱之埏《谒武侯祠》诗）。

近代文人游俊来武侯祠祭拜诸葛亮时，在赞叹时引发感触，躬耕陇亩的诸葛亮，之所以成为名垂宇宙的诸葛亮，是他得遇明主，是他的知恩报恩。于是他题写下了这副名联：

两表酬三顾；

一对足千秋。

上联说，诸葛亮的前后《出师表》酬答了刘备三顾茅庐的企求、器重和知遇之恩。诸葛亮出师北伐体现的兴复汉室的顽强执着，前后《出师表》体现的“鞠躬尽瘁，死而后已”的精神，是对刘备三顾的完美回答。下联说，诸葛亮的《隆中对》足以流传千秋万世而不朽，是因为《隆中对》为刘备提出了合理可行的创建霸业的方案，而且取得了显著成效。

对联仅以十个字，从刘备与诸葛亮纷繁的事迹中，提出最著名、最重要、最有意义的三顾与《隆中对》，北伐与前后《出师表》来概括诸葛亮的品格和业绩，言简意赅，显示了作者游俊的撰联才华。

武侯祠船坊

人物

游俊（1884—1951），字子明，号盲禅，四川永川（今重庆市永川区）人。曾就读于永川中学堂、四川藏文学堂。1919年任永川县立中学学监，后任四川彭县（今彭州市）知事、天全县县长、江油县（今江油市）县长等职。20世纪40年代返永川从事教育。游俊喜好古文辞，善书画。画以山水见长，旁及人物花鸟，书法碑帖兼融，朴茂清雄。20世纪30年代曾在成都以卖字画为生，成都武侯祠、新都桂湖等名胜留有他的墨迹。

游俊　诗人、书画家

游俊为近代四川诗人，书画家。诗、书、画俱成创格，画以山水见长，旁及人物和花草虫鱼；书法碑帖兼容，朴茂清雄。擅对联，并编川剧。20世纪30年代中后期曾以字画为业。

壹

游俊在蜀中所留下的诗词、楹联、书法不多。除武侯祠的“两表酬三顾”联外，他曾为新都桂湖升庵祠撰书有一副长联，联语曰：

荷花香罢桂摇秋，好风月，尽勾留。酒不招李翰林，诗不和杜工部，睹一龛肖像，我激起谏诤精诚。蛮烟瘴雨砺贞操，况贬潮韩愈，转成化蜀文翁；系忠义于平湖，数百载仰言表行坊，何须问浩浩洞庭、滟滟西子。

衣带缓时人欲倦，臭皮囊，勤摆脱。官莫寻谢知县，将莫遇马威侯，叹满地疮痍，谁有个痌瘝怀抱？落日浮云装幻境，恐哭汉贾生，犹似投江屈老，拜宝光而绕塔，十三层皆禅门觉路，再休管年年芳草、夜夜啼鹃。

联文融写景、叙事、抒情于一体，追述历史，感叹时事，借以抒怀，叹个人际遇，极富艺术魅力。

有趣的是，游俊在成都所留两副对联，一短一长，都颇具代表性。短则高度概括，语言洗练而内涵丰富，短短十个字把刘备三顾茅庐、诸葛亮以《隆中对》作答的典故和诸葛亮以前后《出师表》袒露忠诚的高风亮节写得淋漓尽致；长则极尽铺排，谈古论今，浮想联翩，用188个字将桂湖的美景、杨升庵的风采、时事的变幻、内心的感慨写得波澜起伏。这一短一长的两副对联，集中而全面地展示了他的学识、文才、修养和气度；两联高超的文学才华和精湛书法艺术完美结合，可谓“珠联璧合”！

游俊的诗词也极富才情。他的一首题画诗云：

蜀中将士好私斗，可怜父老水火间。

横征暴敛欲无已，相携避走青城山。

传闻小盗阻行路，回头思登峨眉巅。

僧徒眠食自莫保，留客寺口多索钱。

五七洞天非乐土，桃源何处寻神仙？

秋风黄叶堕寒露，纷纷点点鬓毛边。

进无可进退难退，踌躇徒叹行止间。

作者直抒胸臆，诗文真实反映了四川当时的社会生活，具有很强的现实意义。

他还有一首题画诗，是给革命志士车耀先作画后题写的，诗曰：

与君旧有车笠盟，一死一生见交情。

王家山头寻常事，席地酣眠均可记。

太息唐师不负人，终为人负病然身。

努力餐兮努力餐，话到当年徒伤神。

桐叶枝繁蕉叶长，薰风凉处隐夕阳。

君跛厌步尘嚣地，我盲不看傀儡场。

只此碧天堪静坐，醉时临流枕石卧。

优游自得人为谁？耀先子明两相知。

落款为：“癸酉夏四月，旧同事车耀先即笠盟兄嘱画，挂省门以为仲翔居士疥壁，盲禅。”后有印章两方，一方朱文印“盲禅”，一方白文印“游俊子明”。

车耀先（1894—1946），四川大邑人，1929年加入中国共产党，曾任川康特委军委委员，1940年3月被捕，先后关押于贵州息烽、重庆渣滓洞监狱，1946年8月18日英勇就义。“癸酉”即1933年，从中可见车耀先与游俊曾为同事，两人相聚，车耀先请游俊作画，游俊画毕题诗一首。从“一死一生见交情”“耀先子明两相知”等句，不难看出二人感情之深。游俊这首诗不仅见证了他俩的深情厚谊，字里行间也抒发了他的忧国忧民之情。

附记

关于《后出师表》，史学界不少人认为是伪作，因为陈寿的《三国志》和《诸葛亮集》均未提及，出自裴松之注引，裴松之说：“此表《亮集》所无，出张俨《默记》。”表中赵云的死年有误，与《三国志·赵云传》的记载不符；文章情绪低沉、信心不足，不似诸葛亮口吻。

然而更多的人认为，该表非伪作，对所提疑问逐一反驳说：陈寿的《三国志》和《诸葛亮集》对史料有所取舍，遗漏的诸葛亮的文章不少；赵云的死年有可能是《三国志》误记；前后表文语气的差异是因为首次战败后的原因，从口气、用词风格看二表基本一致；在表达北伐的职责和决心上，后表的“鞠躬尽力，死而后已”与前表是一脉相承的；由于后表专注于论述批驳，涉及军事机密，因此没有公开；诸葛亮与其兄诸葛瑾常有书信往来，诸葛瑾之子诸葛恪“见家叔表”，说的就是《后出师表》，所以收入吴国张俨的《默记》中。

◎撰稿　赵　斌　◎审读　谭良啸

主要参考资料

《诸葛亮集笺论·前后<出师表>》（李伯勋）

《论析诸葛亮的规划才能与<隆中对>》（吴娲　谭良啸）

杜甫草堂

少陵草堂

万丈光芒，[1]信有文章惊海内；[2]
千年艳慕[3]，犹劳车马驻江干[4]。

——何宇度

注释

①**万丈光芒**：从唐韩愈《调张籍》“李杜文章在，光焰万丈长”化出，称赞杜甫诗歌卓绝千古。

②**信有文章惊海内**：760年，杜甫卜居成都草堂时所作《宾至》有“岂有文章惊海内，漫劳车马驻江干”句。上联易“岂”为“信”，下联以“犹”易“漫”，将诗人的自谦之语变成了作者的赞誉之辞。

③**艳慕**：爱慕，羡慕。明归有光《与吴三泉书》：“非曰虚名美誉，足以艳慕人而已也。”

④江干：江边，江岸。南朝梁范云《之零陵郡次新亭》诗："江干远树浮，天末孤烟起。"此处指浣花溪畔。

解读

壹

这是何宇度和杜甫一次穿越800多年的对话。

公元759年的冬天，杜甫为避"安史之乱"，携家眷来到成都。第二年春，在友人的帮助下，杜甫在成都浣花溪畔修建茅屋居住。蜀地温润的鸟语花香，熨帖了诗人饱经忧患的心灵，他开始了在成都三年零九个月诗意的栖居生活。

茅屋建好不久，一位仰慕杜甫诗名的达官贵人来拜访他，夸奖他的文章天下闻名，让世人震惊。杜甫写了《宾至》一诗来描述当时的心情：

幽栖地僻经过少，老病人扶再拜难。
岂有文章惊海内，漫劳车马驻江干。
竟日淹留佳客坐，百年粗粝腐儒餐。
不嫌野外无供给，乘兴还来看药栏。

其中"岂有文章惊海内，漫劳车马驻江干"一句，意思是说"我哪有名动天下的文章啊，怎敢随便劳动贵客的大驾前来浣花溪边相访呢？"

岁月犹如白驹过隙，800多年过去了。时至明万历三十年（1602），刚完成草堂修葺的华阳县令何宇度，再度伫立草堂，遥想先生生前的际遇，感慨万千。

何宇度和杜甫展开了时隔842年的对话。

杜甫当年说自己"岂有文章惊海内，漫劳车马驻江干"，郁闷中同时透露出诗人的风骨。

经过842年的时间沉淀，何宇度心潮澎湃地站在杜甫写作《宾至》的地方，朗声告诉这位生前历经磨难知音不多的失意老人：

万丈光芒，信有文章惊海内；

千年艳慕，犹劳车马驻江干。

他告慰命运多舛的诗人：先生的大作光芒万丈，确实名震了海内。千百年之后的人们，仍非常钦慕先生的文章道德。他们不辞辛劳，纷纷前来瞻仰您留下的这块文学史上的圣地，以至于您旧居门前的浣花溪畔一直车水马龙。

何宇度首先借用韩愈的诗句称颂杜甫，然后巧妙地改动了杜甫诗中的两个字，将杜甫的自谦之辞变成了何宇度发自肺腑的赞誉。

在今人看来，杜甫被尊为“诗圣”，他的诗被后世尊称为“诗史”。他在这首《宾至》中的“自谦”，未免给人造成有些“矫情”的错觉。但深入了解杜甫的人生历程，我们不难发现，杜甫一生穷困潦倒、颠沛流离，不仅未能实现远大的政治抱负，在有生之年，其诗歌也并不为时人所重视，并没有像圣人一样享受着文学史上的崇高礼遇。他在诗中所言，与其说是自谦，不如说是诗人不卑不亢，直抒胸臆。

草堂茅屋

杜甫开始被世人推崇，是他在贫病交加去世几十年后。而从生前的“非著名诗人”，到居于唯一被称为“诗圣”的至尊地位，更走过了几个世纪的漫长历程。

贰

说杜甫生前是“非著名诗人”是有依据的。

青年杜甫曾云游山水，跟李白、孟浩然、岑参、高适、王维等盛唐的一批大诗人都有过交往，呼鹰逐兽、打猎取乐、登高怀古、饮酒赋诗，还和李白结下了深厚的友谊，但在这些诗人的作品中，却找不到一句对杜诗直接的崇高赞誉之语。

还有一个例子可以说明杜甫生前在诗坛的地位。在流传至今的十种唐人选的唐诗里，九种选本都没有选录一首杜诗。选了六首杜甫诗歌的，只有晚唐韦庄的《又玄集》，而韦庄和他兄弟韦蔼合作编著《又玄集》是在899年，此时距离杜甫离世已经129年。当然，这不是杜甫第一次入选唐人的诗歌选本。他首次受到选家的青睐，是在856年。他的诗入选了今已不存的《唐诗类选》。但此时，杜甫也已经与世长辞86年了。

由此可见，杜甫生前虽然不算默默无闻，但他在诗坛的地位远逊于李白、王维等人，他一流大诗人的地位当时远远没有被认可。

难怪57岁的杜甫在《南征》中不胜唏嘘：“百年歌自苦，未见有知音！”

第二年，诗人就在湘江上的一叶扁舟中寂寞地去世了。一贫如洗的杜家，无力归葬，43年后其孙才将其迁葬回老家河南。

叁

为什么杜甫的诗名没有在当世广为传扬？20世纪30年代女作家苏雪林在《唐诗概论》中，从时代的审美思潮角度做了很好的解释。她认为，杜甫的“沉郁顿挫”诗风，与盛唐人的理想主义、浪漫情怀大相径庭。虽然在后人看来杜甫的创新已经攀登上了现实主义的高峰，但当时沉浸在“俱怀逸兴壮思飞”的盛唐人，还难以接受杜甫忧郁愁苦的形象。

直到杜甫去世40多年后，才开始听到对杜甫的尊崇与赞颂。除了元稹在撰写杜甫墓志铭里对他的赞美之外，白居易和韩愈也分别写诗力推杜甫。韩愈在《调张籍》一诗里，第一次将杜甫和李白并列。

及至晚唐，李、杜齐名已成为诗坛的共识，杜甫和杜诗开始得到各种桂冠。晚唐的孟棨，第一个将“诗史”的荣誉送给了杜诗。此说得到后人广泛认可。

进入宋代，杜甫受到了空前尊崇。整个宋代国势衰微，而南宋更是半壁江山沦丧。振兴国事、匡扶中原，成为宋人最强烈的现实追求，而忧国忧民、心怀天下的杜诗，也就自然地得到了承受着积贫积弱、国破家亡巨大悲哀的宋人的普遍热爱与崇尚。王安石、苏轼、陆游、文天祥等著名诗人，都自觉地接受了杜诗和杜甫精神的洗礼。这时，人们已开始把杜甫跟圣人联系起来了。最早开始提出这个观点的

杜甫草堂诗史堂

是词人秦观。他把杜甫跟孔子放在一起比较，在他看来，杜诗和孔圣人的学说一样都是“集大成”者。从宋代开始，越来越多的人将杜甫视为诗国圣人，但杜甫正式被后人授予“诗圣”的荣誉，还要等到明代。

尽管学界对在明代何时何人开始将“诗圣”作为杜甫的专称，目前还有争论，但当1602年何宇度和杜甫在成都杜甫草堂展开跨越岁月的对话时，“诗圣”杜甫的概念至少正在接近完成最后的定型。随着时间的推移、时代的更替，杜诗获得了人们越来越深的认识、越来越高的评价。杜甫完美的人格、淳厚的伦理风范、精深的诗歌造诣，让何宇度同时代的人推崇备至。“犹劳车马驻江干”，即是人们纷至沓来表达对诗人崇高敬意的真实写照。对于文学家及其作品来说，时间是最公正、最具权威的评判者。杜甫生前缺乏知音，郁郁不得志，身后的声誉却与日俱增，如沙中之金，愈经磨洗愈能绽放灿烂的光芒。面对他刚刚组织维修过的草堂，何宇度感慨：“子美有灵，当亦称快。”（《益部谈资》）于是他欣然命笔创作了这副楹联，以此告慰诗圣的在天之灵。

人物

何宇度（生卒年月不详），明万历时人。湖北安陆人，曾任夔州（今重庆奉节）通判、华阳县（今成都市）县令。曾主持维修成都杜甫草堂。著有《益部谈资》，该书分上中下三卷，内容“皆蜀故实、山川、人物之胜，了然指掌，应接不暇，而时吐致语，靡靡可听”。《四库全书总目》认为此书“实亦地志支流也”，被收入《四库全书》史部地理类。

何宇度　400年前为杜甫刻像的县官

765年，杜甫离开成都，顺江东下。766年春，到达夔州。

836年后，何宇度从夔州出发，溯江西上，来到成都就任华阳县令。

“成都城外皆平壤，竹树蓊蔚，田地膏腴，江河诸流，交流贯络。昔称天府沃野，信非虚语。”这是成都留给外来的何宇度的第一印象。

这位湖北人很快喜欢上了成都。成都的郁郁葱葱，让这位县令每每诗兴飞逸。他在《益部谈资》中描述说：“桤木笼竹，惟成都最多。江干村畔，蓊蔚可爱。每见，必诵杜甫碍月吟风之句。”他更艳羡这里的人文环境：“蜀之文人才士，每出皆表仪一代，领袖百家。”

如果何宇度仅仅停留在对成都惬意生活的喜爱上，他就和历朝历代的县官一样，泯然于历史长河了。作为县官，何宇度的其他政绩，早已被风吹雨打去，湮没无闻了，但他在成都文化上做过的几件事，让400多年后的成都人依然铭记他。尽管这个县令是不是刊刻了著名的《华阳国志》，学界还没有定论，但他在四川为官期间在文化上做的另外两件事，则凿凿可据，历来毫无争议。仅仅凭这两件事，也足以让何宇度从芸芸县令中脱颖而出，卓尔不群。

这两件事之一，就是他撰写了前面提到的《益部谈资》。“是书所纪，皆四川山川物产及古今轶事。”《四库全书总目提要》评价该书：“是书掇拾搜罗，尚未能一一赅备，然诠择不苟，去取颇严。其后曹学佺作《蜀中广记》，征引较博，不免稍涉泛滥，转不若此本之雅洁。在明人杂说之中，尚可称简而有要者。”历经400年的大浪淘沙，迄今，该书仍然是研究四川历史的重要参考书。

何宇度在成都文化上做的另一件重要的事情，是在1602年主持对杜甫草堂进行了维修。

何宇度一生崇拜杜甫。在来成都的前一年，这个湖北人在夔州通判的任上就四处寻访杜甫流寓夔州时的遗迹，找到后欣然勒石刻碑——“唐工部子美游寓处”。何宇度来到成都后，自然更要去浣花溪畔凭吊诗圣的成都故居了。何宇度走进草堂时，距离四川巡抚钟蕃、巡按姚祥公元1500年的大修草堂，已经一个世纪过去了。他见到的草堂“栋宇尚未倾圮，盖监司郡邑常宴会处”。举目驰望，清溪碧水，绿野如茵。祠后堂匾上，由陈方伯书写的鎏金大字——“万里桥西一草堂”，赫然在目。虽然如此，怀着对千古诗圣的崇敬，何宇度仍对草堂“稍为之修葺”。在这次修葺中，何宇度做了重要的一件事——“镌公遗像及唐本传于石”，这一杜甫石刻像，历经400年的风霜雪雨，至今依然完好，成为国家一级文物。这个如今草堂博物馆里最早的石刻像上面，杜甫体形丰满、气度雍容，与草堂所藏元人绘《子美戴笠画像》风格、造型类似。何宇度在碑之跋语中云：“先司寇公故藏有公遗像一纸，质之世传圣贤图谱罔异，予因取而勒诸石……树之祠中。”可揣测何宇度家藏之杜像当与今草堂馆藏元人画像略同。何宇度将杜甫描画得比较丰腴，也许是认为唐人的审美观都崇尚丰腴吧！也有人推测，何宇度大概是感觉到先生生前不幸太甚，为使后来景仰瞻拜者不致过于为其悲痛而有意为之。

何宇度还打造了草堂的周边环境。草堂紧邻的百花潭（当时被称为“百花潭”的地方在草堂南侧，非今日之百花潭）上旧有洲上亭、跨水桥亭，何宇度根据杜诗，分别将它们易名为“浮槎亭”“沧浪亭”，还在那里增植了竹、松、杉等树木，使草堂周遭的风光更为秀丽。

做完这些事，何宇度还想为杜甫做些什么。于是，他提笔为刚修葺过的草堂一连创作了三副楹联。他在《益部谈资》中自谦这三副联语：“不知堪博此公捧腹否？”这三副联语，如今分别悬挂在草堂的柴门、花径和草堂大门上。

前面我们分享的“万丈光芒”联即悬挂在柴门。该联为中央文史馆首任馆员陈云诰（1877—1965）于1963年9月补书，笔法朴拙厚重，浑然天成。该联也是陈云诰的书法代表作之一。

在草堂花径处悬挂的何宇度撰的联是：

背郭堂成，锦里溪山千古在；

缘江路熟，青郊竹树四时新。

此联和何宇度在柴门的联一样，也脱胎于杜诗。此联的上下联的起句皆来源于杜甫的《堂成》：“背郭堂成荫白茅，缘江路熟俯青郊。”此联大抵说，杜甫的草堂和成都的山水一样千载仍存，而周遭的景物虽然四季常新，但走向草堂的依然是杜甫当年非常熟悉的道路。惜原刻已佚，1963年8月，曾在成都居住过的书法大师沈尹默补书了该联。其清隽秀朗的楷书与联语珠联璧合、相得益彰。

何宇度在草堂还有一联：

万里桥西，草堂佳句如新，宛见卜居之兴；

百花潭上，水槛苍波依旧，长留怀古之思。

该联如今悬挂在杜甫草堂博物馆的大门。该联和其他两联类似，“皆用公诗而概括之”（《益部谈资》）。该联也化用了杜甫《狂夫》中的首句“万里桥西一草堂，百花潭水即沧浪”。此联的大意为：在万里桥西的草堂里创作出不朽诗篇的杜甫，仿佛看见了当年他选择居住的地方已经旧貌换新颜；像百花潭上沧浪千百年

依旧不变一样，人们对杜甫的怀念也永远不会消逝。

因为有了这三副传诵到如今的楹联，何宇度终于完成了从一个基层官员到有传世作品的作家的华丽转身。

◎撰稿　吴　刚　陈蕙茹　◎审读　袁庭栋

主要参考资料

《杜甫传》（冯至）

《华阳国志校补图注·前言》（任乃强）

《杜甫诗圣之谜》（康震）

《杜甫草堂匾联》（周维扬　丁浩）

锦水春风①公②占却③；
草堂人日④我归来⑤。

——何绍基

注释

①锦水春风：锦水指成都的锦江。唐杜甫《登楼》诗：“锦江春色来天地，玉垒浮云变古今。”古代成都织锦业发达，自汉以来，蜀锦即驰名全国。相传古代织工在锦江中濯锦，色彩分外鲜明，故称“濯锦江”“锦江”“锦水”。《蜀都赋》李善注引谯周《益州志》：“成都织锦既成，濯于江水，其文分明，胜于初成；他水濯之，不如江水也。”联中实指锦江上游浣花溪一带。春风：春天的风。宋玉《登徒子好色赋》：“寤春风兮发鲜荣，絜斋俟兮惠音声。”锦水春风，谓浣花溪畔的优美风物。

②公：敬辞，旧时对男性长者或老人的尊称。汉代司马迁《史记·项

羽本纪》："公其怒，不敢献。公为我献之。"联中指杜甫。

③**占却**：占有，拥有。上联隐含的意思要从字面外进一步理解：浣花溪畔春光明媚、风光旖旎，结庐溪畔的杜甫将这里的美丽吟咏殆遍。杜甫草堂和浣花溪相映生辉，更增添了这里的异彩。

④**人日**：农历正月初七为"人日"。唐代李大师、李延寿《北史·魏收传》载："正月一日为鸡，二日为狗，三日为猪，四日为羊，五日为牛，六日为马，七日为人……"

⑤**我归来**：作者于咸丰二年（1852）接任四川学政，咸丰四年（1854）正月初七由果州（今四川南充）回到成都谒杜甫草堂。"我归来"也隐含了作者立志继承杜诗传统之意。

解读

何绍基的这副名联是杜甫草堂的镇馆之宝之一，也正因此联，形成了成都人"人日游草堂"的习俗。祭诗圣、咏梅花，文人雅集，千古时尚。所谓不着一字，尽得风流，要想领会这副楹联此间深意，就让我们把目光投向历史深处吧……

壹

公元761年的春天又如约而至了，这一天是正月初七，传统的"人日节"，人们竞相出游登高，祈祥祝安。虽然安史叛军在中原还很猖獗，但远离战事的蜀中，人们还可暂享春光。蜀州（今成都崇州市）刺史高适的心情却不平静，家国多难，干戈未息，以自己的文韬武略，本应参与朝廷大政，建树功业，可现今却困守西南一隅，无所作为，实在是问心有愧呀！一种从未有过的、强烈的情绪涌上心头，此时此刻，高适多么想念故乡，想念旧友。万千衷肠，胸中块垒，化作了笔底波澜，这就是他暮年诗作中最动人的一篇——《人日寄杜二拾遗》：

人日题诗寄草堂，遥怜故人思故乡。

柳条弄色不忍见，梅花满枝空断肠！

身在南蕃无所预，心怀百忧复千虑。

今年人日空相忆，明年人日知何处？

一卧东山三十春，岂知书剑老风尘。

龙钟还忝二千石，愧尔东西南北人！

杜二拾遗，正是高适的老友杜甫，高适长杜甫十岁，人生失意的两人，惺惺相惜。早在开元（713—741）末年，他们就成了意气相投的朋友，饮酒游猎，怀古赋诗，啸云吟月，胸怀丘壑。安史乱起，高适在玄宗、肃宗面前参与重要谋略，被赏识后，得以升迁。759年，高适入蜀为官，任职彭州刺史。这一年十二月，高适听说杜甫和家人流落到了成都，立即伸出了友谊之手，从彭州寄去书信，嘘寒问暖之余，还给杜甫一家捎去了食物，抚平了老友一路兵荒马乱的凄惶。760年，高适改任蜀州刺史，思友心切的杜甫特意从成都赶去看望他。这时，高适刚满六十，杜甫也将近五十，他乡遇故知，可谓人生快事。两人抱琴引酌，高谈阔论，兴尽乃返。短暂的相聚，长久的分离，二人约定以诗歌传书，聊慰游子悲吟、羁旅伤感。

所以，郁郁寡欢的高适，最好的知音，就是老友杜甫。他在诗中，恣意地诉说着离情、乡愁、怀才不遇，诉说着宦途、家国、世事无常。他把个人遭际与国家命运紧密结合起来，发自肺腑，天真直率。

贰

走得最急的，都是最美好的时光。764年，高适官拜刑部侍郎、散骑常侍，离开蜀中，回到长安。两人山高水长，不复相见。“今年人日空相忆，明年人日知何处？”一语成谶。永泰元年（765）正月，65岁的高适终于长安。

也是在这一年，53岁的杜甫离开了暂时的避难之地成都，纵使“烈士暮年，壮心不已”，无奈生不逢时，壮志未酬。大历五年（770）正月二十一，漂泊在湖南的杜甫偶然翻看文书，又重新读到了当年高适这首情真意切的《人日寄杜二拾遗》。睹物伤情，感事怀人，不禁潸然泪下。距离高适写这首诗，已快十年，而高适离世，也已五年。此时的杜甫已58岁，左耳聋了，“亲朋无一字，老病有孤舟”。从761年，也就是杜甫快50岁时开始，几乎每年都有老朋友离开他。乱云飞渡的天空下，王维、李白、高适的背影渐行渐远。故交零落，这对报国无门，同时还遭受着贫穷与疾病双重折磨的杜甫来说，无疑是很大的打击。在深切的思念和感伤中，杜甫提笔写下了《追酬故高蜀州人日见寄》：

自蒙蜀州人日作，不意清诗久零落。
今晨散帙眼忽开，迸泪幽吟事如昨。
呜呼壮士多慷慨，合沓高名动寥廓。
叹我凄凄求友篇，感君郁郁匡时略。
锦里春光空烂熳，瑶墀侍臣已冥寞。
潇湘水国傍鼋鼍，鄠杜秋天失雕鹗。
东西南北更谁论？白首扁舟病独存。
遥拱北辰缠寇盗，欲倾东海洗乾坤。
边塞西羌最充斥，衣冠南渡多崩奔。
鼓瑟至今悲帝子，曳裾何处觅王门。
文章曹植波澜阔，服食刘安德业尊。
长笛邻家乱愁思，昭州词翰与招魂！

隔着苍茫的时空，这首怀念高适的血泪之作，是生者与死者的对话，也是一曲诗人一生忧国忧民的慷慨悲歌。也是在这首诗的序里，杜甫写下了当时读到《人日寄杜二拾遗》的感受，竟是“泪洒行间，读终篇末”。诗人的心，多么纯真、深刻。

“人日”游草堂

数月之后，寂寞的杜甫客死他乡，死在了北去岳阳的湘水之上，也死在了送他离开四川的那条旧船上。他未曾预料，他和高适“人日”唱和的诗章，遂成千古绝唱铭刻在后人心中；他更不曾想到，11个世纪之后，每年大年初七“人日”，到草堂吟诗唱和，凭吊作为诗圣的他，成为成都的民俗。

叁

漫长的一千年过去了，世事白云苍狗，唯草堂的月色依旧如水，流淌过每一位仰慕者的心间。时至1854年，生前饱受冷落的杜甫早已获诗圣尊荣，凭吊草堂的文人墨客络绎不绝。而且这一年，距离四川总督常明、布政使方积在1811年发起的草堂历史上最为著名的重修，不到半个世纪。草堂竹篁万竿，水碧如玉，亭榭池台，春色无边，还有专款专人管理，一派兴盛景象。

这年春节，也是湖南人何绍基从北京来到四川担任学政的第二个春节。春节期间，这位到任后对四川教育大胆改革、励精图治的文化官员，远赴果州巡视了考试的有关事宜，然后，匆匆赶往省城成都。在成都他有一个未了的夙愿，这个夙愿有关杜甫。

具有浓厚儒士情结的何绍基，和切身躬行儒道、忧国忧民的杜甫心迹相同，对这位先贤，何绍基从来充满敬意。何绍基也是一位诗人，而且是当时风起云涌的“宋诗派”主将。“宋诗派”取法宋代的苏轼、黄庭坚。《清史稿》即评何绍基“诗类黄庭坚”，而黄庭坚又深受杜甫的影响。在“宋诗派”诗人心目中，杜甫自然是他们尊崇的鼻祖了。何绍基从小熟读杜诗，28岁时他曾别出心裁全部引用杜甫的诗句，组成了自己的12首五言诗，足见其对杜诗的研习之深。因为仰慕杜甫，他甚至把自己在湖南老家道县建的书房称为“东洲草堂”，他的文集也多以“东洲草堂”命名。虽然崇敬杜甫，何绍基却不敢为一年多来已经去过多次的草堂赋诗。他自忖，在杜甫这棵参天大树面前，自己这棵小草是不敢在诗上和他较高低的，但，总要找一种形式来向杜公致敬吧？那就用楹联吧！何绍基暗暗决定。

从果州返回成都的途中，何绍基开始构思这副楹联。这时，杜公一篇篇超越时空的动人诗章，又在何绍基心中不断浮现。好似冥冥中心照神交，一副佳联涌上何绍基的心头。面对几经推敲、细细揣摩最终构思完成的楹联，何绍基越发欣喜：终于可以将此联作为一份礼物，献给自己的精神偶像杜公了，同时也可了却四川学界希望自己为草堂留下墨迹的愿望。

楹联酝酿成熟，何绍基愈发归心似箭，大年初六即抵达了成都。本该直奔草堂而去，但对高、杜“人日唱和”的典故了然于胸的何绍基，更愿意在一千多年后的同一个日子，以这副楹联加入杜甫高适的“人日唱和”，告慰杜公的在天之灵——杜公的知音和追随者千年以来络绎不绝。于是，他当天没有返回位于学道街的官邸，而是留宿郊外龙泉驿。等到大年初七，人日的第一缕晨光破晓，何绍基走进了草堂，向众人展示了他饱含感情精心撰写的楹联——“锦水春风公占却；草堂人日我归来”，引得众人一片惊叹，纷纷叫绝。

肆

这副楹联上联的大意是，杜甫寓居成都时创作出许多名篇佳句，将这里的美好风物吟咏殆遍；下联写作者于人日前来草堂瞻拜杜公遗迹。联中暗用高杜人日唱和的典故，“归来”二字，含蓄地道出了作者参与杜、高唱和，是杜甫继承者的深意。该联不仅构思巧妙、寓意深邃，而且还是一件书法精品。何绍基当时已是闻名遐迩的大书法家。他书写的这副行书楹联，采用他独创的回腕法，保持了中锋入纸，又略带战掣，避免了一味平直光润，回转自然带有篆意，又很拙朴有力，免于流滑，奇崛生动，让联语和书艺相映生辉。此联至今高悬于工部祠，不仅是杜甫草堂现今仅存的作者自书联，也是悬挂历史最久远的木刻楹联。

本来成都祭拜草堂的活动早在宋代就有，但何绍基此联一出，文人墨客竞相效仿，每年“人日”云集草堂，挥毫吟唱，凭吊诗人，引发了成都沿袭至今的“人日”游草堂习俗，而这习俗到了21世纪，已然发展成为蔚为大观的诗圣文化节了。峨冠博带、白衣胜雪的年代虽已远去，诗友唱酬、风云际会的风景却绵延至今。

一代斯文，生生不息；杜公有灵，含笑九泉。

人物

何绍基（1799—1873），晚清著名诗人、画家、书法家、学者。字子贞，号东洲，别号东洲居士，晚号蝯叟。湖南道州（今道县）人。1836年考取进士，授翰林院编修。历任文渊阁校理、武英殿协修、国史馆提调等职，1852年任四川学政，1855年因言事被免。后相继在山东泺源书院、湖南长沙城南书院教书。晚年主持苏州、扬州书局，校刊《十三经注疏》。通经史，精小学金石碑版，据《大戴记》考证《礼经》。以书法著称于世，初学颜真卿，又融汉魏，卓然自成一家，尤长草书。著有《东洲草堂金石跋》《东洲草堂诗文钞》《惜道味斋经说》《说文段注校正》等。

何绍基　成都三年的政治人生

壹

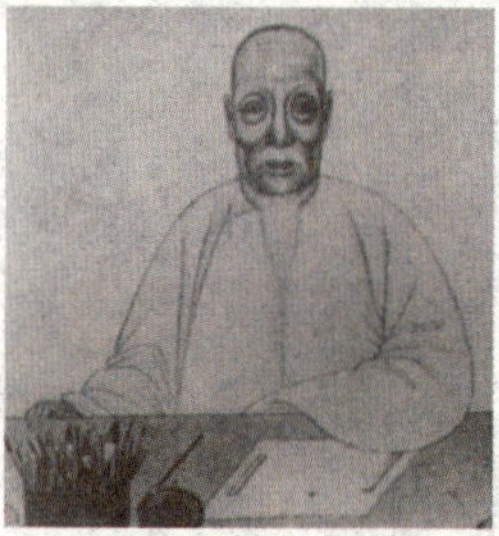

何绍基是以强硬的改革者形象出现在四川政坛的。

咸丰二年（1852）十一月二十日，新任四川学政何绍基，经过两个多月的跋涉，风尘仆仆从北京驰抵成都。二十二日，雄心勃勃的他，即到学道街的官署走马上任。随即，向全川发表了一个信号明确、措辞强硬的到任通告：“本院职在斯文，主持风教，求贤若渴，疾恶如仇，执法从事，非得已也。”

54岁的何绍基此时能够出现在四川政坛，是咸丰希冀改革、大胆选拔人才的结果。他此次担任四川学政，并没有按惯例经过考试，系咸丰破格录用。

1850年咸丰即位后，面对列强的虎视眈眈和官场的昏庸腐败，明诏求贤，要求中外大臣荐举人才，以备破格录用，希望以此革故鼎新，开创局面。咸丰二年（1852）七月，由于侍郎张芾的荐举，咸丰在圆明园召见了何绍基。此次召见，何绍基给咸丰留下了不错的印象。八月六日，即宣布何绍基任职四川学政。随后，咸丰又在乾清宫召见何绍基。三年后，何绍基回忆这次见面依然记忆犹新："询问家世外，于诸经注疏、正史纲鉴、宋五子书及说文、篆、分之学，并原籍道州被贼、湖湘防堵情形，由京至蜀沿途关河道路，温语咨诹，靡不曲至。跪聆占对，晷移六刻始出。"

此前，何绍基的仕途颇为不顺。虽然出身书香门第，早年即以诗才闻名，科举考试却屡试不中，37岁才成举人。38岁参加殿试时，廷对策论被长文襄、阮文达两相国所激赏，本已内定为状元，却遭人暗算，以莫名的"语疵"为由，贬落为二甲第八名，仅为进士，授翰林院编修。

进入官场后，何绍基历任文渊阁校理、武英殿协修、国史馆提调等职。虽然饱读诗书，才华卓越，但秉性刚正，个性狷介，不容于官场。1846年他在国史馆任提调时，坚持要改革旧制，为三品以下的名

草堂里的少陵碑亭

臣作传，被编撰国史的总裁穆彰阿断然拒绝。尽管穆彰阿深受道光皇帝恩幸，权倾一时，而且穆彰阿还是何绍基的老师，但何绍基宦海多年并没有学会官场的圆滑，他愤而辞去了提调之职。正是何绍基这种不仰鼻息、不徇私情、宁折不弯的个性，让他与官场格格不入，长期"翰林七品官不进"。

咸丰圆明园的召见，终于改变了何绍基命运的轨迹，让他获得了施展才华的舞台。和他景仰的先贤杜甫一样，何绍基自幼也深受儒家思想浸润，始终怀抱儒家匡国济时的理想。他多次在诗中袒露心迹："冀挽俗颓唐""时事艰难共努力""耻作书生纸上谈"。对于这次获得的施展才干实现抱负的机会，何绍基自然倍感珍惜："庶几矢勤矢慎，冀文章器识之弥醇；治己治人，合励士禔躬而交勉。"希望以出色政绩报答咸丰的知遇之恩。

到成都上任伊始，踌躇满志的何绍基就开始了他大刀阔斧的改革整顿。

贰

何绍基改革的第一把刀就砍向了自己的衙门。

他首先从自己做起，将自己办公地方的桌围、椅披、地毯等皆撤去。"吏役不准滥用顶戴，仆辈不得服绸缎及外套"，出门只要一个仆人跟随，而且轿前不得有马。轻车简从，力戒浮华，何绍基给四川政坛带来了一股简朴的新风。

当时学政署人浮于事，他上任后立马裁减冗员。他搞了一次测试，让署里的公务人员草拟公文，让后勤人员默写《四书》，考察他们的能力，然后"复察其人，明白安静者，各挑出十一二名在署当差，余皆汰除"。裁掉平庸者后，何绍基又为学政署八方延揽人才。后来在成都文化上建树颇多的顾复初，就是他此时从江苏引进的幕僚。

整肃好衙门，何绍基即挥刀砍向了积弊丛生的四川科举考场。

当时四川考场混乱，考纪松弛，“枪手”频现。何绍基很快洞察到这乱象背后的原因：地方官员养尊处优，沉迷于官场应酬，疏于考试管理，纷纷将“提调”考试之事委托给他人。对此何绍基断然出手，明确要求各地知府必须亲任“提调”，凡代办者“明定处分”。而对于考试中的“枪手”，他则提出“重杖严枷，随棚示众”，拒绝执行的，则“照律概予军流”。明确责任，严刑峻法，四川考场的作弊之风，“渐就肃清”。

何绍基是儒士中的经世派，一贯倡导经世致用的精神。通过考生试卷，他敏锐地察觉到了当时考场外四川莘莘学子的学风问题。他感叹：“近来读书人习气专尚词华，讲求经史性理根柢者极少。”他决定扭转这一现象，对诸生“皆谆谆训以体用兼赅，学识相辅，期其尚友古人，志济民物”。学风的改变，意味着用人标准的改革。当时学政的主要职责是“衡文课士”，负有教育和选拔士子的双重任务。何绍基将提拔甄录的标准定为“通经以致用”“品行端淳才识超迈者”，青睐务实担当的人选。两年后他上禀咸丰，称自己“力除弊窦，务求真才”之举，“渐有端绪”。

毕竟是书生，对有知遇之恩的咸丰的吩咐，“访察地方一切情形俱奏”，意气风发的何绍基视为“尚方宝剑”，始终不渝地恪守。不知不觉间，冲撞起根深蒂固的官场规则来了。

学政按惯例“不理词讼”，但“控告纷纷”，让仁者情怀的何绍基难以熟视无睹。“迂性难夸决狱才，铃辕赴诉动矜哀”，何绍基也就对惯例不管不顾了，挺身而出昭雪申冤。心底柔软的何绍基面对弱者遭受的冤屈，甚至忍不住泪洒判书。何绍基的公正严明，迅速让他人气陡升，蒙冤者纷至沓来。后来他回忆说，只要他一出官邸，就有拦车喊冤者，甚至半夜归家，也能看见守在官邸外向他鸣冤叫屈的人。在四川学政任上，刚正不阿的何绍基“平反命案枉死者十七

草堂梅园

人”，把贪赃枉法、恣意妄为的七个判官绳之以法。“阖阎快之，咸以为开天眼”，但他也由此得罪了权势。

何绍基的政治危机由此潜滋暗长，官僚们不断寻求报复何绍基的机会。后来发生了西昌安安氏和儿子安平康的世袭纠纷案，何绍基推翻了此前的判决，让安平康继承了父亲土司的位子。面对难断的家务事，时任成都将军的乐斌、四川总督的裕瑞认为报复何绍基的机会来了，他们以何绍基翻案不妥为由，联合向咸丰弹劾何绍基。咸丰也对何绍基越权干涉感到恼怒：“本系地方事件，与学校无涉，自应归该管地方官秉公审办。”斥责何绍基此举“殊属非是”。幸亏后来咸丰的特使再次复查该案，认同了何绍基的判罚，何绍基才有惊无险，度过了他在四川学政任上的第一次政治危机。对于咸丰此时提出的要他不干涉地方事务的忠告，何绍基却没有理会。这也为他后来的突然下台埋下了伏笔。但即使下台后，倔强的何绍基也仍坚持：“时事如此艰难，何敢学政不管地方，置身事外？”

何绍基被官场视为更异端的举动，是不循官官相护的旧例，大胆揭露吏治腐败。何绍基对四川吏治的腐败洞若观火：“川省近年吏治，百端废弛。”上司到任、生日及逢年过节，“陋规”泛滥。所谓“陋规”，即下级官员要向上司奉上红包，多的达一万多两。“大吏不饬廉隅，属员竞思迎合”，“陋规”竟成痼习。疾恶如仇的何绍基，多次上奏咸丰请求惩处这些贪赃枉法的官员，四川总督裕瑞“收受陋规”，何绍基照样向咸丰举报。咸丰四年（1854）十一月，咸丰怒而将裕瑞撤职。在和贪官的博弈中，何绍基赢得了一次空前的胜利。

不仅不同流合污，何绍基还先后捐出2500两银子用于军饷。这让他在官场更显得特立独行，权贵纷纷侧目。虽然此举得到了朝廷“六品顶戴并随带加三级”的奖赏，但其他官员对他的抱怨从来没有停息过，“官场竟訾言乖僻”。就在裕瑞被革职后的第二个月，即有人再次向咸丰发泄对何绍基的不满，虽然这时的咸丰对何绍基评价已由先前的“认真”变为了“迂拘”，也看不惯何绍基以名士自居“睥睨众人”，但鉴于其考规严肃，不结党营私，民望也不错，咸丰暂时容忍了何绍基。

对自己政治生涯潜在的危机，不谙为官之道的何绍基并不明了。裕瑞的倒台，自己的被奖赏，让何绍基误判了他在咸丰心目中的地位。而新任四川总督黄寿臣来到成都后，两人相处融洽，“凡有关紧要之件”，多征询何绍基的意见，这更让何绍基对前景乐观起来。咸丰五年（1855）四月，一直心忧国事的他，将自己长久对朝政的思考整理成十二条建议，满怀希望上奏给咸丰。

对这十二条建议的具体内容，何绍基一直讳莫如深，但从咸丰的朱批上可推测出端倪。这十二条建议涉及广泛，既再次建议让三品以下官员入传，又请求重新厘定总督、巡抚、学政之间的职权，还有对一些朝廷官员的负面评价等等，是何绍基对朝政的一次系统性建议。

写完奏折，一身轻松的何绍基即离开成都，去潼川主持科试了。不料，五月二十四日回到成都，等到的却是晴天霹雳。

这“时务十二事”，彻底激怒了早已对他不满的咸丰，他严厉斥责何绍基“肆意妄言”。

接着，以“私罪”撤销了何绍基的四川学政职务。虽然按照学政任期三年的规定，何绍基只有不足半年的任期了，但怒不可遏的咸丰已经等不及了。

忠心耿耿的何绍基，就这样猝然下台。

叁

这年的六月八日，何绍基将学政授印交与黄寿臣，随即移居红石柱街，闭门谢客，在痛苦中煎熬。

政声人去后。何绍基的刚正，让他深孚众望。送匾和万民伞的百姓络绎不绝，文人雅士也纷纷写诗著文颂扬，甚至还有人提议为他立碑建祠。这让何绍基感到一丝慰藉。七月一日，他终于走出家门，一路南去，开始了他的峨眉山瓦屋山之行。

寄情山水一个月后，八月二日，他回到成都，沮丧的心绪平复不少。顺路在武侯祠休憩的他，还欣然提笔为武侯祠撰写了一副楹联：

山当好处湖增艳；

梅正开时雪亦香。

两个多月来，何绍基总算露出了难得的愉悦。

虽然同事时间不长，但总督黄寿臣、将军乐彦亭还是被何绍基的超群才华所折服，况且民间挽留何绍基的呼声又高，他们想出了一个让何绍基留在成都又不得罪朝廷的办法——创办一家“草堂书院”，让何绍基主持。但何绍基婉谢了：“余念以旧学使作寓公，于公私皆非便，决计去蜀入秦。”

快要分别了。

八月二十八日、二十九日，何绍基和顾复初等幕僚、学生相继相聚在草堂、望江楼，他要与杜甫、薛涛一一作别。在望江楼的吟诗楼，他应邀作楹联一副：

花笺茗碗香千载；

云影波光活一楼。

上联写“人”，却从“事”着墨，述说斯人留下的美好事物。下联写“楼”，却以楼下的波光来折射。前一天他在草堂吟诵的七律中，还有“一生不作强颜词”的诗句，隐隐露出对自己遭遇的孤愤，这时在望江楼的何绍基，在友情的抚慰下，已经开始风轻云淡了。

离别的那一天终于来到。

何绍基这样描述自己的难舍难分——“到情深处欲忘情”。原定九月十九日启程，但“实与官及士、民难于面别也”，于是提前一天坐竹滑竿至新都桂湖暂住。朋友们闻讯后纷纷从成都赶来送别。何绍基挥毫在新都宝光寺题就一联：

自知性僻难谐俗；

且喜身闲不属人。

遭遇官场劫难的何绍基，傲然之气重又回来。作别官场、回归民间的欣慰溢于言表。

从此，何绍基绝意仕进，开始了他最后18年的学术人生。

肆

离开四川后，何绍基先后到山东泺源书院、湖南长沙城南书院任教。在教书育人的同时，潜心诗歌和书法创作，书艺更是日臻炉火纯青。他的朋友、小何绍基12岁的曾国藩，1842年即看出何绍基的书法“必传千古无疑”。告别官场后的何绍基，更是将草、篆、隶、行融为一体，独创一格，成就斐然，被后世称为“晚清书法第一人”。

72岁时，两江总督曾国藩和江苏巡抚丁日昌延请他主持苏州、扬州书局，校刊《十三经注疏》。1873年，他在苏州逝世，享年75岁。

◎撰稿　陈蕙茹　吴　刚　◎审读　袁庭栋

主要参考资料

《东洲草堂诗集》（清·何绍基）

《清实录》《杜甫草堂匾联》（周维扬　丁浩）

《草堂楹联语粹》（郭世欣）

异代不同时，[①]问如此江山，龙蜷虎卧[②]几诗客？
先生[③]亦流寓[④]，有长留天地[⑤]，月白风清[⑥]一草堂。

——顾复初

注释

①**异代不同时**：语出唐杜甫诗《咏怀古迹五首》其二："怅望千秋一洒泪，萧条异代不同时。"杜甫对宋玉非常怀念，有身虽异代、恨不同时之慨叹。作者引用，有恨自己不能和杜甫生在同时的感慨。异代：不同时代。

②**龙蜷虎卧**：蜷：弯曲。龙蜷：龙应升于天，蜷而不举，是谓龙之屈伏而不得飞腾。虎卧：虎应驰于野，卧而不兴，是谓其偃息而不能跳跃。卧：息。古代以龙虎比喻英雄豪杰和人才，龙蜷虎卧是作者喟叹像杜甫一样的古今不少词人诗客怀才不遇。

③**先生**：指杜甫。

④**流寓**：漂泊异地，羁留他乡。《后汉书·廉范传》："范父遭丧乱，客死于蜀汉，范遂流寓西州。"

⑤**长留天地**：唐杜甫在《送孔巢父谢病归游江东兼呈李白》诗中有"诗卷长留天地间"句，赞扬孔巢父虽归隐但有秀美诗文传世。作者赞颂草堂之美，犹如杜诗一样，长留天地之间。

⑥**月白风清**：语出宋苏轼《后赤壁赋》：“有客无酒，有酒无肴，月白风清，如此良夜何？”形容幽静美好的夜晚。

解读

在成都杜甫草堂大廨和南大门，都悬挂有清代大学者顾复初撰写的这副名联，分别由现代人邵章补书、向楚题跋和于立群补书、郭沫若题跋。一处名胜同时悬挂两副联句相同、题跋不一的名家楹联，在全国也绝无仅有。顾复初创作此联百余年来，它萦绕无数文人心怀，魅力独具：一方面，以千古知音写不遇之悲，体验深切；另一方面，于精警议论见山光天色，艺术独到。

壹

766年的深秋，草木摇落，景物萧条。客居成都的杜甫，告别了此生最舒坦的草堂时光。一路往东，过三峡，过夔州，抵江陵。夔州和三峡一带有众多古迹，江陵的庾信故居，归州（秭归）的宋玉宅、明妃村，夔州的永安宫（先主庙）、武侯（诸葛亮）祠。瞩目江山，怅望古迹，怎奈黄发残生，随白鸥浩荡，诗人遂写下了著名的《咏怀古迹五首》，吊古人，抒己怀。

其中《咏怀古迹其二》，是杜甫凭吊楚国著名辞赋作家宋玉的。宋玉的

著名雕塑家叶毓山为草堂创作的杜甫雕塑

《高唐神女赋》写楚襄王和巫山神女梦中欢会故事，因而传为巫山佳话。又相传在归州有宋玉故宅，所以杜甫到了此地，不禁怀念楚国这位风流儒雅的先贤。在杜甫看来，宋玉既是诗人，又是志士；宋玉生前不获际遇，身后为人曲解。宋玉悲在此，杜甫悲为此。

“怅望千秋一洒泪，萧条异代不同时。”杜甫与宋玉相距千年，不同时代，但萧条不遇，惆怅失志，其实相同——宋玉和杜甫都是才华横溢、名噪后世的诗人。他们胸怀大志，迫切希望以自己的才能去辅佐君王，报效国家，但宋玉生逢怀、襄暗弱之秋，杜甫生遭安史离乱之世，未得明主，失意困顿。因而望其遗迹，想己一生，悲从中来，洒泪赋诗。

贰

杜甫在此诗中，“怀宋玉，所以悼屈原；悼屈原者，所以自悼也”。借思古之幽情，浇心头之块垒，是诗歌艺术的高妙，也是现实人生的悲怆。后世文人，效仿者众多。

时光荏苒，杜甫别去，已是白云千载，草堂早不复当年落寞，成为文人墨客竞相瞻拜的圣地。这一天，一位身着长衫、丰神清朗的中年文士，飘然而入。此君正是受四川学政何绍基之邀，入幕协助批阅四川乡试（考举人）试卷的江南名士顾复初。顾复初久仰杜甫风采，寻访草堂是他多年的夙愿。

秋天的草堂，天高云淡，景色宜人，这位远道而来的异乡客无心欣赏风景，内心波澜起伏。顾复初通辞章、擅楹联、工书画，诗文出众，才华横溢。奈何生不逢时，怀才不遇，空有一身远大抱负，无处施展。眼看人过中年，才受好友之邀入蜀为幕。他也曾暗暗告诫自己，要抓住这个时机，一步步实现人生理想。要知道，在他生活的时代，众多的文人墨客谁不把出将入相、匡国济世作为一生的奋斗目标？但日复一日与试卷打交道，人微言轻，寄人篱下，这样的庸常生

草堂大廨

活之中，含有多少斯文扫地的酸楚啊！顾复初陷入了一种深深的失落之中，恨英雄无用武之地，叹时光容易催人老。

被这样强烈的情绪困扰着、激荡着，面对杜甫草堂，顾复初有千言万语想对杜甫说：曾经你在诗中悲叹与宋玉“异代不同时”，伤心为宋玉不平，悲哉抒壮志不酬，今时今日，这何尝不是我人生的真实写照？但与你相比，虽同为“诗客”，同样远离家乡、流寓成都，同样心怀壮志，但你留下了与天地同老的不朽诗篇，留下了月白风清的千古草堂，我却什么都没有留下。满怀悲慨，满腹衷肠，化作了两句芬芳悱恻的联语：

异代不同时，问如此江山，龙蜷虎卧几诗客？

先生亦流寓，有长留天地，月白风清一草堂。

叁

上联“异代不同时”的怅惘中，有两层深意：其一，将自己对杜甫的追怀，比之于杜甫追怀宋玉，称美杜甫亦是表明自己一心要步杜甫忧国忧民的后尘；其二，顾复初生当清代后期，内忧外患，纷至沓来，空负满腹才情，却只能寄人幕下，有家难归，想到自己和前贤生不同时，遭际相似，不免仰天长问：这茫茫天地间，有多少诗人词客，不遇明时，如龙蜷虎卧，坎坷终身，难酬壮志？

下联则从思古怀人，触动起此时此际的身家之感：自己和杜甫一样流寓蜀中，欲归无路，同是天涯沦落人。但杜甫还留下了这座草堂，千秋万代，流传不朽，风清日丽之晨，月明星朗之夕，足供后人追思。言外之意，深感杜甫虽一生坎坷，但远胜于自己一无所有。

此联中自命不凡、块垒难消的心绪，引后人唏嘘，但如果仅仅停留在自哀自怜、伤春悲秋，恐怕早就被历史的车轮碾作尘土、零落成泥了。此联立意高远，艺术高明之处，在深于思、精于义。“长留天地，月白风清”，寥寥八字，草堂精神尽出，杜甫匡世济民的崇高境界、心系苍生的仁者情怀尽出。这是百姓的心声，也是历代文人士大夫的心声，他准确而又深刻地反映了这种心声。

“山不在高，有仙则名。”如果说草堂因杜甫而散发夺目的光芒，那么顾复初此联，无疑为草堂平添无穷意境。其深远的影响，足以穿越时空，让历代传颂。它的作者顾复初，也当与此联“长留天地”。

人物

顾复初（1812—1894），字幼耕，又字乐余、子远，号罗曼山人，晚号潜叟。长洲（今江苏苏州）人，学士顾元熙之子，国子监生。咸丰初，何绍基督蜀学，邀襄校试卷。曾官光禄寺署正，历为完颜崇实、骆秉章、吴棠、李瀚章、丁宝桢、刘秉璋幕僚。诗、词、古文造诣均高，尤擅楹联。又喜作枯墨山水，工隶篆，光绪中被推为“蜀中第一书家”。游于蜀，卒葬新繁龙藏寺南原。著述甚丰，有《罗曼山人诗文集》《乐静廉余斋文集》等。

顾复初　人人尽说江南好　江南才子成都老

壹

顾复初留在草堂的这副楹联凌空落笔，恣意开阔，为景增色，脍炙人口。这位1853年从苏州辗转来到成都，一住40年，长眠新都的清朝才子，也因为在成都留下的这副对联而得与月白风清的草堂共存。

此联分别悬挂在成都杜甫草堂大廨和南大门。大廨处联由前清进士、原中央文史馆馆员邵章补书，联旁跋语为原四川省文史研究馆副馆长、蜀中著名学者向楚所题。跋云："此联旧刻于光绪中，长洲顾复初撰书。顾氏工汉隶，老年势益遒厚，原刻久佚，今为邵章补书。乙未夏，向楚旁记。"乙未为1955年。

三年后的3月7日，草堂迎来了一位世纪伟人，他就是前来成都主持中央工作会议的毛泽东主席。利用会议召开前的空闲，毛泽东参观了杜甫草堂。来到大廨，他在一排坐南向北的"飞来椅"上坐下，环顾厅堂里的陈列，忽然间，他的目光被大廨内悬挂的一副长联吸引住了。他起身端详，细细品读起来："异代不同时，问如此江山，龙蜷虎卧几诗客？"揣摩片刻，他说道："是集杜句。"又走到西头仔细看下联："先生亦流寓，有长留天地，月白风清一草堂。"他微笑着指着楹联，用赞赏的口吻对身边的陪同人员说道："好联！"这副对联引起了毛泽东对楹联的浓厚兴趣，次日，他即专门派人来草堂借阅了楹联书十余种，在成都会议闲暇之余翻看这些书籍。

其实，心中铭刻此联的还有一人——从四川大渡河畔走出的大才子郭沫若。少年郭沫若在成都石室中学求学期间，就是草堂万千仰慕者之一。1953年，他重游草堂，留下"世上疮痍，诗中圣哲；民间疾苦，笔底波澜"一联。旁人哪知，郭沫若内心还深藏一个浪漫的愿望：重新补书因战乱被毁的顾复初这副楹联。正所谓"念念不忘，必有回响"，十年之后，1963年9月5日，郭沫若请擅长汉隶的夫人于立群补书，自己题写了长跋，从北京寄到草堂。这就是今天悬挂在南大门的顾复初楹联。

郭沫若长跋云：“杜工部草堂旧有清人顾复初长联，句丽词清，格高调永，脍炙人口，翱翔艺林，曾为名祠平添史料。惜原刻木联已毁，今凭记忆嘱内子于立群同志重为书出。用自首都，寄归锦城，遥想风清月白之堂，龙蜷虎卧之地，人民已做主人，气象焕然一新，谅不妨多此一段翰墨缘也。顾氏乃苏州元和人，清季游幕蜀中，故以流寓自况云。又顾氏通词章、工书画、有文集存世。此联隐隐以己为工部继承者，亦可见其自负不凡也！”

这是一段翰墨缘，更是一段沿着杜甫、顾复初、郭沫若……一路走来，千年文脉的传承之路。明月清风，草堂作证。

贰

顾复初在此联中，与杜甫惺惺相惜，胸中笔端激荡着不平的浪潮，这还要从他一唱三叹的人生际遇说起。

太湖的浩渺烟波，启迪了少年顾复初的文思，为求功名，他抛妻别子，三上京师。然而，多年的努力，还是与功名、与报国失之交臂。直到四川学政何绍基伸出了援助之手，他三思之后，决定离开家人，来到成都。宾主之间，数年来以文会友，志趣相投，交谊日深。

这期间，成都虽是歌舞升平，但在长江中下游，清军正同太平天国军队作殊死搏斗，血雨腥风，席卷了六朝的如梦繁华。顾复初在苏州的子、女、媳俱死于战乱，妻子随难民逃亡异乡，生死未卜，音信全无。人近半百，家破人亡，给顾复初心里留下了深深的创伤，忧思难解。

为了抚慰顾复初这颗饱经沧桑的心，使其振作起来重抖擞，何绍基做媒，促成了顾复初与原籍苏州的成都才女范雒娟的婚事。范雒娟号菱波女史，乃范仲淹后裔，练得一手好楷书。在位于桂王桥西街的

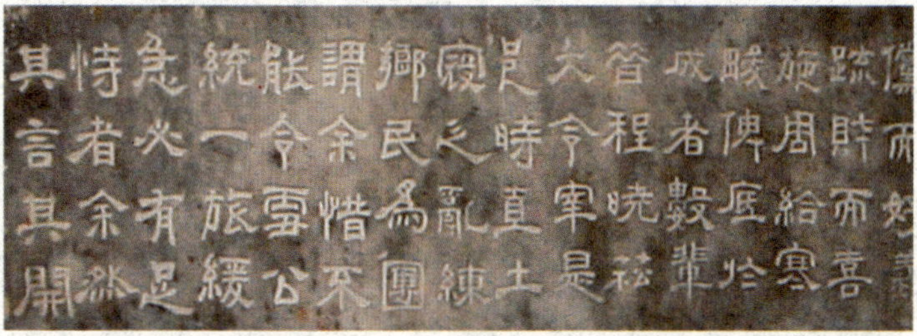

顾复初撰写的《赠雪堂序诗》（局部）

寓所“小墨池山馆”，夫唱妇随，两情缱绻，顾复初再次激扬起生命的风帆，他惬意地写道：“成都四壁聊堪隐，鬓影春风伴煮茶。”他认定成都是自己的第二故乡，是宜居宜隐宜赋诗的天府之都。

无奈好景不长，1855年，任职不到三年的何绍基因批评时弊，得罪权贵，反遭诬陷，被撤职，怅然离开成都。顾复初也因此不得不赋闲，本欲归江南，但适逢太平天国西征，道路受阻。为谋求俸禄养母，他出资捐了一个贡井县丞（清代嘉定府荣县在今贡井设立分县，派驻县丞，管理盐务）。他告别妻子，只身赴任。独在异乡为异客，他真正开始了察言观色、仰人鼻息、度日如年的官场生活，不由深切想念知人善任的何绍基。他一次次追问自己：这样的生活，是我想要的吗？这与他崇尚恬淡、清寂的名士理想，多么地格格不入！一段时间后，不甘为五斗米折腰的顾复初毅然辞官解印，回到成都，夫妻俩开始了清贫而清静的卖字生涯。

成都这座具有深厚文化底蕴的城市以海纳百川的胸襟，热情地接纳了顾复初这位江南才子。他工篆、隶，所画枯墨山水，自然苍古，他被推为当时“蜀中第一书家”，于是求字求画者，络绎不绝，门庭若市。

叁

1861年，完颜崇实接任成都将军。素仰顾复初才华的他，亲自登门拜访，邀请顾复初入幕将军衙门担任文案（相当于机要秘书），薪水也颇高。主宾文士，彼此唱和。顾复初在六年之后，又翻开了一段舒心的职业篇章。

在与顾复初交往的人中，有举人、贡生、青年学子等文士名流，也有僧道隐士，其中，他与新繁龙藏寺住持含澈交情最笃。含澈，号雪堂，是蜀中著名诗僧和书法家，不少文士均与之唱和，他住持的龙藏寺成为川西人文荟萃之地。他与年长十岁的顾复初时常诗书往还，仿佛东坡佛印故事。每到夏天，他都要邀请顾氏夫妇到寺内纳凉避暑，顾复初也为含澈写过《龙藏寺纳凉赠雪堂和尚》等诗，还为龙藏寺书碑十通，龙藏寺大门的楹联也是顾复初撰的：

立不二法门，只履西来，传衣南去；

住大千香界，岷山北峙，沱水东流。

上联说龙藏寺遵从的佛教门派最有名，其祖师是提着一只鞋去西天的达摩和接受法衣到南方来的慧能；下联说龙藏寺的位置最优越，北有岷山东有沱江。在雪堂和尚的潜西精舍，也挂有顾复初撰书的楹联，该联概括了雪堂和尚的两大特点——诗才和禅功。联曰：

诗思梅花香里；

禅机流水声中。

顾复初夫人范雒娟病逝后，雪堂和尚赠送吉地将她安葬在龙藏寺南原。晚年丧偶、万念俱灰的顾复初从此常住龙藏寺，有好友的陪伴，也聊以慰藉对亡妻的思念。赋诗作画之余，他还找到了一个新的排遣愁绪的方法——为成都的一些富贾巨商的花园进行园林设计。这个时至今日依然是朝阳产业的工作，让顾复初沉浸在处理人与自然、建筑的和谐关系中，甘之若饴，暂时忘掉了孤独。成都著名作家李劼人在20世纪30年代创作的历史小说《大波》中，曾描写到顾复初为黄澜生在成都西御街设计修建的花园，小巧玲珑，假山别致，渠水清澈，花木扶疏。

肆

寓居蜀地，顾复初相继写下了歌咏成都的多副楹联，在杜甫草堂、望江楼、武侯祠、大慈寺、龙藏寺等名胜古迹，都留下了他的作品。他为望江楼撰的楹联，堪称千古绝唱：

引袖拂寒星，古意苍茫，看四壁云山，青来剑外；

停琴伫凉月，予怀浩渺，送一篙春水，绿到江南。

眼前的锦水奔流东下，顾复初多么想乘一叶轻舟，回到江南故乡。此联登高远眺，触景伤怀，将眼前之景与思乡之情融为一体，构思精妙，文采斐然，寄寓着游子对故土的无限眷恋，情怀高远。原刻久佚，现在悬挂的该联，乃张爱萍将军于1979年补书。在望江楼，顾复初还撰有一联，也颇显江南才子的才情：

汉水接苍茫，看滚滚江涛流不尽云影天光，万里朝宗东入海；

锦城通咫尺，听纷纷丝管送来些鸟声花气，四时引兴此登楼。

通过“看江”和“听音”，描绘出望江楼的佳丽，诗味醇厚。

在武侯祠汉昭烈陵前有一联曰：

一抔土，尚巍然！问他铜雀荒台，何处寻漳河疑冢？

三足鼎，今安在？剩此石麟古道，令人想汉代官仪。

该联褒扬刘备，贬斥曹操。大意为：刘备的惠陵还巍然矗立着，试问漳河边荒芜的铜雀台旁，哪里还寻得到曹操的假坟呢？三国鼎立的局面而今何在？剩下这古道和道旁的石麒麟，令人想起汉代朝廷的威仪。该联原刻也已不存，1957年由四川省文史馆馆长刘孟伉补书。该联旧署“长白崇实撰，长洲顾复初书”。后来李劼人在小说《大波》揭开了谜底：此联的撰书者，原来都是顾复初。当时四川总督骆秉章与顾复初不和，说下联“想汉代官仪”，意在排满，与太平天国通气。完颜崇实为保护自己的幕僚，就宣称此联是自己所撰。因完颜崇实是满人，不存在反清问题，于是就有了此题款方式。

1886年9月，74岁的顾复初还为大慈寺藏经楼撰写了一副楹联：

六根皆入菩提，行亦得，坐亦得，得无所得，乃为真得；

万善同归极乐，生不来，灭不来，来者非来，是名如来。

晚年的顾复初正如联中所云，看淡名利、得失，享受宁静、淡泊。但放下，不是放弃，对文坛新人、同学少年，他依然寄予厚望，奖掖后进，如《赠易实甫》诗“实甫风流美少年，皎若碧月来青天”，赞赏宋育仁“桂花初放小山枝，宋玉悲秋又此时”。后来，两人皆未负所望。易实甫写下了“江山只合生名士，莫遣英雄作帝王”一代名句；宋育仁成为中国早期资产阶级改良主义思想家，被誉为四川历史上“睁眼看世界”第一人。

未老莫还乡，还乡须断肠。1894年，82岁的顾复初在第二故乡成都孑然走完人生的长路。雪堂和尚遂其心愿，将顾复初夫妇合葬于龙藏寺南原，一同埋葬的，还有顾复初的青春梦、仕途梦、人生梦。墓前有顾复初自题墓联：

美人名士一抔土；

蜀水吴山万里魂。

◎撰稿　陈蕙茹　◎审读　冯修齐　袁庭栋

主要参考资料

《顾复初的成都》（蒋维明）

《顾复初年谱》（冯修齐）

《杜甫草堂匾联》（丁浩　周维扬）

《草堂楹联语粹》（郭世欣）

《成都名胜古迹楹联》（陈家铨　阙宗仁）

自许诗成风雨惊，[1]将平生硬语[2]愁吟[3]，开得宋贤两派[4]；

莫言地僻经过少，[5]看今日寒泉[6]配食[7]，远同吴郡[8]三高[9]。

——王闿运

注释

①**自许诗成风雨惊**：语出杜甫《寄李十二白二十韵》：“笔落惊风雨，诗成泣鬼神。”是杜甫对李白诗思敏捷、诗才神逸的赞语。作者化用这两句诗称颂杜甫。

②**硬语**：韩愈《荐士》诗云：“横空盘硬语，妥帖力排奡。”指初唐以来，具有遒劲风骨的文风，这是针对齐梁以来柔靡浮艳的文风而言。此指杜甫沉郁顿挫的诗风。

③**愁吟**：杜甫《对雪》诗云：“战哭多新鬼，愁吟独老翁。”这里意指杜甫忧国忧民的诗作。

④**宋贤两派**：指北宋诗人黄庭坚为首的江西诗派和南宋诗人陆游始创的剑南诗派。两个诗派都深受杜甫诗风影响。

⑤**莫言地僻经过少**：典出杜甫《宾至》诗：“幽栖地僻经过少，老病人扶再

拜难。”联句指如今来草堂瞻拜遗迹的人今非昔比，不再是当年地僻人稀的景象了。

⑥**寒泉**：清冽的泉水或井水。《易·井》云：“井冽寒泉食。”杜诗《赤霄行》中有“渴饮寒泉逢抵触”之句。亦作九泉、黄泉。

⑦**配食**：配享，衬祭之谓。《汉书·外戚传上·孝武李夫人》：“……以李夫人配食，追上尊号，曰孝武皇后。”此指工部祠内黄庭坚、陆游被后人塑像陪祀杜甫。

⑧**吴郡**：春秋时，吴国所辖之地；亦指东汉时的吴郡，其治所在吴县（今江苏苏州姑苏区）。

⑨**三高**：三高祠。祠中祀战国范蠡、晋代张翰、唐代陆龟蒙三位同为吴人的贤士。

解读

这副楹联属对工整、巧妙，用典亦出神入化，悬挂于工部祠，可谓祠、联相得益彰，是草堂的名联之一。

此联作者、晚清大名士王闿运，是当代学术界认为学杜、摹杜成就卓越者之一。1879年至1887年的八年间，他出任四川最高学府尊经书院山长（即校长）。这一时期，他多次瞻拜杜甫草堂。他在草堂留下这40字珍贵作品，正是对诗圣的一次遥遥致敬。那么，我们就溯流而上，让时光回到1100多年前的那个春天吧！

壹

744年，人间四月天，中国文学史上最伟大的两位诗人终于见面了。

政治理想破灭的李白，在拔剑四顾、内心茫然之际，开始了人生中的又一次漫游。离开长安后，他到了洛阳，在这里第一次遇到了正

雨润草堂

蹭蹬不遇的杜甫。此时，李白已名扬全国，声名益振；而杜甫风华正茂，却困守洛城。李白比杜甫年长11岁，但“天子呼来不上船，自称臣是酒中仙”的他，并没有因旷世才名在杜甫面前倨傲；而“性豪业嗜酒”“结交皆老苍”的杜甫，也没有在李白面前一味低头称颂。两人萍水相逢，一见如故，以平等的身份，建立了深厚的友情，同行同止，同唱同和，同饮同酌，同醉同眠。此际，李杜都值壮年，两人把酒论诗，互相酬唱，在创作上的切磋，对后世均产生了积极的影响。尔后，两人同往开封、商丘游历，又遇到边塞诗人高适，高适此时也还没有禄位。三人痛饮狂歌，评文论诗，纵谈天下大势。次年三人又同游山东，抒怀遣兴，借古评今，知交之情不断加深。这年冬天，李白准备重访江东，而杜甫则返回京城长安。

挥手自兹去，萧萧班马鸣。不承想，一别经年，后会无期。

21年后的秋天，李白、高适都已相继离世。杜甫辞官南下，途经夔州，秋色萧条，孤篷万里，忆起昔年壮游的愉快经历，“昔者与高李，晚登单父台”，“忆与高李辈，论交入酒垆”，不胜留恋。这似乎是他迟暮人生、天涯孤旅中，不多的一抹亮色与温暖吧。

漫长的生涯中，杜甫一直非常想念李白，想念这位肝胆相照的朋友。他诗中的李白，有“笔落惊风雨，诗成泣鬼神”的才华，有“白也诗无敌，飘然思不群”的诗情，有“李白一斗诗百篇，长安市上酒家眠”的潇洒，也有“冠盖满京华，斯人独憔悴”的不堪。杜甫对李白是由衷地推崇、由衷地敬爱。

凉风起天末，君子意如何？这样至诚至真的忆念之情，令千年后的我们荡气回肠，思慕不已。

贰

“千秋万岁名，寂寞身后事。”杜甫在《梦李白》中这沉重的嗟叹，与其说寄托着对李白的崇高评价和深切的同情，不如说是“同声一哭”：纵使身后名垂千古，人已寂寞无知，夫复何用！造化弄人，杜甫赢得诗圣的尊崇地位，被奉为道德和诗歌艺术典范，虽说是百年以后的“寂寞身后事”，但中国诗歌在时代滚滚洪流中，深受其艺术影响和精神滋养，不断发展、昂扬创新，也是对诗人最好的告慰。

北宋时期，诗歌宗师杜甫者众，其中，专注于继承杜甫诗歌的艺术形式，语不惊人死不休的江西诗派，影响最大，这也是中国文学史上第一个有正式名称的诗歌流派。江西诗派以杜甫为祖，以江西修水人黄庭坚为宗，黄庭坚善于借鉴翻新，诗风瘦硬，气象森严，自成一家。

1095年，因朝局反复，50岁的黄庭坚被贬到四川彭水（今属重庆市），后又到了宜宾。一脚踩空了仕途，但一脚又踏进了杜甫曾经生活过的蜀地。这位一生学杜的诗人，索性就全身心弘扬杜甫诗学了。“文章韩杜无遗恨”，走进草堂，他百感交集，前贤身影，如在眼前，心中忽生一个宏伟的计划——把杜甫在四川创作的诗歌全部刻印传播。这位在宋代四大书家（苏轼、黄庭坚、米芾、蔡襄）中排行第二的书法家，亲自将杜甫的诗作恭恭敬敬地抄录下来。随后，他和朋友一起买来坚石，请来工匠，很快，一块块巨石上刻满了杜甫的诗。杜甫长留天地的不朽诗篇，黄庭坚线条苍劲、姿态颠逸的草书，相映生辉，石刻俨然是一方方精美绝伦的艺术品。黄庭坚非常高兴，他特地在宜宾修了一间堂宇放置石刻。同时，他还写了《刻杜子美巴蜀诗序》《大雅堂记》二文，记下了这事始末。1101年，黄庭坚奉诏复官出川，临别时遥望草堂的方向，内心依依不舍，但更多的是对在蜀六年，传播研究杜诗、发展蜀地文化的一种满满的成就感。

叁

黄庭坚走后71年，1172年的一个朗月之夜，47岁的绍兴人陆游来到了草堂。清风徐徐，他的心情却和黄庭坚当年一样的晦暗。因为早年科考，他遭到了秦桧的迫害，出仕以后，又因宣传抗金，屡受打击，命运多舛。几个月前，他应四川宣抚使王炎之邀，满怀万丈豪情，入幕襄理军务。四川宣抚使驻汉中，是抗金的前线，王炎又是一个干练的领导，陆游感到非常兴奋，从此生活与创作都出现了一片新天地。置身金戈铁马，面对萧萧边关，耳听刁斗笳鼓，写下了不少激昂慷慨的诗词。但这种气吞残虏的快意生活没有几个月的时间，随着王炎被调回临安，陆游也被调至成都担任安抚司参议官的闲职。他似乎感到北定中原的理想又一次成了泡影。在失望之余，不免借酒浇愁，放浪形骸，想在这沉醉中压下心头的烦忧。

是夜，他步履踉跄、心神恍惚地走进了草堂。月光朗照，他一眼就看到了94年前成都知府吕大防重建草堂时挂起来的杜甫的画像。陆游感觉自己和诗圣心心相印，胸中似有万千涛声激荡，要向先辈倾泻，于是挥笔题诗《草堂拜少陵遗像》。心绪翻滚的他没有回府邸，而是和衣睡在了草堂，由于对杜甫精诚的崇拜，这一夜他竟数次梦见杜甫。两个伟大的诗人的魂魄在草堂里热烈拥抱起来。

工部祠里的陆游塑像

工部祠里的黄庭坚塑像

在成都期间，凡是有杜甫遗迹的地方，就有陆游的诗。淳熙五年（1178）二月，离开生活了八年的蜀地后，陆游还常常写诗怀想在四川时“我思杜陵叟，处处有遗踪。锦里瞻祠柏，绵州吊海棕”。而且，还常常在梦中与杜甫相见。陆游为杜甫和杜甫草堂写下的诗，让草堂熠熠生辉。同时，作为南宋一代诗坛领袖，他继承发扬了杜诗的现实主义诗歌创作精神，书写时代，讴歌忠诚，探索出自己的创作道路，开创了剑南诗派，被后人公认为是最得杜诗真传者。剑南诗派的得名，正是取自陆游诗集《剑南诗稿》，以彰永志不忘在蜀地的日日夜夜。

杜甫草堂工部祠

肆

1811年，由四川总督常明、布政使方积发起，四川按察使、成都知府曹六兴主持了草堂历史上最为著名的重修。次年初，以陆游陪祀于工部祠中。时有乾隆拔贡杨芳灿所撰《重修少陵草堂以渭南伯陆子配飨记》述其缘由。据其记，可知提出以陆游配杜甫之议的即是杨芳灿，而这样做的主要理由是陆游与杜甫“其心迹之同也”。

1884年，清朝四川总督丁宝桢培修草堂时，应成都府之请，再据“心迹之同”的原则，在工部祠内增塑黄庭坚像，配飨杜甫。文献记载，这次培修时，移陆游神龛于正面之西，添黄庭坚神龛于正面之东，杜甫塑像居中。此陪祀格局保存至今。

此时焕然一新的工部祠，第一时间迎来了一批瞻拜者。这其中就有应丁宝桢之邀来到成都，担任尊经书院山长的王闿运。环顾周遭人山人海，诗圣被黄庭坚、陆游陪祀的崇高格局，真是万千拥戴、壮美无边哪！王闿运心潮澎湃，吟出此联：

自许诗成风雨惊，将平生硬语愁吟，开得宋贤两派；

莫言地僻经过少，看今日寒泉配食，远同吴郡三高。

现在悬挂在草堂的此联，由著名作家老舍于1963年补书。上联的大意是：杜公你一生忧怀家国，写下了多少“惊风雨泣鬼神”的篇章，你发自肺腑的愁吟硬语，形成你独树一帜的沉郁顿挫的风格，影响到宋代诗坛，开创了江西、剑南诗派，他们继承了你忧国忧民的优秀传统。下联是说：草堂已非当年旧貌，再不是你慨叹的地僻村幽，无人拜访。看今天，追崇你的宋代诗人黄山谷、陆放翁，配享在你的祠堂，一同受后人拜祭，声名远播，佳话流传，直可与苏州的三高祠辉映媲美。

立意高远，正是一个多世纪以后，此联仍让人津津乐道的“文化密码”。王闿运不是孤立地论杜甫，也不流俗不盲从，而是把杜甫放在中国诗歌发展的历史进程中，揭示诗人在诗史上的特点、地位，以及对中国诗坛的深远影响，视野开阔，纵横捭阖，见解独到。

王闿运在草堂留下这副名联，与他数十年对唐诗矢志不渝的研究有莫大的关系。他的《湘绮楼论唐诗》和《唐诗选评》等著作，天机勃发，文采飞扬，发人所未发，对诗歌艺术的超卓识见，跃然纸上，是公认的20世纪初唐诗研究取得的重大成果。所以，在诗圣杜甫面前，这位饱读唐诗的晚清一代鸿儒，绽放思想火花，从容发声。

人物

王闿运（1833—1916），中国近代著名学者、经学家、文学家、教育家。字壬秋，又字壬父，号湘绮，世称“湘绮先生”，湖南湘潭人。咸丰七年（1857）举人，曾任肃顺家庭教师，后入曾国藩幕府。1880年入川，主持成都尊经书院。后主讲于长沙思贤讲舍、衡州船山书院、南昌高等学堂。授翰林院检讨，加侍读衔。辛亥革命后任北洋政府国史馆馆长。著有《湘绮楼诗集、文集、日记》《湘军志》等。

王闿运　成都历史上第二个文翁

壹

光绪四年（1878），45岁的湘潭人王闿运是沿着杜甫出川至湘的足迹，由两湖过三峡抵川的，然后，经南充、遂宁，于十二月二十七日来到成都。四川的高等教育、学术研究也因他的到来，翻开了新篇章。

王闿运19岁参加县试，考中第一名，

尊经书院是四川大学的前身，图为今天的四川大学

才气横溢，文名远播。他又注重通经致用，怀抱“帝王之学”、纵横之术。锋芒毕露的他先后入肃顺、曾国藩幕，一度以奇气和雄才置身权力巅峰，睥睨一世。当他欲大展拳脚之际，1861年，咸丰驾崩后，慈禧发动“辛酉政变”，以肃顺为首的八位顾命大臣齐刷刷地成了慈禧的刀下鬼。跟错人站错队，对于文人来说，都是政治生涯中最致命的失着，28岁的王闿运从此被打上“肃党”烙印，托身无地。

天意如此，不可强求，王闿运顿生退隐之心。他是那种说进就要锐意进取，说退就要全身而退的人。从1864年起，他“暂隐衡山十二年”，埋头编写方志，研习经学，不复有入世之心。晚清学者朱德裳谓：“清人善注书，不善著书。惟湘绮文章经学合而为一，以著书、注书，自然大雅。故得《王志》一卷，胜读曲园千篇。”

1876年，他回到长沙，用两年时间撰写了《湘军志》，后代有学者称《湘军志》“文笔高朗，为我国近千年来杂史中第一声色文学”“是非之公，推唐后良史第一”。

光绪三年（1877）五月六日，四川总督丁宝桢首次致书信与王闿运，诚意邀请他入主尊经书院，后来又连书四封。尊经书院成立于1874年。这一年，历时近15年、波及18省的太平天国运动已经结束整整十年。按照儒家传统的治国方略，大乱之后的大治，兴办教育是当务之急。在它之前，四川省的最高学府是1704年设立的锦江书院，曾经培养出李调元这样的著名学者。但明清以来，八股取士，流毒巴蜀，学人除时文制艺之外，不知有百家子史，于是世风日下，蜀学一蹶不振。1873年张之洞督学四川，与总督吴棠筹办尊经书院，他亲自为书院订章程、立制度、购图书、延名师，严严整整，蔚为壮观。还从各府县学抽调高材生百人，肄业其中，“以通经学古课蜀士”，“绍先哲，起蜀学”。

张之洞在川三年，于尊经书院付出甚多，也寄望极高。光绪二年（1876）十二月调任回京的路上，他还给继任四川学政谭宗浚写信说：“身虽去蜀，独一尊经书院，惓惓不忘。”

贰

在丁宝桢之前，张之洞、薛焕都曾邀请王闿运入川，但王闿运不为所动，为何丁公出马，他欣然前往？原来早在1860年丁任岳阳知府时，就对王赏识和招揽，丁、王交情非比寻常。多年后，再感丁宝桢的拳拳之心，王闿运决定“出山”，1878年冬，《湘军志》基本完成，王闿运只身入蜀，投奔故交。

1879年初，王闿运走马上任。虽然十余年埋首书斋，不问世事，但是，面对丁宝桢的器重和蜀中士习的驯善，王闿运蛰伏在胸膛里多年的雄心壮志又开始蓬蓬勃勃地向上生长。

他第一把火是以一个教育者的姿态，舍己芸人。开学第一天，他就对学生传授学经的方法，他说："治经于《易》，必先知易字含数义，不当虚衍卦名；于《书》，必先断句读；于《诗》，必先知男女赠答之辞，不足以颁学官，传后世，一洗三陋，乃可言《礼》，《礼》明然后治《春秋》。"又说："说经以说字为贵，而非识《说文解字》之字为贵。"

当时蜀学晦塞，少有通儒，听到王闿运的这些议论，士生方知如何从汉儒著述入门研诵注疏古代典籍。他随后设立了专门校书刻书的尊经书局，找来了最善刻书的岳池刻工，一方面将《今文尚书》《说文解字句读》等传统书籍重新校勘，另一方面刻印尊经师生的著述。他还倡导师生共同参与校勘，他本人亦亲自点校，刊刻了许多孤本、珍本和善本。这样一来，不仅丰富了书院藏书，加强了教材建设，还培养了人才。

第二把火，他以一个改革者的形象，将张之洞离任后一度废弛败坏的制度重新制定，实施既严且细的改革。他推行新政的最终目的，就是要为贯彻他的学术主张扫清障碍。

那么，他的学术主张是什么呢？王闿运入蜀后，见丁宝桢第一面就指出"凡国无教则不立，蜀中教始文翁遣诸生诣京师，意在进取，故蜀人多务于名"。王闿运开宗明义，针砭蜀士贪图功名利禄的陋习。这就是他的第三把火，以学者的身份，净化学术风气，蜀学也走上了湖湘学派古今文兼采的路子。

叁

王闿运这三把火，收效显著。当时书院已缺山长两年，王的到来，对于书院诸生，无异于久旱禾苗忽得甘霖，"院生喜于得师，勇于改辙，宵听不辍，蒸蒸向上"。

王闿运在讲学中因材施教、循循善诱，课外和弟子也建立了深厚的情谊。廖平、张祥龄常常向王闿运执经问艺，春秋佳时，师徒数人常郊游览胜，咏而归；若或学业有成，更是师徒同乐。这些都常见于王闿运那脍炙人口的《湘绮楼日记》之中。光绪五年（1879）六月，廖平与同学八人随王闿运出游，《日记》中曰："从曾园登舟，溯回溪月，遂至三更。竹蕉滴露，坐听鸡鸣。"同年九月，廖平等报考举人，《日记》曰："今夜放榜，与季平坐谈至三更，季平醉去，余就寝。半觉闻炮声，起披衣，未一刻，报者至矣。院中中正榜二十一人，副榜二人，皆余所决可望者……顷之，季平等入谢，已鸡鸣矣。谈久，乃还寝。"几天后，王率新科举子出南门，访百花潭，公宴于二仙庵。诸生题名志喜，王题诗其后："澄潭积寒碧，修竹悦秋月。良朋多欣遇，嘉地春云林。"文章风流，极一时之盛。

两年之后，光绪七年（1881）一月二十二日，王闿运为书院撰了一副春联：

考四海而为隽；

纬群龙之所经。

意思是说，书院这群学生堪称四海之内最卓越的人才，他要用儒家的经典培养和造就他们。作为当时最负盛名的今文经学大师，王闿运经学治《诗》《礼》《春秋》，宗法《公羊》，最精《仪礼》之学。他在《日记》中，就有多篇与学生一起钻研《仪礼》的记录。那一次次威仪济济、整肃庄严的习礼，预示了后来蜀学发展的某些主要特征。弟子费行简评价王闿运在书院的成就和影响时说："院生日有记，月有课，暇则习礼，若乡饮、投壶之类，三年而彬彬进乎礼乐。其后廖平治《公羊》《谷梁春秋》《小戴记》，戴光治《书》，胡从简治《礼》，刘子雄、岳森通诸经，皆有家法，未尝封于阮氏《经解》，视诂经、南菁、学海之徒曰：'经解者，盖不可同日语。'蜀学成。"

作为深怀韬略的纵横家，王闿运生不逢时；但作为广树人才的教育家，王闿运获得了巨大的成功。有人说，王闿运是成都历史上第二个文翁。但与文翁不同的是，书院培养出的是新时期的知识分子、志士仁人和革命家，他们弘扬光大了近代蜀学，使之成为维新变法和新文化运动的重要思想来源之一，对中国近现代历史产生了深远的影响——从经学大师廖平、维新志士宋育仁、戊戌六君子中的杨锐、国学大师吴之英等开始，再传弟子遍布巴山蜀水。如清代四川唯一状元骆成骧、民主主义革命家张澜、教育家吴玉章、保路运动斗士颜楷、辛亥革命烈士彭家珍、新文化运动主将吴虞、当代文坛巨匠巴金等等，连生性喜欢师心自用的郭沫若也骄傲地宣称他是王闿运的三传弟子。

从这张人才清单，我们还不难看出，从戊戌变法、保路运动、辛亥革命、新文化运动一路走来，近现代历史上每一个重要的关口，都会出现尊经弟子的身影，书院为他们人生镀上的底色始终不曾褪去。我们从王闿运的一首自勉诗中，也许可以找到答案，他说："求友须交真国士，通经还作济时人。"

肆

1886年，67岁的丁宝桢病逝于四川总督任所，深怀知遇之恩的王闿运意志消沉，次年便离开四川，回到长沙思贤讲舍和衡阳船山书院任主讲去了。其时，尊经书院已是枝繁叶茂，人才辈出。其后，吴之英、宋育仁、廖平相继成了进士，学生个个争气，书院饮誉士林。光绪二十年（1894）十一月，光绪颁发尊经书院匾额"风同齐鲁"，这是尊经书院得到的最高统治者的承认。

1912年12月11日，一直在湖南讲学的王闿运临近耄耋之年，还"火"了一把。由于与袁世凯的父亲袁中何是朋友，袁世凯任命他为北洋政府国史馆馆长，编修国史。1913年兼任总统顾问之职，1914年他赴京上任时，已经81岁高龄。他晚年入京，也许犹有姜子牙九十佐文王的丰满理想，但现实很"骨感"。袁世凯既不讲帝王学，又不知自由与民主为何，实在难入王闿运法眼。王翁在愤懑、惆怅之余，所能发挥的只有他那嬉笑怒骂皆成文章了。当时盛传的一副对联，有人说即出自他手笔：

民犹是也，国犹是也，何分南北；

总而言之，统而言之，不是东西。

该联半明半暗若隐若现的意思为：民国南北分裂，总统不是东西。尽管老夫子极尽嘲笑之能事，可袁世凯听了后，也只是一脸苦笑，对这位望重士林的狂人无可奈何。

一年后，当王闿运确切知道袁世凯要称帝了，这位傲视王侯的夫子就把印章封在了国史馆里，扬长而去，回到了湖南湘潭老家。但实际上，他虽未入支持袁世凯复辟的筹安会，但国史馆劝袁称帝的上书，是他的弟子杨度代他签字的，这不能不说是一个污点。尽管他不辞而别，事先远离了哄闹的洪宪帝制现场，知人论世者对他颇多谅解，但是还是给后人留下了保持晚节这个深刻教训。

1916年，83岁的王闿运在家中无疾而终。这一年，距离五四运动仅有三年。五四运动打出了“德先生”（民主）、“赛先生”（科学）两面旗帜。王生前曾见到京汉铁路的完成，且亲身体验到“赛先生”为人民生活带来的巨大便捷。他的儿子代功也曾告诉他立宪的知识，“德先生”也曾敲过他的府邸，但他保守守旧，拒绝学习新生事物。加上他“岂圣人而终贫贱乎”的生活准则，所以在垂老之年陷入了袁世凯的圈套。他的一生，从他的自挽联一览无余：

春秋表仅传，正有佳儿学诗礼；

纵横志未就，空余高咏满江山。

◎撰稿　陈蕙茹　◎审读　袁庭栋

主要参考资料

《杜甫草堂史话》（周维扬　丁浩）

《论薛焕、王闿运创办尊经书院》（龙晦）

《王闿运和他的尊经书院的弟子们》（龙晦）

《尊经书院与近代蜀学的兴起》（李晓宇）

《草堂楹联语粹》（郭世欣）

歌吟成史乘[1]，忠君爱国，每饭不忘，[2]诗卷遂为唐变雅[3]；
仕隐[4]好溪山，迁客骚人，[5]多聚于此，草堂应作鲁灵光[6]。

——严雁峰

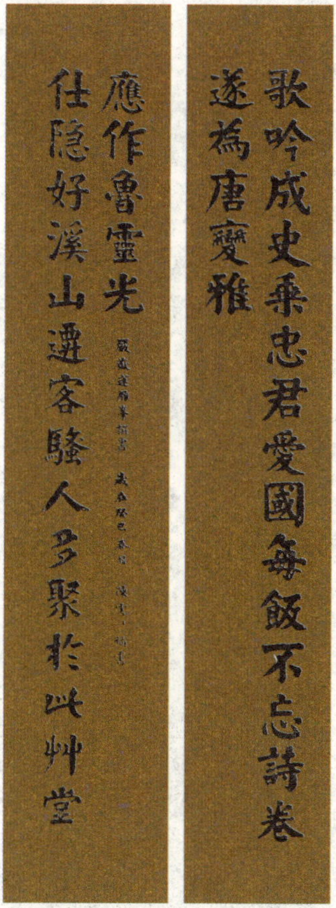

注释

①**史乘**：史书。《孟子·离娄下》：“晋之《乘》，楚之《梼杌》，鲁之《春秋》……”《乘》《梼杌》《春秋》分别为春秋时期晋、楚、鲁三个诸侯国的史书，故后世泛称史书为“史乘”。清代赵翼《题竹初自述文》诗：“将垂史乘芳，更炳金石光。”

②**忠君爱国，每饭不忘**：语出苏轼《东坡集·王定国诗集序》：“古今诗人众，而杜子美为首，岂非以其流落饥寒，终身不用，而一饭未尝忘君也欤！”联句意指杜甫没有一刻忘记对国君的忠诚和对祖国的挚爱。

③**变雅**：指我国第一部诗歌总集《诗经》中《小雅》《大雅》部

杜甫草堂柴门

分篇章反映周政衰乱。《诗经·大序》云：“至于王道衰，礼义废，政教失，国异政，家殊俗，而变风变雅作矣。”引申指反映现实、具有讽世作用的作品。

④**仕隐**：做官而归隐（原联为“吏隐”，补书时误写为“仕隐”）。语出杜诗“浣花溪里花饶笑，肯信吾兼吏隐名”（《院中晚晴怀西郭茅舍》）。

⑤**迁客骚人**：指被贬谪流放的官吏和失意的诗人。迁客：遭贬斥放逐之官员。南朝梁江淹《恨赋》：“迁客海上，流戍陇阴。”骚人：即诗人、文人。南朝梁·萧统《<文选>序》：“骚人之文，自兹而作。”

⑦**鲁灵光**：鲁灵光殿，汉代建，为汉景帝程姬之子恭王刘余的宫殿，今不存。遗址在今山东曲阜县东。东汉王延寿《鲁灵光殿赋序》说：“鲁灵光殿者，盖景帝程姬之子恭王余之所立也……自西京未央、建章之殿，皆见隳坏，而灵光巍然独存。”后世借此喻硕果仅存

的人或事物。明代王思任《留别山僧》诗序："诸僧旧俱已隔世，无复存者，独幻林上人如鲁灵光殿也。"联语原为"蜀灵光"，意为草堂是蜀地的灵光殿，虽历经沧桑而留存于后世。补书时误写为"鲁灵光"。

解读

壹

这副题于柴门两旁的楹联，对杜甫其人其诗、草堂其地其貌做了高度概括与饱满的赞美，读来朗朗上口。此联原刻毁于战火，1953年由著名书法家、中央文史研究馆首任馆员陈云诰补书。陈云诰朴拙厚重、浑然天成的隶书，与联语交相辉映，不失为草堂现存楹联中的佳作之一。

唐诗是中国诗歌的高峰，盛唐气象，浪漫壮美。唯独杜甫的诗被后世尊称为"诗史"，这不能不说是历史的选择。杜甫的前半生，也曾激扬"放荡齐赵间，裘马颇清狂"的英气豪情，也曾怀抱"致君尧舜上，再使风俗淳"的远大理想。746年，34岁的杜甫作别和李白、高适的壮游时光，奔向长安。天宝年间（742—756），把持朝政的李林甫、杨国忠权欲熏心。杜甫不屑俯就利禄，仕进无门，十年困顿，等来了一个右卫率府胄曹参军（看守盔甲兵器）的小官，也等来了渔阳鼙鼓、安史之乱。

在安史之乱酝酿时期，杜甫壮志难酬，穷困潦倒。生活折磨了杜甫，也成全了杜甫。他亲眼看见时政腐败，忧心忡忡，从而写出了《兵车行》《丽人行》等杰作。天宝十四载（755）十一月，安史之乱爆发，兵连祸结，天下鼎沸，杜甫以笔作帚，将一切黑暗扫入诗集。从此，诗人的人生和创作，走向了一条通往现实、通往人民生活的道路。他拿出自己生命的全部情怀，给了天下苍生最滚烫的关注。

贰

天宝十四年（755）十一月初，43岁的小官吏杜甫从长安出发到奉先县看望家人。清晨路经骊山脚下，但见温泉蒸汽郁勃，羽林军校往来如织。唐玄宗和杨贵妃正在华清池泡温泉，因消息闭塞，殊不知安禄山叛军已闹得不可开交。杜甫也在不知情的情况下，写下了他被后世称为“诗史”的第一篇《自京赴奉先县咏怀五百字》。在这首长诗中，诗人预感山雨欲来风满楼，向当权者发出了“朱门酒肉臭，路有冻死骨”的控诉，荣枯咫尺异，惆怅难再述。

这场起自朱门之间的灾难，改变了无数人的命运。在一年之内，中原的局面发生了翻天覆地的变化——二都沦陷，马嵬兵变，玄宗入蜀，太子李亨北上灵武（今属宁夏）即位。凄惶之间，757年的春天到来了。

春天已失去了生机盎然的活力。望着春城败象，深陷叛乱之中的诗人哀痛欲绝：国破山河在，城春草木深。感时花溅泪，恨别鸟惊

草堂里杜诗《春望》场景雕塑

心。《月夜》《悲陈陶》《哀江头》等一系列组诗也先后诞生。四月，杜甫乘隙逃出长安，投奔在凤翔的李亨。“麻鞋见天子，衣袖露两肘”，年轻皇帝见杜甫如此狼狈，还惦记着大唐江山，又辛酸又感动，于五月十六日封了他一个左拾遗的八品小官，负责向皇帝提意见。

终于有了发言权，杜甫一心忠言直谏，但他不懂官场规矩，政治素养又太幼稚，他为被打入“玄宗派”的宰相房琯鸣不平，激怒了李亨，几遭刑戮。是年八月，肃宗特许杜甫回家探亲，实际上是有意疏远他。一路上，诗人看到战争破坏之巨大、人民苦难之深重，不由得五内俱焚，写下了慷慨陈词、长歌浩叹的长篇史诗《北征》，回家的悲喜交集也凝成了《羌村》三首。何止羌村，“黍地无人耕”“儿童尽东征”的凄凉景象，遍及整个北国乡村。

759年春，唐军在安阳大败，安史叛军乘势进逼洛阳。为了补充兵力，唐军在洛阳以西至潼关一带，大肆抽丁拉夫，人民苦不堪言。因被房琯牵连，杜甫上年六月被贬华州（今属陕西）司功参军，此时正由洛阳历经新安、石壕、潼关，夜宿晓行，风尘仆仆，赶往华州任所。一幕幕惨绝人寰的悲剧，诗人看在眼里，痛在心上，写入诗中，字字血泪，这就是不朽的组诗“三吏”“三别”。

叁

乾元二年（759）七月，安史之乱已是第五年，杜甫抛弃了参军职务，挈妇将雏，翻越陇山，寓居秦州（今天水），转赴同谷（今成县）。所经之处，哀鸿遍野，民不聊生。长歌当哭，《秦州杂诗》《同谷七歌》里，每一座山，每一道水，都回荡着杜甫悲悯的吟唱。十二月一日，饥寒交迫的诗人举家从同谷出发，年底到达成都。

47岁的杜甫，饱经离乱之后，开始有了安身的处所，结庐浣花溪畔。大江东流去，游子日月长。

草堂里的南邻绿水

上元元年（760）的八月，大风破屋，大雨倾盆。诗人长夜难眠，感慨万千，写下了脍炙人口的诗篇《茅屋为秋风所破歌》。他不是孤立地、单纯地为自身的不幸遭遇而哀叹，而失眠，而大声疾呼，全诗字里行间翻腾着天下寒士的苦难、社会的苦难、时代的苦难。大唐王朝给予杜甫的是深深的不幸，诗人没有计较，一把瘦骨，一支秃笔，一腔热血，向苍凉的大地投去一片丹心！

764年晚春，诗人客蜀已是第五个年头，安史之乱已平定一年，但青春作伴好还乡的畅想，早已破灭。吐蕃入侵、宦官专权、藩镇割据，朝廷内忧外困，万方多难。杜甫登楼远眺，锦江春色来天地，玉垒浮云变古今。诗人的目光，望向西北前线，似乎已闻金戈铁马，杀声震天。这年六月，由于新任成都尹兼剑南节度使的好友严武力荐，杜甫获得了“节度参谋、检校工部员外郎”的官职，这个主理官府建筑的秘书，说穿了，不过是严武的幕僚而已。这时杜甫已52岁，满头白发，穿着制服，每日鸡鸣即起，露水沾衣，从西郊的草堂赶进城里署府去上班点

卯。有时候下晚班来不及回家，还只好住在府内，不能酣眠。

因为幕僚们的排挤，杜甫在严府度日如年。一年后的正月初三，杜甫辞官回到草堂隐居。五月，杜甫决意离去，携家人乘舟东下，在忠州、云安、夔州旅居两年后，大历三年（768）正月中旬，杜甫自夔州出三峡，准备北归洛阳，终因时局动乱，北归无望，漂泊鄂湘一带。亲朋无一字，老病有孤舟。770年冬天，59岁的杜甫写下绝笔之作《风疾舟中伏枕书怀三十六韵奉呈湖南亲友》，在生命的最后时日，他依然饱含家国之忧。不久后，诗人死于赴郴州的船上。飘飘何所似？天地一沙鸥。

肆

杜甫离世100余年之后，晚唐诗人孟棨第一个将“诗史”的荣誉送给了杜诗。在他的笔记小说集《本事诗·高逸》中这样写道：“杜逢禄山之难，流离陇蜀，毕陈于诗，推见至隐，殆无遗事，故当时号为诗史。”

杜甫历玄宗、肃宗、代宗三朝，在安史之乱爆发后，创作传世的1300多首诗歌，提供了史实，可以证史，也可以补史之不足。他将自己所见所闻的社会现实、所感所叹的民怨国恨、所思所想的辅君心绪，完完全全用诗歌记载下来。更珍贵的是，杜诗提供了比事件更为广阔、更为具体、更为生动的生活画面。他与这场灾难息息相关，心之所向，情之所系，而其所具有“尽得古今之体势而兼人人之所独专”的高妙艺术手段，又足以将这种高贵的感情，充盈笔端，力透纸背。因此，读这些有温度的文字，如同读一部大唐由兴盛走向衰落的皇皇历史巨著。

千百年来，后世文人学杜、摹杜，拜谒草堂者前赴后继。1884年，四川总督丁宝桢推行每年春秋两季的拜祭杜祠之祭礼，还创立杜祠基金，以备祭祀专用。蜀中文人士子，莫不云集草堂，挥毫吟唱，凭吊诗人。拜祭的人流中，29岁的严雁峰和同学宋育仁、廖平、杨锐、张森楷、吴之英一行格外引人瞩目，他们是四川最高学府尊经书院的风云人物，他们的山长，是一代大儒王闿运。书生意气，挥斥方遒，无数次遥想杜公风骨，“每饭不忘君”“穷年忧黎元”，一颗至死不渝的赤子之心，跳动在一行行诗句间，在士子心中打下了深深烙印。

世事沧海桑田，许多王侯府邸早已湮没无闻，而草堂就像“灵光殿”一样，历千秋万世传颂永存，严雁峰每每感怀，热血沸腾。他反复斟酌以后，胸中千壑，笔底波澜，一副楹联挥洒而成：

歌吟成史乘，忠君爱国，每饭不忘，诗卷遂为唐变雅；

吏隐好溪山，迁客骚人，多聚于此，草堂应作蜀灵光。

上联大意是，杜甫遗留下的许多反映安史之乱前后唐代社会现实的辉煌诗篇，是诗中的史册；他时时刻刻不忘社稷的安危，吟就了许多忧国忧民的诗篇，成为唐代诗坛的“变雅”之作。下联是说，浣花溪畔风光明丽，林塘清幽，杜甫“吏隐”过的草堂，风雅之士，遭谪之客，每寓蜀中，莫不前来草堂临风瞻拜，缅怀杜公。这千载的草堂，应是蜀中的灵光殿。

40字的联语，构思完整，用语凝练，用典贴切，对仗工稳，文采斐然，生动道出杜甫草堂在中国文人心中的“文学圣地”地位——草堂这片好溪山，之所以在中国文化史上，就像那座历战火而独存、历千载而永驻的鲁灵光殿一样，岿然立于天地之间，是因为杜甫写下灿烂、伟大的“诗史”，是因为杜甫与祖国与人民同呼吸、共命运的伟大的诗人精神。历史不会忘记，人民不会忘记。

草堂不朽，诗人不朽。

人物

严岳莲（1855—1918），字雁峰，清时学问家，著名藏书家，别号贲园居士。本为陕西渭南人，世代经营盐业，自幼随父母客居成都，秀才出身，能诗文，曾入尊经书院就学。著有《贲园诗抄》《随笔四卷》《读晋书笔记》等。在成都建有著名的贲园书库。

严雁峰父子　筑就成都“天一阁”——贲园

壹

同治元年（1862）五月的清晨，渭南通往成都的官道上，数驾马车飞驰而来。马蹄起落，车轮滚动，在晨雾中渐次作响。其中一驾马车，华盖遮顶，朱青色窗雕，描金花纹，隐隐彰显着主人的尊贵身份。车中妇人仪态端庄，但眉头紧锁，似心事重重。她身旁坐着一眉清目秀的男孩，一路好奇地望向窗外的青翠山谷，只见风光烂漫，全然不知母亲的烦忧。陕甘回民起义爆发，在成都做盐业生意的亲戚捎来口信，催促她带着七岁的儿子速来成都避难，她只好仓促启程。一路行来，她甚是牵挂渭南亲友安危，坐立难安。

母亲不能预料，沿途那自在飘摇的小草，在儿子心中留下了怎样向上生长的力量；当母亲怀抱沉沉入睡的儿子，更不会想到，有一天，这个小小的叫严岳莲的孩子，会是一代藏书家，他筑就的贲园书库，会名震四海。

严岳莲出生在渭南孝义镇的前严巷，祖上三代运销盐业，成为一方巨富。严岳莲幼时丧父，胸有大志，饱读经书。跟随母亲定居成都骆公祠街（今锦江区和平街）后，发奋读书，学业精进。酷爱阅读的他，还慢慢培养起了藏书的习惯。优渥的家境，也足以支持他这一雅好。不知不觉，他的藏书已逾万卷。

长大后，严岳莲取字雁峰，以表字闻名于世。1876年，21岁的严雁峰回陕西参加科考，中秀才，补廪生，但之后的三次乡试皆不中。科场失意，功名上未能更进一步，严雁峰并没放在心上，反而对另一件事情闷闷不乐。原来，1879年秋他返蜀奉母后，得知尊经书院聘请了王闿运执掌山长，当时，王闿运已是学界令人高山仰止的人物，严雁峰也是仰慕者之一。他兴冲冲地去书院报考，却吃了一个闭门羹——书院不收外省籍学生。

不过，严雁峰的学途很快迎来了转机。因为喜书、搜书甚勤，年纪轻轻，藏书已达五万卷的他，俨然已是成都藏书界的一匹“黑马”，名声在外。王闿运辗转听闻后，嘉其志向，破例将他收入了门下。王闿运执掌尊经书院八年，严雁峰在尊经书院整整向学六年，与宋育仁、廖平、吴之英、张森楷等同门朝夕研读，学问见识与藏书量俱增。

贰

坐拥藏书万卷，严雁峰不仅仅自己诵读，还将藏书慷慨提供给他人。他的书房，成了王闿运等蜀中学者、文人研究学术的荟萃之所。廖平研治经学，考订《伤寒论》唐古本，宋育仁修《四川通志》《富顺县志》，张森楷研究《史记》，林思进主修《华阳县志》……均得益于严氏藏书。严雁峰本人也学有所得，在同门中以诗文著称，后合刻为《贲园诗钞》，时人称其“近百年秦中诗人之首矣”。1887年，王闿运在去蜀回湘时，特意将手中的《湘军志》书稿及《圆明园词卷》赠予严雁峰，还写作长卷勉励，寄予殷殷厚望。去蜀多年后，王闿运在《湘绮楼日记》中还深情回忆：严氏藏书从狭义上说，属于他私人；从广义上说，则为四川培育了大批学者。

1894年，甲午中日海战即将爆发之时，严母去世。39岁的严雁峰受母遗命赴京仕进，再次不第。时政腐败，金榜题名的心渐渐冷却，埋首书斋、求书藏书的一腔热血却沸腾如火。此后，他远离名利场，醉心于收集海内珍本古籍。往来秦蜀、湖广、南北两京，足迹所至，遍访书肆及仕宦旧家。到了晚年，他甚至将祖传的盐业变卖，矢志藏

位于和平街的贲园书库

书。多年来，所藏典籍“计书14145种，115232卷，45982册”，其中部分藏书较之《四库全书》还多。世人谓之“侈侈隆富，甲蜀中收藏家”。

凡藏书家，莫不以收藏的孤本、善本为傲。略微列出一些严氏藏书，就足以让人大吃一惊：孤本宋版《淮南子》《淳化阁双钩字帖》《晏子春秋》；胡林翼、严树森、曾国藩来往信札手稿及用兵的山川地图；顾炎武的《肇域志》手稿，还有历代收藏家、学问家苦觅而难见踪影的“马元调本”《梦溪笔谈》，足足30卷！

藏书到了汗牛充栋的地步，怎么办呢？一个大胆的想法出现在严雁峰的脑海里——建一个书库！就是这个想法，造就了后来蜚声中外的西南著名书库——贲园。

当时四川兵荒马乱，筹建大型书库可不容易。严雁峰一边把书籍运到大慈寺、龙藏寺秘密收藏，一边在买下的景勋楼的基础上扩建贲园书库。景勋楼是清代著名将领岳钟琪任川陕总督时在成都的宅第，原址为三国时期蜀将赵云的府邸（和平街曾名“子龙塘”）。此后，主政四川的官员吴连生、骆秉章等都曾入住。

1914年，贲园书库动工，修建的过程长达十载，一直到1924年才落成。让人叹息的是，严雁峰已在1918年秋逝去，没有看到书库筑就。但让他欣慰的是，有人继承了他的遗志。贲园书库的藏书量在这个人的手中达到惊人的30多万卷，较当时著名的宁波天一阁藏书量，有过之而无不及。此人是谁？

他就是贲园书库第二代主人——严谷声。

叁

严雁峰膝下无子，他把陕西老家一个族人的儿子过继为嗣子，取名严谷声，为儿子的书斋命名为“时过学斋”，勉励他埋头向学，须臾不可懈怠。在父亲的教诲下，严谷声守着洋洋大观的藏书，摒弃声色犬马，蛰居书库。

严雁峰去世时，严谷声29岁。他遵从父亲遗愿，敦请父亲好友、学者张森楷来家课读，请他帮助整理贲园书目，他随侍在旁边当助手，耳闻心记，学到了一整套丰富的整理典籍的知识和实践经验。在贲园日复一日的岁月中，在张森楷的耳提面命之下，严谷声逐渐成长起来。

严雁峰曾教诲严谷声："读书难，藏书尤难，藏之久而不散则难之又难。"这是黄宗羲在《天一阁藏书记》中的一句名言。严谷声牢牢记下了这句话，并和父亲一样，求书、藏书。书，成了藏书家活着的人生理想。

1924年，贲园书库落成。成都学者陶亮生记述了他的目击："书库建在花园中，系楠木结构，高大宽敞，外砌石，通户牖，为石库状，周围种植银杏、幽篁，冬暖夏凉，清新雅洁。"

严谷声请人彻底整理书目，就花去了整整两年时间。对于书籍的保护管理，他也费了很多心血。比如书库分为三层，四壁有通气孔，有窗户，保证库内空气流通，板壁上加一层铁皮，不让湿气侵入；书架书柜全是楠木、香樟，特别珍贵的书放在楠木箱子里保存；每年春夏之交会雇人来翻书，防虫防腐。

对藏书而言，更大的危险不是这些，而是时局不稳，战争不断，以及觊觎贲园藏书的歹意恶念。曾有许多外国人向严谷声重金收购藏书，还有军阀借机敲诈勒索，甚至将他绑架。但严谷声"宁损千金，不弃一卷"。

通过数十年的努力，严雁峰、严谷声父子以水滴石穿的精神，终于在中国西南腹地创下了一个让海内外艳羡的文化奇迹，为中国传统文化提供了一个虽小却温暖的栖息地。

肆

经年累月的浸染和研究，使严谷声学得满腹经纶。这就难怪，当他在1935年和张大千相识于北京时，大千对他的学识折服不已，相见恨晚。

两年后，抗战爆发，张大千飘零到成都，随行的有子女、弟子、工役等40多人。严谷声闻讯，当夜腾出20多间房屋接待大千一行，把读书的小客厅安排为张大千的画室。1943年底，张大千从敦煌回到成都，贲园也是张大千归来整理写生、加工素材的基地。次年在严谷声的资助下，举办了“张大千临摹敦煌壁画展览”，成为轰动文化界的盛事。

大千性情豪放，一掷千金，常感拮据。严谷声总是慷慨资助，成人之美。大千深感知遇，为严谷声画了不少工笔人物、花卉，以及大写水墨山水，如用丈二宣纸着色画成的《西园雅集图》（通幅人物有一米多高）、《荷花通景》屏幅。有一次看了名丑周企何的名剧《请医》后，还为登台客串的严谷声即兴挥笔《严谷老谐趣图》。严家聪明伶俐的大女儿严盛媛自幼喜欢绘画，顺理成章地拜张大千为师。

在老成都，贲园即便不是张大千这样的文人学者的天堂，至少也是一方乐土。在这方飘荡着翰墨书香的“世外桃源”，他们或醉心整理传统文化典籍，或修身养性。

贲园所藏中国音韵的书籍浩繁广博。龚向农、向楚二位学者历经数个春夏秋冬，一套辑唐宋以来中国音韵学之大成的巨著——《音韵学丛书》，20种、123卷告竣。1943年，辛亥革命元老、书法大家于右任提出辞去国民政府监察院长职务，以“养病”的名义由渝来蓉，深居贲园，看书赋诗，避祸远害，同严谷声感情甚笃。于右任兴之所至，常为严谷声书文天祥《正气歌》、诸葛亮《出师表》等屏联，落笔挥毫，出神入化，观者无不惊叹。

出入贲园的著名学者，还可以列出一长串：谢无量、顾颉刚、陈寅恪、林思进、庞石帚、蒙文通、沈尹默、叶浅予……那时的书库，可谓谈笑有鸿儒，往来无白丁，是所有读书人的向往之地。

伍

如果说，天一阁代表的是江南的灵秀和坚韧，贲园则代表巴蜀的厚重和开放。严谷声不局限于藏书，不一味将其束之高阁，而是在典籍分类整理、藏书刊刻、中外文化交流等方面，走出了一条比父亲更远的长路。

严谷声重金聘请名匠，校勘精刻善本，父子两代共同完成的《渭南严氏孝义家塾丛书》除馈赠国内图书馆和学者外，还向海外赠书。英、美、法等国的大图书馆，多存有“渭南严氏精刻善本”。抗战期间，苏联政府收到赠书，斯大林还亲自签署了答谢状。

1949年10月，国民党要人张群、朱家骅、杭立武等人均劝严谷声将藏书转移至台湾，严愤愤相拒：“头可断，志不可移。”同时，周恩来通过邵力子致函严谷声，对他收藏和整理古籍的事业表示敬重。何去何从？严谷声最终选择了将藏书留在贲园，留在成都。

新中国成立后，严谷声将贲园30万卷藏书悉数移交给了四川省图书馆（其时为川西图书馆），其中由蒙文通、杨啸谷、严谷声共同圈定的善本达五万多卷。令人叹服的是，图书馆方面接收这批藏书时，竟然没有一卷有水渍、被虫蛀。20世纪50年代，毛泽东主席在成都阅览图书时，放在他案头上的，就有凝结着严氏父子心血的善本古籍。

1952年，严谷声成为四川省文史馆研究员。1976年，87岁的严谷声走完人生长路。36年后的2012年，贲园书库被确定为省级文物保护单位。

严雁峰曾为贲园自撰对联一副，并由书法大家于右任书写。读懂了这副对联，就读懂了严氏父子的精神操守，读懂了贲园在漫漫岁月烟尘中，永不褪色的荣光与骄傲：

无爵自尊，不官亦贵；

异书满室，其富莫京。

◎撰稿　陈蕙茹　◎审读　袁庭栋

主要参考资料

《杜甫草堂史话》（周维扬　丁浩）

《四川近现代人物传》（任一民）

《四川近现代文化人物续编》（四川省政协文史资料研究委员会　四川省文史馆）

《草堂楹联语粹》（郭世欣）

望江楼

望江楼，望江流，望江楼上望江流，江流千古，江楼千古。

——佚名

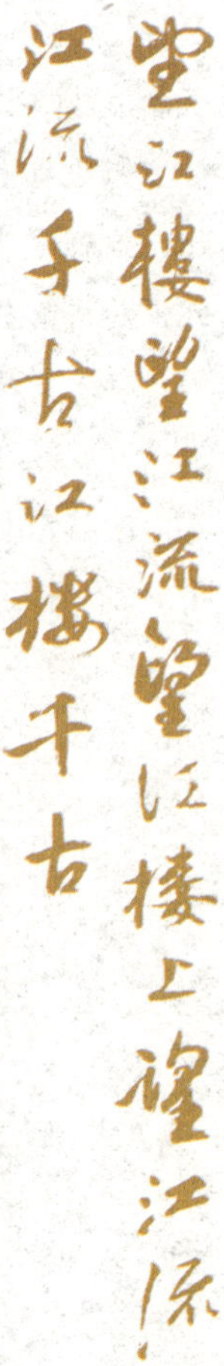

解读

壹

光绪十四年（1888），成都崇丽阁（即望江楼）建成。一日，流寓成都的一位江南名士慕名登楼，举目远眺，感触万端，情不自禁地吟出上联：

望江楼，望江流，望江楼上望江流，江流千古，江楼千古。

联中“江楼千古”是指此楼因薛涛而名垂千古；“江流千古”则是抒发作者对时间长流不息的感慨。可是吟完上联，他怎么也对不出下联，乃惆怅而去。

但也有人说，上联作者是当时支持修建望江楼的四川总督刘秉璋。刘秉璋进士出身，1886年丁宝桢死后，他被擢升为四川总督，从此督蜀八年之久。崇丽阁落成之日，刘秉璋在这里大宴宾客幕僚。席间，文思勃发，口占一联云：“望江楼上望江流，江流千古，江楼千古。”（与前引联相比，少“望江楼，望江流”六字）一语既出，举座皆惊，无不叫绝，但无论是刘秉璋还是来宾、幕僚，绞尽脑汁也对不出下联来了，只得挂出上联，虚位以待下联。

这两种说法多年来谁也说服不了谁。作者的神秘，更增添了它的传奇色彩。更传奇的是，一个多世纪过去了，竟无人能够对出服众的下联。这半副楹联到今天依然形单影只，孤独百年。

贰

一百多年来，无数文人墨客想挑战该上联，续出能够媲美的下联，破解这个楹联中的“哥德巴赫猜想”。20世纪30年代，什邡人李吉玉去县城北面的珠市坝散步，偶见“古印月井”，触景生情，突发奇想，对出下联：

印月井，印月影，印月井中印月影，月影万年，月井万年。

其实，在此之前，一个叫彭大侠的人也对了一句下联：

薛涛井，薛涛冢，薛涛井畔薛涛冢，涛冢至今，涛井至今。

这是挑战者中最有影响的两个，其他人也纷纷冥思苦想过很多对句，诸如：

观月阁，观月落，观月阁中观月落，月落无言，月阁无言。

朝月阁，朝月落，朝月阁中朝月落，月落无声，月阁无声。

赛诗台，赛诗才，赛诗台上赛诗才，诗才绝代，诗台绝代。

合江亭，合江景，合江亭畔合江景，江景万载，江亭万载。

但这里的前两个对句不够完美，不足以和上联珠联璧合；后两个对句平仄、对仗不符对联基本要求。望江楼公园也曾三次向社会公开征集下联，最近一次的2009年，甚至是面向全球征集。包括美国、加拿大等地的应征者贡献了3758条下联，但依然没有出现众望所归的作品。

望江楼

缘何下联如此难求？

首先，短短21字的上联（不重复的字仅7个），浓缩了中国语言文学的精妙。联句运用重字、谐音、双声、叠韵、双关等修辞手法，带来多重理解、多重意境。“望江楼”三字，既可以理解为动宾短语：“望—江楼”；也可以理解为偏正结构，为“望江”的“楼”。“望江流”的“流”与前句的“楼”，不仅有双声叠韵的关系，“流”还语含双关。“流”既可作“水流”解释，是名词，“江流”为偏正结构；“流”又可作“移动”来理解，为动词，“江流”为主谓结构。因此，“望江流”既可理解为“望见江水之流”，又可理解为“望见江水流动”。“望江楼上望江流”中，“望江楼”和“江流”又都是实实在在、经多年沧桑而不变的景观，与后面“千古”的呼应自然熨帖。“江流千古”，可理解为“江一流—千古”，也可理解为“江流—千古”。“江楼”虽仅指江边的楼，但用“江”这个名词来修饰“楼”这个名词，词义悠远，意境不俗。总之，上联词义的丰富、搭配的巧妙、修辞的多样、平仄的协调，形成了重重“难关”，想要挑战成功，殊为不易。

其次，要找到一个跟望江楼词组结构相同、地位相称、知名度相仿的景点，更加困难。比如滕王阁也很有名，但词组结构与望江楼不同，平仄协调也有问题，没法相对。

语言和景点地位的两大独特性，造就了出句的经典性。因此，为经典寻找最佳对句，可以无限接近但难以完美。望江楼的“绝对”，也就还要继续孤独下去。

链接

传奇女诗人薛涛和望江楼

壹

成都望江楼的诞生与唐代女诗人薛涛密切相关。

薛涛，字洪度（一作弘度），原籍长安，但生于成都，长于成都，是地地道道的成都才女。她自幼聪颖好学，才华出众。薛涛八岁那年，父亲薛郧在庭院里的梧桐树下歇凉，忽有所悟，偶得诗句：“庭除一古桐，耸干入云中。”薛涛头都没抬就随口续上了父亲的

望江楼公园浣笺亭

秋日里的望江楼公园

诗："枝迎南北鸟，叶送往来风。"薛涛14岁时，薛郧因为出使南诏染上瘴疠而去世，从此家道中落。据记载，薛涛"容姿既丽"，又"通音律，善辩慧，工诗赋"。16岁时，中书令韦皋出任剑南西川节度，召令赋诗侑酒，薛涛被迫入乐籍，沦为歌伎。几年后因事冒犯韦皋，被罚赴松州边军中充当乐妓。返回成都后脱离乐籍，退隐浣花溪，诗书相伴，时有唱和。赋诗40余年间，她诗名极盛，"诗达四方"；诗风"调婉神秀""细腻多巧"。著名诗人元稹、白居易、刘禹锡、杜牧等都是她的"粉丝"，互有诗文唱酬。薛涛一生大约作诗500首，可惜大多散失，流传至今的仅91首。即使如此，仅存的诗里也体现出了这位女诗人的杰出才华。她被后世公认为唐代第一女诗人，在中国文学史上占有一席之地。

贰

据史料记载，薛涛生前分别居住在成都的城南、城西和城北。“早岁居万里桥边”（现成都老南门大桥附近），20岁脱去乐籍后，移居城西的浣花溪畔，“晚岁居碧鸡坊”（现成都城北金丝街附近）。薛涛一生并没有在城东居住过，但为什么后人纪念她的望江楼在城东呢？这里有两个截然不同的说法：

其一，薛涛死后葬在城东，那里有薛涛的墓地。据《华阳县志》说，薛涛就葬在城东南四里的黄家坝。宋代郑樵的《通志》甚至具体指出，此坟在距薛涛井约一里的民舍旁。

其二，薛涛死后并没有葬在城东，而是葬在成都西边的王建墓附近。明代因为仿制薛涛笺，在城东锦江南岸凿玉女津（后称为“薛涛井”）取水，并在井附近造了一墓，以此缅怀薛涛。

无论墓是真是假，但后来至少因为“薛涛笺”，这里逐步演化成了薛涛的纪念地。

“薛涛笺”是薛涛的一大创意产品。据北宋苏易简《文房四谱》云：薛涛“好制小诗，惜其幅大，不欲长，乃命匠人狭小为之”。薛涛又发明了涂刷染色技法，能染出深红、粉红、明黄等十种颜色，做出的小彩笺很快风行全国。而薛涛自己则偏爱深红一色。

据史载，薛涛本用浣花溪水造笺，但到了明代，唐时的百花潭逐渐淤积，水质欠佳。于是明代蜀献王朱椿，就用位于今天望江楼公园中的薛涛井取水建作坊，仿制薛涛笺。由于井水经砂质地层过滤，甘甜清冽，所制出的纸号为上品。此井周围石栏环绕，“有堂室数楹，令卒守之”。制笺时间也特别讲究，最上品者只在每春三月三日这天汲此井水，精工细造纸笺24幅。其中16幅直接上贡当朝皇帝御用，余下8幅留藩邸，极其珍贵，市间绝无出售。

笺以人名，井以笺名。由于薛涛井在制笺上的重要地位，加之这里早就是锦江航运的重要码头，故而早在明代时即有人在其附近修建楼馆。官吏学士在此宴饯、吟咏，迎来送往。清初，则出现了“薛涛井”的题名碑刻。康熙年间，成都知府冀应熊亲书“薛涛井”三字，刻为石碑。乾隆六十年（1795），编修周厚辕与成都府通判汪俊等游薛涛井，又题诗并镌碑：“万玉珊珊凤尾书，松花篱近野人居。井栏月坠飘梧影，素发飘飘雪色如。”

清嘉庆年间，此处逐步有了一些纪念薛涛的亭台。1814年，四川布政使方积与成都府知府李尧栋等还在培修薛涛井外，在井的对面修建了濯锦楼、吟诗楼、浣笺亭，皆因薛涛故事取名，兼做官民游宴之所。但清咸丰初年，俱毁于兵燹。到了清光绪年间，望江楼迎来了一次盛大的重建。这次重建奠定了今天望江楼公园的基础。

叁

光绪十年（1884），华阳县人马长卿首倡筹建望江楼。他是光绪己卯年举人，目睹嘉庆年间建的吟诗楼等建筑“毁拆几成荒土”，痛心疾首，遂联合锦江书院山长伍肇龄等人募款筹建崇丽阁，于1886年动工。郫县（今郫都区）著名木工杨燕如、杨前生叔侄分任正、副掌墨师，征聘20多名出色匠人，选用上等楠柏木料精心构建。历时两年寒暑，于1888年建成。楼名崇丽阁取自晋代左思的《蜀都赋》“既丽且崇”之意。因临江而建，民间都称“望江楼”。崇丽阁高27.9米，全木穿榫结构，共四层，下两层四方飞檐，上两层八角攒尖，每层的屋脊、雀替都饰有精美的禽兽泥塑和人物雕刻。朱柱碧瓦，宝顶鎏金。微风过处，铜铃铿然有声。开阁之日，名流麇集。众人纷纷题诗作联，一时传为盛事。面对此情此景，主其事的马长卿自然心潮澎湃，写下《题崇丽阁》一联：

斯楼为蜀国关键，慨兵燹倾颓，人物凋谢，数十年满目荒凉，遗风顿竭，溯渊云墨妙、李杜才奇、轼辙名高，久经宇宙山川，沧桑千古；

此地是锦江要会，爱舟樯上下，烟浪萦回，几多士同心结构，胜地重开，想石室英储、岷峨秀毓、江汉灵炳，且看栋梁桢干，砥柱中流。

1894年春天，马长卿邀约诸贤再次募款，于1898年在崇丽阁附近重新修成了吟诗楼、浣笺亭，并新建了五云仙馆、泉香榭、流杯池等。清婉室则晚至光绪二十九年（1903）始建成。虽说当初筹建崇丽阁，理由是祈求文运兴旺，但马长卿在全部工程竣工后，道出了他倡建此楼的另一个动机——纪念诗人薛涛。他在《江楼全局工竣偶成五言二章》中写道："古井何澄清，十样笺染成。吟楼肇唐代，花里尤擅名。一自遭兵燹，精舍咸圮倾。偶读朱公碣，补葺动予情……崇丽阁高耸，濯锦楼平横。笺亭更新筑，诗楼复峥嵘……吁嗟岁月流，今古一转眸……才子每湮没，佳人誉尚留。花笺香侵月，茗椀静宜秋……"

1928年，以这群建筑为核心辟为郊外公园，占地20.6亩。1953年，改名为"望江楼公园"，面积扩大到78亩，1960年更增至176.5亩。2006年，望江楼古建筑群被列为全国重点文物保护单位。

◎撰稿　卫　昕　吴　刚　◎审读　袁庭栋　冯全生

主要参考资料

《成都城坊古迹考》（四川省文史研究馆）

《望江楼志》（彭芸荪）

《薛涛纪念地马氏立丰碑——马长卿筹建望江楼建筑群事迹考》（陈友山）

《薛涛故居现地考》（陈友冰）

几层楼独撑东面峰[1]，统近水遥山，供张画谱：聚葱岭[2]雪，散白河[3]烟，烘丹景[4]霞，染青衣[5]雾。时而诗人吊古，时而猛士筹边[6]。只可怜花蕊[7]飘零，早埋了春闺宝镜；枇杷[8]寂寞，空留着绿墅香坟[9]。对此茫茫，百感交集，笑憨蝴蝶，[10]总贪迷醉梦乡中。试从绝顶高呼，问问问，这半江月谁家之物？

千年事屡换西川局，尽鸿篇巨制，装演英雄：跃岗上龙，[11]殒坡前凤，[12]卧关下虎，[13]鸣井底蛙。[14]忽然铁马金戈，忽然银笙玉笛[15]。倒不若长歌短赋，抛撒些闲恨闲愁；曲槛回廊，消受得好风好雨。嗟余蹩躠，四海无归，跳死猢狲[16]，终落在乾坤[17]套里。且向危梯俯首，看看看，哪一块云是我的天！

——钟云舫

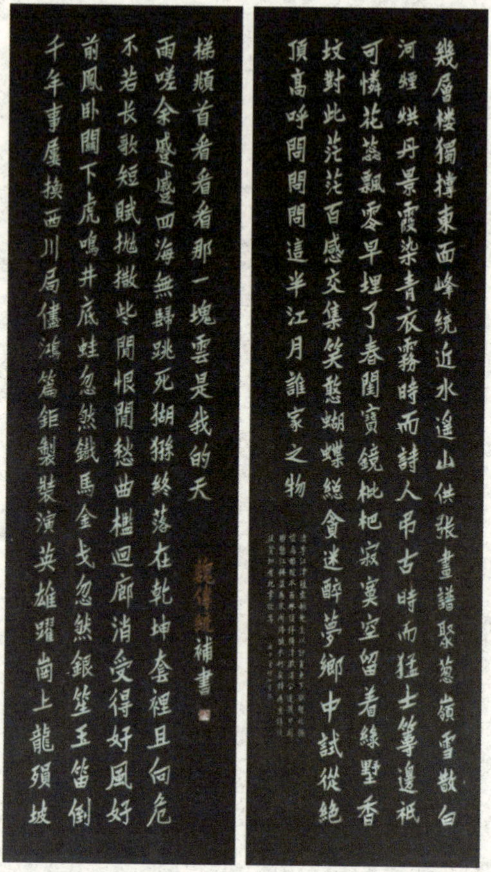

注释

①**东面峰**：望江楼在成都城东，面朝东部龙泉山。

②**葱岭**：确指待定。或指四川广元东北的龙门山，亦称“葱岭山”。

③**白河**：确指未详。或指源出四川汉源县的白沙河，或指源出四川松潘县的白水河。

④**丹景**：成都西北部有丹景山。

⑤**青衣**：指青衣江，源出四川宝兴县。

⑥**筹边**：公元830年，李德裕任剑南西川节度使，为筹措边事在成都等地建筹边楼。据《成都城坊古迹考》，成都筹边楼当在今四川科技馆东侧。薛涛有《筹边楼》诗："平临云鸟八窗秋，壮压西川四十州。诸将莫贪羌族马，最高层处见边头。"这里用此语指筹划边境事务。

⑦**花蕊**：五代前蜀王建之妃徐氏，号"花蕊夫人"，后为唐庄宗所杀。五代后蜀孟昶之妃亦号花蕊夫人。昶降宋后，其妃被掳。

⑧**枇杷**：唐王建《寄蜀中薛涛校书》："万里桥边女校书，琵琶花里闭门居。"后人将琵琶花误为枇杷花，建枇杷门巷纪念薛涛。这里以枇杷代指薛涛。

⑨**绿墅香坟**：原联为"绿野"，补书时误为"绿墅"。香坟：指薛涛墓。

⑩**笑憨蝴蝶**：取意《庄子·齐物论》："昔者庄周梦为胡蝶，栩栩然胡蝶也，自喻适志与，不知周也。俄然觉，则蘧蘧然周也。不知周之梦为胡蝶与，胡蝶之梦为周与？"这里喻指迷蒙的人生。

⑪**跃岗上龙**：诸葛亮时人称为"卧龙"。"卧龙"之号，取自其曾隐居卧龙冈。他辅佐刘备终成霸业，就像从卧龙冈上跃起的龙。

⑫**殒坡前凤**：庞统号"凤雏"。《三国演义》中说庞统死于落凤坡（四川德阳罗江镇北），与《三国志》所载不一。

⑬**卧关下虎**：确指未定。或指刘备，或指十六国时期的李雄。

⑭**鸣井底蛙**：代指公孙述。公孙述，字子阳。东汉初扶风茂陵人。曾任导江卒正（蜀郡太守），后起兵，公元25年自立为帝，公元36年被汉军诛杀。《后汉书·马援传》载："子阳，井底蛙耳。"

⑮**银笙玉笛**：借指歌舞升平。

⑯**猢狲**：猴。

⑰**乾坤**：天地。《易·说卦》："乾，天也，古称于父；坤，地也，古称于母。"

解读

钟云舫的这副长联全联212个字，比孙髯翁昆明滇池大观楼联还多32个字，是成都市区最长的楹联，在全国长联中也名列前茅。该联原刻已佚，但联文不废，现在人们在望江楼公园崇丽阁看到的该联，是其时中国楹联学会会长魏传统将军补书的。这位从四川达州走出去的老红军，专攻魏体，深得汉魏之气、晋唐之韵。字体朴拙、纯净，顿挫之间飘逸着浓郁的书卷气。

该联上写蜀地风物，下叹历史风云，以景达情。为帮助读者理解，试将其联语译成白话文，其语意大抵是：

几层楼独自支撑住成都东面的山峰，统领着近水远山，眼前陈列一幅幅画谱：葱岭集聚融雪，白河飘来云烟，烘托着丹景山的霞光，轻抹着青衣江的雾色。时而有凭吊的诗人，时而有筹边的猛士。最让人叹惜的是，花蕊夫人像花蕊飘零一样死去，春闺中的宝镜早已埋葬不知踪影；而薛涛的枇杷门巷冷清，绿野中也只空留下她寂寞的香坟。对此苍茫天地，我百感交集，可笑那憨蝴蝶，总是贪恋迷醉在追名逐利的梦乡里。我试着从楼顶高喊，问问问，这半江月究竟属于谁家？

千百年来四川政局风云变幻，尽现皇皇史册，无数英雄豪杰先后登场：一跃而起的"卧龙"诸葛亮，战死于落凤坡的庞统，称雄险关的刘备（或指李雄等），被讥为井底之蛙的公孙述。他们忽而驰骋于纷飞战火，忽而沉湎于歌舞升平。倒不如写些形式不拘的诗文，排遣胸中的郁闷；或者漫步于曲槛回廊，好好享受大好风光。可叹我有志难伸，四海之内竟无容身之地，如同不断跳来跳去的猴子，最终也逃不出天地间的罗网。我暂且面向高楼俯首，看看看，哪一片云是我的天空！

创作这副长联时，钟云舫正遭受他人生的第一次劫难，郁结于心的悲愤从联中倾泻而出。

当时钟云舫正被迫流落成都。对成都，这个江津人并不陌生。他曾分别于1870年和1882年，两次来成都参加乡试，均因文章不入当时考官俗眼而没有高中。而这第三次来到成都，却不是再来应考，而是因为抨击时弊，得罪了权贵，不得不背井离乡来这里避祸。

钟云舫自号“铮铮居士”，虽怀才不遇，穷困潦倒，却有“旷达不羁之才，刚正嫉邪之性”，侠肝义胆，疾恶如仇。1894年前后，江津知县朱锡蕃不仅狎妓嫖娼，还要圈占良田数十亩，滥用公款百万钱，用于种植莲花和修建“遗爱祠”，想要在“遗爱祠”里留下自己的“政绩”。面对朱锡蕃的胡作非为，百姓敢怒不敢言，只得将“遗爱祠”暗暗称为“遗害祠”。此时，钟云舫展现出与人不同的气魄。他拍案而起，仗义执言，以自己擅长的诗歌、对联，嬉笑怒骂，对朱锡蕃予以无情的抨击。在古体长诗《有见》中，他揭露：“蛮营倩女妙舞歌，猛将当关奈若何。捐廉八百买苏小，从此讼庭花落多。”在七绝《题莲塘》中，他责问：“此是我家壁上画，是谁偷样作祠堂？”在七律《题莲塘》中，他怒吼：“滔天功德祠遗爱，父老痴聋耳不闻。”他还用联语直接嘲讽朱锡蕃：“朱以牛变人，遭瘟，怪道不通人性；蕃本番上草，杂种，长成这样草包。”朱锡蕃恼羞成怒，恨之入骨。不久，钟云舫就被官府以岁考不及格为由取消“廪银”，禁止他在江津授徒；并准备收集证据，革除他的功名。被切断了经济来源的钟云舫，迫于无奈，只得远走他乡，辗转流落到了成都。一直到1898年，羁旅近四年之久。他躲避在成都的远郊，以教村学和帮人写信糊口，但收入微薄，常常入不敷出。他不得不又找到一家书画装裱铺，让老板帮他卖点对联，增加些收入。

正是在这种际遇中，年近半百的钟云舫登上了锦江河畔的望江楼。

望江楼于1888年建成，巍峨壮丽，是当时成都的最高建筑。登上此楼，钟云舫触景生情。薛涛的红颜薄命，顿时让他想起了自己的时运不济、半生坎坷。一腔幽愤之情涌上心头，如同骨鲠在喉不吐不快。笔走龙蛇，一副文采斐然的长联一挥而就。全联跌宕起伏，一咏三叹，一波三折。上联、下联的起首，都犹如波澜不惊的江水平缓流出。前者，看江山如画，诗兴盎然；后者，观历史兴衰，谈笑风生。接着作者笔锋一转，情绪急转而下。或悲，花蕊夫人“早埋了春闺宝镜”、才女薛涛“空留着绿野香坟”；或叹，“忽然铁马金戈，忽然银笙玉笛”的英雄，也已经无影无踪。继而，作者由悲转愤，鞭挞嘲笑晚清的贪官污吏，“笑憨蝴蝶，总贪迷醉梦乡中”；最后，作者将满腔愤恨化作声声呐喊，“问问问，这半江月谁家之物？”，“看看看，哪一块云是我的天！”振聋发聩，将忧愤深广的激烈情绪推向高潮，直指社会的腐朽黑暗。

该联创作于19世纪的末期，正是清王朝土崩瓦解前最黑暗的时代。清廷对外屈膝投降，割地赔款；对内专制凶残，腐败昏聩。百业凋敝，万物萧疏。与此同时，西风东渐，民主启蒙思想也在民间逐步发酵。钟云舫虽然是乡村知识分子，但博学多才的他已经开始“睁眼看世界”。其作的《东西洋赋》，即是当时四川难得一见的全面介绍世界的鸿篇。开阔的视野，自然让他对黑暗的现实有了更多的愤懑。与其他好些作者截然不同，钟云舫没有将楹联当作文人的“笔墨游戏”，而是用作投枪和匕首，掷向黑暗的现实。钟云舫这副长联对社会不公的控诉，使楹联从闲情逸致中摆脱了出来，展现出楹联的现实性、战斗性，该联由此风骚独具，百年流芳。

作楹联难，作长联尤为不易，非高手不敢挑战。楹联对仗格律要求严格，长度越长，难度越大。继1696年孙髯翁滇池大观楼长联后，

望江楼夜景

钟云舫更以其卓越才华，让楹联从“微型”进入了“长篇”时代。他一生创作的楹联超过100字的多达27副，因此被誉为“长联圣手”。而成都望江楼长联，则是他第一副超过200字的长联，充分显示了他得心应手、挥洒自如驾驭文字的能力。该联句式错落有致，语言雅致流畅，多种修辞手法并用。长联讲究排比。好的排比让联语节奏铿锵，气势如虹；同时，也易于铺陈由众多景物或人物构成的画面。上联用排比描绘“画谱”景观，连用含四种颜色之语，读之如同欣赏一幅色彩斑斓的山水画。下联以排比句品评四位动物指代的人物，巧妙自然。作者围绕望江楼写景抒情，想象丰富；纵横古今，视野开阔；嬉笑怒骂，入木三分。全联极具强烈的感情和艺术感染力。对此，其门人郑壎赞曰：“振衣千仞岗，濯足万里流。高视阔步，有独往独来于天地之概。此大题目须大眼孔，放大光明，如椽大笔以状之，乃无余恨耳。”钟云舫以出神入化之笔撰写的这副长联，“一时传遍西川”。一个多世纪后，它也依然散发着独特的艺术魅力，不愧为中国楹联的经典作品。

人物

钟云舫（1847—1911），重庆江津人。名祖芬，别号铮铮居士。早年中秀才，补为廪生后，在江津县（今江津区）开办私塾授徒。他为人刚直不阿，疾恶如仇。学识渊博，遍览经史百家之书。工诗文词曲，尤擅对联，有多副长联问世，被誉为“长联圣手”。其长联的代表作有212字的《锦城望江楼联》、890字的《六十自寿联》、1612字的《拟题江津县城楼门联》。著有《振振堂集》《振振堂联稿》《招隐居传奇》等。

“长联圣手”钟云舫 成都创作代表作

壹

钟云舫1847年出生在江津县高牙乡。自幼聪颖好学，博闻强识，熟读史籍，早有才名。20岁考取秀才，中第一名，六年后“补廪”。后因家境贫寒，又长期奉养卧病的祖母、父亲而耽误乡试，只好在江津县城设馆授徒20余年。因生计艰难，授馆之余，钟云舫不得不卖文为生，常为人书写寿文、行状；每逢岁节、开张、婚丧嫁娶，则为人撰书对联。其联别出心裁，即事而成；嬉笑怒骂，皆成文章；通俗易懂，流传甚广。钟氏即成为远近闻名的对联高手，其一生大约创作了4000副联作，虽然“大多佚失”，但晚年编辑《振振堂联稿》时，仍得遗存之联1850副。

据《江津县志》记载，钟云舫为人“性情真挚，平生不作欺人语”“性好侠”“博于交”“刚简则不能谀”“与人直言不讳”。他生性豪侠，秉性刚直。一身嶙峋傲骨，鄙视趋炎附势，对贪官污吏疾恶如仇，常以诗联鞭挞。1894年，他因抨击时弊，被江津知县朱锡蕃迫害，流落成都。

在成都避祸期间，这位怀才不遇的秀才，在艰难谋生的同时，除创作出刷新自己联作长度记录的望江楼长联外，还写了不少联语。在武侯祠，他感慨同样是生逢乱世的诸葛亮能怀才得遇，尽展其才，自己却穷愁潦倒，愧对先贤：

彼天已无意炎刘，当三百年虎斗龙争，竟将正统畸零，收归后主；

我辈亦留心经济，睹四万里狼奔犬嗥，未免穷庐酣卧，抱愧先生。

游杜甫草堂，他以古喻今，明说杜甫，实则以夫子自况：

此间位置安排，居然广厦，拾梅花能得韵，抚修竹能得声，嘻！先生犹耽咏否？

当日艰难险阻，久作寓公，望湘衡则无家，叩关陕则无国，噫！君子亦有穷乎？

1898年，朱锡蕃离任，在成都漂泊了四年的钟云舫，终于回到了江津与家人团聚。但让他没有想到的是，五年后他将以犯罪嫌疑人的身份再回成都；更没有想得的是，他悬挂在望江楼的长联会成为他人生的一个伏笔，助他囹圄脱身。

贰

尽管遭遇了流离失所的磨难，回到江津后的钟云舫并没有选择噤口不言，而是继续为民代言，针砭时弊，抨击黑暗势力。因此再度获罪，蒙受比上次更大的冤屈。

那是1902年，江津县已连续遭受了“两岁三秋”大旱，老百姓生活在水深火热之中，而江津县令武文源仍是一个草菅人命、坑害百姓的昏官。他篡改粮章，加征租税，全县老百姓怨声载道。县内举人张泰阶联络士绅上告，钟云舫也踊跃支持。经四川总督岑春煊派员查实，武文源被革职。次年三月，岑春煊奉旨调往两广，乘船路过江津时，钟云舫与张泰阶等士绅登舟致意，赠诗赠联。武文源得知后，对钟、张二人更加怀恨在心，遂以重金贿赂重庆知府张铎，断章取义摘录钟云舫长诗《捕鱼叹》中一些诗句，罗织其“妖言惑众，拨乱民心，结党为奸，意图不测”的罪名。1903年五月，由重庆府将钟、张收质，押解至省城成都，囚禁于提刑按察使司待质所（现大科甲巷附近）。

同案被拘的张泰阶行贿银三百两，旋即获释；而钟云舫囊中空空，一押三年，不询不质不问，使他有冤不能伸、有口不能辩，“终落在乾坤套里”。受尽摧残的钟云舫在囚室中以泪和墨、以血染纸，呕心沥血，写下了1612字长度空前的《拟题江津临江城楼联》。“长联圣手”从描绘江津地理风光入手，追溯华夏千秋历史，揭露官吏腐败的丑陋，抒发“飞来冤祸”“彻痛心肝”的激愤，探索人间治乱的根源，寻求社会改革之路。全联多达1600余字，羁押于狱中的钟氏，无书可查，但其才气过人，一天之内一气呵成，加上修改、订正，也不过费时七八天。此后，年届57岁的钟云舫“念及行年六十时，不能不自作寿联”，又拟了890字的《六十自寿联》。在这副长联中，他回顾了自己心怀雄心壮志，但因“文章贾祸，魑魅兴波”，结果“半生鲋辙”，“满腔义胆忠肝，都付与狼吞犬噬”。不仅道尽自己的悲惨人生，更以纵横之笔，对鸦片战争以来60余年的喋血战火、国难民愁，都作了痛快淋漓的披露与刻画。前人称赞该联：“亦挺亦秀，亦豪放亦诙谐；科诨并杂，美不胜收。悲懑之怀，直令千古英雄为之下泪。”

至此，这位“长联圣手”一生三副最具代表性的长联，都在成都创作完成了。

为营救钟云舫，其学生、璧山人钟长春向成都制台衙门相关人员行贿，并通过他们将其工楷小字抄录的《锦城望江楼》长联送给四川总督锡良欣赏，并向锡良言及钟云舫含冤不白之事，最终赢得锡良对此联的称赞。如此周折一番之后，钟云舫终获保释，结束囹圄生活。

1911年二月二十八日，钟云舫在贫病交加中去世，享年64岁。后人遵其遗嘱，葬于江津和璧山交界处的吴滩镇登云坪。

七个多月后，清王朝覆灭。

◎撰稿　吴　刚　卫　昕　◎审读　冯全生　袁庭栋

主要参考资料

《振振堂联稿》（清·钟云舫）

《铮铮居士钟云舫》（庞国翔）

《寻找联圣钟云舫的坟茔》（庞国翔）

《钟云舫<振振堂诗稿>研究》（朱宏璐）

薛濤井

夕阳红到枇杷[1]，阅古今过客词人，苔荒洪度[2]千年井[3]；
春水绿生杨柳[4]，触多少离怀别绪，门泊东吴万里船。[5]

——林思进

注释

①**枇杷**：一语双关。枇杷既指枇杷树（与下联杨柳相对），又指纪念薛涛的枇杷门巷。

②**洪度**：薛涛，字洪度。

③**千年井**：指薛涛井，泛言其历史久远。

④**杨柳**：望江楼附近多植杨柳树。我国古代历来有折柳枝送别的习俗，望江楼又为古人送别之地。

⑤**门泊东吴万里船**：唐杜甫《绝句四首》（其三）：“窗含西岭千秋雪，门泊东吴万里船。”

解读

林思进是一个故土难离、乡愁浓厚的诗人。

宣统三年（1911）三月初三，上巳节，一群文人雅士修禊于北京南河泊：林纾、冒鹤亭、赵熙、陈石遗、陈宝琛、潘若海……俱为清末古典诗坛的重量级人物。他们在春风中浅吟低唱，其乐融融。这次雅集的召集人即时为掌管文翰的内阁中书林思进。

其时38岁的林思进已经盘桓京城四年多，他在这里结识了一批意气相投的好友，他们相约成立了当年北京最为著名的诗社——著君吟社，常常于人日、花朝等日子，选定名胜吟咏酬唱，暮后则聚饮于南半截胡同的“广和居”，指点江山，激扬文字。但故土始终让林思进魂牵梦绕。从1905年东渡日本考察政教风俗并游学日本宏文学院以来，他离开家乡成都已经六年了。厌倦了官场和羁旅生活的林思进，思乡之心与日俱长。邀集的这次修禊，就是一次为了告别的聚会。林思进吟咏道：“羁旅厌北尘，延赏眺南河。”此时他已经绝意仕进，一心想回到成都，回到母亲身边。当日赴会的潘若海也洞穿了他的心思：“林子蓄归思，日夜萦江沱。不知青羊宫，花事今如何。”林思进更是专门委托林纾作《南河修禊图》，以记其盛。这次聚会一个月后，归心似箭的林思进即告假南归，他一生的好友赵熙作诗送他归蜀：“石室青城羡尔家，且循禊事畅京华。洛阳归客肠堪断，无赖春风韦曲花。”

告别京城的林思进，告别了漂泊异乡的愁肠，从此一生定居成都。

1943年，当林思进来到锦江畔的望江楼时，却再次引发他的离愁别绪。他已经近20年没有到这里来了，但这里是他年轻时非常熟悉的地方。曾多少次他在这里“挥手自兹去”，也曾多少次他在这里送别赵熙等友人。触景伤情，当年去日本、到北京的羁旅行愁，顿时涌上心头，让诗人黯然神伤。再目睹薛涛的石刻小像，更感往怅今，抑郁难解，遂赋《惜黄花慢》词一阕：“……当时万里吴船，记绿波送远，总在门前。小桃花树，夕阳澹澹，枇杷人影，画里娟娟……”林思进意犹未尽，又写就了一副饱含惆怅和伤感的楹联：

夕阳红到枇杷，阅古今过客词人，苔荒洪度千年井；

春水绿生杨柳，触多少离怀别绪，门泊东吴万里船。

“夕阳红到枇杷”与“春水绿生杨柳”描绘景物色彩绚丽，意境空阔邈远。但笔锋一转，这些美景带给诗人的不是心旷神怡，而是“苔荒”的沧桑变化和人生别离的愁绪。以鲜丽的景色反衬哀愁，倍增其哀；比起直抒胸臆的手法来，这更增添了强烈的艺术效果。“枇杷”更是一语双关的妙笔。结句“门泊东吴万里船”为杜诗原句，此处用来，既贴切望江楼的地理环境，又韵味悠远，令人叹绝。全联寓情于景，情景交融；对仗工稳，声韵兼美，堪称佳作。

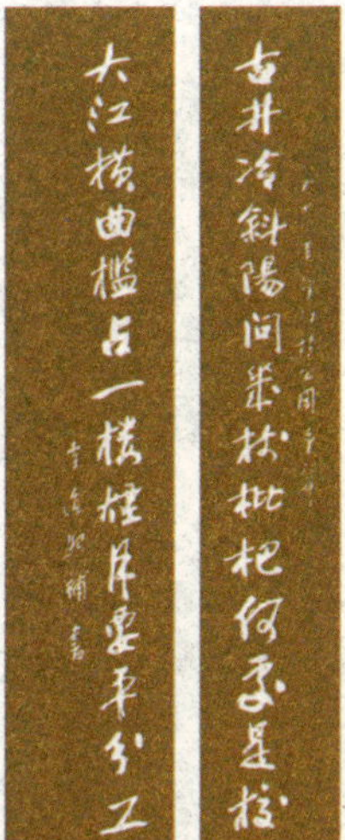

望江楼公园里有清人伍生辉一联：

古井冷斜阳，问几树枇杷，何处是校书门巷？

大江横曲槛，占一楼烟月，要平分工部草堂。

他和林思进用了差不多的意象：“井”“夕阳”“枇杷”“江水”。两相比较，更能看出林联的特色。伍生辉将薛涛纪念地和杜甫草堂相提并论，体现了作者对女诗人的高度评价。而林思进则“托物抒怀”，给联语投射进了更为浓烈的情感色彩。林思进一生致力于诗词，有作品数千首，被视为近代诗坛

“西蜀派”的重要成员。陈寅恪的父亲、著名诗人陈三立评价林思进的诗：“才思格律，入古甚深。五古几欲追二谢，七言直攀高岑，洵杰出之作者。”他的门生刘君惠则评价他的诗风“冲虚淡远”；而他的挚友赵熙则认为他的词“不莽不纤”，即沉郁苍凉而不流于粗豪，哀感顽艳而不流于细碎。林思进这副楹联的艺术风格，应该说更接近他的词风。

人物

林思进（1873—1953），字山腴，晚年自号清寂翁。四川华阳县（今成都市）人。清末光绪时举人，曾任内阁中书。后在成都执教数十年，担任成都府中学堂监督，四川省立图书馆馆长，华阳中学校长；又先后任成都高等师范大学、成都大学、四川大学、华西协合大学等校教授。新中国建立后，任四川省文史馆副馆长。平生致力于诗词古文，颇有成就。著有《中国文学概要》《华阳人物志》《清寂堂诗录》《清寂文录》《清寂词录》《清寂堂联语》等。

林思进　雅好楹联的名教授

壹

1911年夏天从北京归隐故里的林思进，其实不乏重返仕途的机会，却皆被他婉言谢绝。辛亥革命成功，民国建立，友人蒲殿俊、杨庶堪等迭主川政，屡次请他出山，他均逊谢，坚不肯出。故人营山进士、户部主事蔡东候适在成都掌管财政，知林思进清贫，力邀他去省垣东门统捐局主事。这是一个肥差，主管商贩纳税事宜，不少人垂涎觊觎。那时商贩盛货，多用油篓，林思进遂笑谢道：“我林思进三字岂可任黏油篓耶？”而对被人视为鸡肋的四川省图书馆馆长一职，林思进却主动请缨。闻者皆援引孟子的话笑他“辞十万而受万”，但林思进志向笃定。任馆长后，他闭馆谢客两年，在少城拓地建楼，同时裁汰行政，精简人员，聘请资深学者祝彦和与韩德滋来馆，一主中文部，一主西文部。两年之后，“始开馆，群见琳琅满目，充栋汗牛”。馆内已有中文书籍30余万册，其中不乏善本、钞本、孤本，编书目15册，外文书籍也大量收藏。整个规模在当时国内处于领先水平。他还在图书馆种松80株，号称“八十松馆”。

1918年，省图规模既成，林思进遂辞去馆长一职，就任当时在梨花街的华阳中学校长，从此开始了他长达30多年的教学生涯。在华阳中学除自己讲课外，从选聘教师、规划课程、树立学风，到扩建校舍、购置图书仪器，乃至改善学生生活等各个方面，林思进莫不精心筹划，兢兢业业。短短几年，华阳中学便和成都县中、成属联中鼎峙成都，成为全川中学的模范。

1924年8月，军阀杨森入据成都，强横干预教育，林思进愤然去职。全校学生挽留不得，于是全体集队奏乐欢送校长，以示抗议。师生同心也令林思进欣慰和感动，他在诗作中写道：“七年横舍愧人师，临去情如倚席时。岂有碑铭传翟酺，尚劳歌吹送翁思。举幡几辈成风气，染国终然类色丝。留取平生相见地，执经来访读书帷。”对杨森的倒行逆施，林思进也曾作《提灯行》长诗进行讽刺。

从1927年开始，林思进执教于成都高等师范大学、成都大学、四川大学、华西协合大学等高校。在当时的成都，人们常常可以见到车后跟着一个书童的私家黄包车从爵版街出来，不疾不徐地赶往成都的高校。车上的林思进形容高古、气度渊雅；手里还每每托着一副水烟具，一副古典模样。他在大学里先后讲授《史记》《汉书》《古文辞类纂》《昭明文选》《八代诗选》《唐诗选》《诗经导读》《荀子》《文心雕龙》《中国文学概论》等课程。据学生回忆，林思进讲课特别生动，常常摇头晃脑吟诵文章的精彩曲折处，然后眼睛从眼镜上框扫视全场学生，仿佛在问："你们懂了吗？"他一直严格要求学生背诵、默写；考试时，则要求在课堂上用毛笔工楷答卷。他曾向弟子陶亮生传授习读国学的"机宜"：第一，需读大书。除正史外，《唐文粹》《宋文鉴》《全上古三代文》皆要过目，且要批识。第二，不逐风气。潜心用功，少发表作品。他讽刺某些人文章的所谓高产，不是"发表"，乃是"发疯"。作为教师，经他培育指教、有所成就的学生，不下千百；不少人日后都成为古典文学与史学的佼佼者。林思进因此被尊为"老宿"。

林思进将自己的一生奉献给了讲坛和书斋，成为蜀中"五老七贤"的代表人物之一，为时人所景仰。1943年，陈寅恪受聘于成都燕京大学，举家来蓉。以学识渊博和性格孤傲著称的他，到了成都最想拜访的人就是林思进。林思进早年在北京与陈寅恪的父亲、诗人陈三立曾结社唱酬，相知投情；陈寅恪自己也读过林思进不少诗文，对其道德文章，深有了解。到了成都后的次年春节人日，陈寅恪即到爵版街清寂堂面谒林思进。下车见及林思进，陈寅恪立即跪下磕头，口称"伯父"，随即又恭敬地献上亲撰的一副对联："天下文章莫大乎是；一时贤士皆与之游。"林思进连连摇头："这太过誉，我不敢当。"自此以后，两人多有来往。陈寅恪在华西坝讲授白居易诗歌，林思进也前往捧场。一两年后陈寅恪双眼几乎失明，心境颇差，为此集昔人诗句为对联："今日不为明日计；他生未卜此生休。"请求林思进书写以便悬挂。林思进予以婉拒，劝慰道："君有千秋之业，何得言此生休耶！"陈寅恪闻言，顿觉醒悟。其后在世的二十多年中，他屡屡向人说起林老此语对他极具支撑之力。

贰

林思进是1903年清朝最后一次乡试的举人，对古典的嗜好伴随了他的一生。他一生不着西装，也反对儿子穿西服。教书之余，他也和不少文人一样，优游文燕，文酒过从。门生陶亮生回忆，林思进在爵版街“有宅一廛，园池俱具，曲径回槛，霜柑阁及双苹蘧馆错落其间，令节佳辰，辄召客饮，厨传精好，冠绝蜀都”。而他用楹联为爵版街正名亦传为美谈。爵版，系明清官场的常用之物，上面写有姓名、官衔等，犹如今日之名片。收藏这种印制名片的木板库房称“爵版库”，后来库房附近地方形成街道，便命名为“爵版街”，但因音讹字误而被民间称为“脚板街”了。对此，林先生特地撰写了一副门联：

天爵乃尊，湛冥自贵；

大版为业，传颂无穷。

联语用典出自《孟子》：“仁义忠信，乐善不倦，此天爵也；公卿大夫，此人爵也。”林思进采用楹联中的“燕颔格”，在上下联第

三贤堂

二字位置相应地分嵌“爵版”二字，将街名正本清源。林思进素好楹联，其楹语“言雅格高”。早在1931年，其子林祖谷即为其编《清寂堂联语辑录》精刻本一卷。

林思进德高望重，在成都名胜多有题咏。1927年重阳节，他游览青城山，应青城山当家彭椿仙的邀请，为天师洞撰联：

灵槎果有仙家事；

紫箫来问玉华君。

该联集苏诗句。上联出自苏轼《黄河》：“灵槎果有仙家事，试问青天路短长。”灵槎是乘往天河的船筏。下联则出自苏轼另一首诗《王氏生日口号》：“太白犹逃水仙洞，紫箫来问玉华君。”

杜甫草堂名联集萃，“花径”处林思进也撰了一联：

花径故依然，为公拥篲骚除，不教戎马嗟词客；

兵戈犹未已，笑我搘帷暂住，莫误群鸥认主人。

上联中的“拥篲”（huì），即执帚。下联的“搘”（zhī），古同“支”，支撑的意思。“民国战乱频仍，我走进花径依旧的草堂，将杜甫故居打扫干净，不能让诗圣受到战马的惊扰。”——此乃上联大意。下联则说：“为避战火，我在这里支起帐篷暂住，群鸥莫要误将我当成了主人。”

在成都新都区新繁镇东湖，林思进一人即题写了三副楹联。其中一副在三贤堂，颂扬了有功于新繁的李德裕、王安石之父王益、龙图阁学士梅挚三位先贤：

举目看风月湖山，有千年老柏、一片荷花、万顷繁田；招隐话前游，抚曲榭歊台，又换沧桑几度；

屈指数唐宋人物，是名相赞皇、荆舒旧德、龙图邦彦；幽情多发古，并乡闻宦辙，不同吴郡三高。

上联写与三位先贤相关的“老柏”“荷花”“繁田”等景物，感慨历史的沧桑变幻；下联则评论这三位唐宋时期的人物敢于担当，不同于苏州（古称“吴郡”）三高祠中祭祀的三位高人隐士（范蠡、张翰、陆龟蒙）。

林思进另有一副联在怀李堂，专颂李德裕：

好骡马，不入行，论三唐勋业文章，端合数会昌一品；

宿凤鸾，终有树，看百尺霜柯雪干，更休忆草木平泉。

上联说，整个唐代宰相论政绩和文采首推留有《会昌一品集》的李德裕。下联说，东湖至今有栖息鸾凤的古柏，看那树干高达百尺，抗霜傲雪，更不必想李德裕洛阳的平泉庄草木是如何的茂密幽美了。

在四费祠，林思进也题写了一联，讴歌出生于新繁的著名学者费密一家四代人的业绩：

春梦绕繁田，十世两朝，尚有高僧识先垄；

仪行征列传，一家四集，长留文献在乡邦。

上联的意思是春天的美梦萦绕新繁的田园，经过了明清两朝十代人，还可凭借高僧石涛创作的《繁川春远图》来追寻费家的祖墓。下联则写费密的风范和成就已经载入了《清史稿·列传》，他们一家四代人的著作作为历史文献长留在了故乡。

林思进和门生陶亮生来往密切，陶亮生续弦时，林思进撰联为贺：

上弦渐满元宵月；

携手重评倚阁花。

陶亮生结婚的日子在正月十三，上联扣合婚期的时间，“渐”字不落空。以满月这一美好的象征祝福他们生活渐入佳境，臻于圆满。而下联则希望婚后夫妇二人幸福和谐。携手，也暗合“执子之手，白头偕老”之意。“重”字扣续弦，十分含蓄妥帖。上联写实记时，有“月”字；下联祝福清雅，有“花”字。合在一起，则有“花好月圆”之意，喜气、雅气并重。

在林思进的熏陶下，陶亮生也成为楹联高手。成都诸多名胜均见陶亮生的手笔，望江楼公园正门的门联即为1980年陶亮生80岁时撰书。师生二人的楹联同悬一园，亦成一段佳话。陶亮生的这副楹联是：

少陵茅屋，诸葛祠堂，并此鼎足而三，饰崇丽，荡漪澜，系客垂杨歌小雅；

元相诗篇，韦公奏牍，总是关心则一，思贤才，哀窈窕，美人香草续离骚。

◎撰稿　吴　刚　卫　昕　◎审读　袁庭栋　冯全生

主要参考资料

《林思进先生和他的<清寂堂集>》（刘君惠）

《四川近现代文化人物》（四川省政协文史资料研究委员会　四川省文史馆）

《望江楼志》（彭芸荪）

《林山腴先生》（陶亮生）

《陈寅恪拜访林山腴》（郭祝崧）

《林山腴与成都清寂堂》（雷文景）

《新都楹联》（冯修齐）

大慈寺

古大聖慈寺

立足镇潮音①，预防沧海横流②日；
以手援天下，③应现金刚不坏身。④

——颜楷

注释

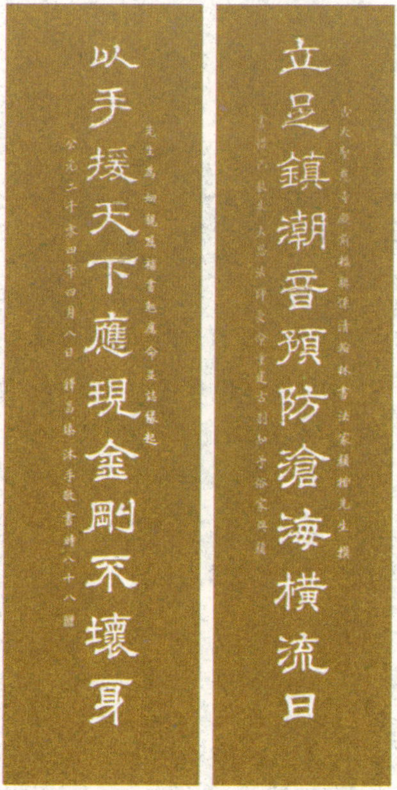

①**潮音**：观世上音如潮，故曰“潮音”。特指南海观音之音，亦指僧众诵经之声。宋范成大《宿长芦寺方丈》诗：“夜阑雷破梦，欹枕听潮音。”本联用意则指观音菩萨立足于镇住海眼潮音，以防洪流泛滥。

②**沧海横流**：海水四处泛滥，喻时世动乱不安。晋范宁《<谷梁传>序》：“孔子睹沧海之横流，乃喟然而叹：‘文王既没，文不在兹乎！’”

③**以手援天下**：以个人之力解救天下之危亡、困苦。《孟子·离娄上》：

“天下溺，援之以道；嫂溺，援之以手。子欲手援天下乎？”

④**金刚不坏身**：指佛法练就的金刚身。《大般若涅槃经》卷上：“过去诸如来，金刚不坏身，亦为无常迁，今我岂独异！”

解读

壹

成都的庙宇寺观中不乏精妙楹联。在千年古刹大慈寺里，成都名士颜楷撰写的楹联，就绝妙刻画了观音大士普济众生的形象。

大慈寺隐身于成都市中心闹市区之中。在高楼林立中，这座千年古刹成为一道独特的风景。大慈寺古称“震旦第一丛林”，相传始建于隋代。唐代扩建以后，规模宏大壮观，当时寺内有96个院子，楼、阁、殿、塔、厅、堂、房、廊共8524间。寺以壁画著称，苏轼曾誉为“精妙冠世”。宋代李之纯在《大圣慈寺画记》中称：“举天下言唐画者，莫如成都之多；就成都较之，莫如大圣慈寺之盛。”公元622年，玄奘20岁时曾在此寺受具足戒，坐夏习律五年。唐玄宗曾赐匾额“敕建大圣慈寺”，故唐玄宗时得以不毁。但后来该寺多次毁于兵燹，屡毁屡建，规模大为缩小。现存诸殿为清顺治至同治年间陆续重建。著名书法家颜楷所撰的这副楹联，悬挂于该寺的观音殿前。传说观音像下有“海眼”，若无大佛镇住则将海水泛滥。因此联语云“镇潮音”“预防沧海横流”，成都因此不被水淹，永享太平。颜楷自书的楹联早已散佚，现在大慈寺的这副楹联是由颜楷的女婿、著名高僧昌臻法师于2004年4月8日补书的。

贰

这是一副说观音的对联。观世音是鸠摩罗什的旧译，因避太宗李世民讳简称为“观音”。菩萨信仰中，观音是最受中国人推崇的一位。观音的大慈大悲、救苦救难、有求必应的精神理念，极其契合中国老百姓的心理诉求，观音信仰流行于社会的各个阶层，形成“家家弥勒佛，户户观世音”的景象。

观音菩萨信仰和观音菩萨文化从印度传入中国后扎根大地，有一个中国化的过程。观音中国化的最大特色是印度观音进入中国后的女性化。她体现了佛教融入儒家文化，弥补了儒家文化对女性人文关怀的不足。观音中国化最早的一个思想来源是观音与女娲结合，称观音是女娲的化身。从宋代开始，妙善公主传说又与观音菩萨结合。妙善公主救父的传说，最早见于宋代朱弁的《曲洧旧闻》。其后，宋末元初管道升著的《观世音菩萨传略》，使妙善公主得道成观音的故事更加完整，成为中国化观音的最早完整传记。以此为蓝本，还陆续出现了《香山宝卷》《南海观音全传》《观音得道》等一大批观音故事书。这些观音故事情节曲折，生动感人。它们的广泛流传使中国化的女观音，完全取代了印度佛典中菩萨无男女性别之分的观念。女性观音信仰成为汉传佛教观音信仰的主流，不仅满足了女性社会的需求，也推动了观音文化深入民间，从遥远的彼岸世界走进百姓的身边。

叁

观音最能适应众生的要求，对不同的众生，便现不同的法相，其变化有三十二应身。观音本身形象也有多种，如：如意观音、水月观音、滴水观音、琉璃观音、送子观音、杨柳观音、净瓶观音等等。几乎在所有的佛教名胜中我们都可以见到名称不一、形象各异的观音形象。观音形象变化之多，在佛教菩萨中可以说是独一无二。

鳌头观音即是观音菩萨变幻无穷的法相之一。关于她的由来，也有一个传说。

以前有一只鳌鱼，既不像龟也不像鱼，它的头和龙头有几分相似，却又没有龙须；身上又背着一个厚甲，跟龟一样也有四只脚。这鳌

修葺一新的大慈寺

鱼为非作歹，为害东海渔民，观音闻讯后就化身为渔人，前去降鳌。她找来十万八千根蚕丝编结成一个羂索，又取出她宝瓶中的杨柳枝，削成九个倒刺钩，贯在羂索的一端；又从海边取来沙土捏成人形，再把倒刺钩藏在泥人的腹中。鳌鱼一看见是个人，一口就把泥人吃进肚里。泥人一入腹中马上就开始融化，一个个倒钩扎在鳌鱼肠道四周，疼得它满地打滚。这时观音菩萨现在半空中痛斥道："孽畜，你在人间这么久，不知道多少生灵遭到你的残害，本应马上将你诛灭，但因我慈悲为怀，把你度到南海去修行，你愿不愿意？"那只鳌鱼赶紧点头表示愿意。于是观音菩萨就踏在鳌鱼的背上，往南海而去。

肆

颜楷笔下这副颂扬鳌头观音的楹联，聚焦于观音的手和脚，"足镇潮音""手援天下"，寥寥两笔就将观音的形象刻画得栩栩如生，传神地表达出观音大慈大悲、普度众生的特点。

观世音菩萨是佛教中慈悲和智慧的象征。信众认为，当众生遇到任何的困难和苦痛，如能至诚称念观世音菩萨，就会得到菩萨的救护。但颜楷此联所表达的观音信仰却与传统不同，联语具有强烈的入世色彩，强调积极主动、勇敢地解决现实困境。

这和民国初年盛行的“人间佛教”密切相关。倡导“人间佛教”的太虚法师试图将出世的传统佛教改造为积极入世的佛教。他提出，要改“遁世高隐”为“化导民众”和“利济民众”；要改“专顾脱死问题及服务鬼神”为“服务人群”“兼顾资生问题”。把佛教关注的重心从彼岸转移到此岸，转移到以人为中心。“人间佛教……乃是以佛教的道理来改良社会，使人类进步，把世界改善的佛教。”在这种佛教思想的影响下，僧俗关系有了重新定位，居士界成为佛教的中心力量。民国以后，颜楷也成了居士，并担任四川佛教会副会长。受到“人间佛教”思想影响的颜楷，在这副楹联中突出了观音普度众生、慈悲救世的勇气，展示了一个“利济民众”的观音形象，鼓励人们不惧艰险破解现实难题。该联是这一时期佛教思潮变化的一个注脚。

民国以后，袁世凯称帝，全国兴起护国运动，朱德当时任滇军旅长，驻成都，嘱其秘书周官和，特请颜楷书成都外北昭觉寺观音阁匾额。颜楷同样以佛经观音偈语，书成“应人间世”四个大字，其精神内涵也与此联如出一辙。

人物

颜楷（1877—1927），字雍耆。四川华阳县（今成都市）人。1902年考中举人，1904年连捷成进士，入翰林院。1905年官费赴日留学，入东京帝国大学学习法政。1908年归国，授翰林院侍讲。辛亥四川保路风潮中，任保路同志会干事长。1914年任四川法政学校校长，1918年辞职回家，以卖字为生。

颜楷　四川保路运动的英雄

1911年初夏，颜楷从广西回到成都欢度新婚。

他是三年前由翰林院侍讲调任广西巡抚衙门总文案兼办法政、监狱两学堂的。他对法政的兴趣，缘于他留学日本两年的经历。他从1905年开始在日本帝国大学求学，专攻法政。现代法治理念，让颜楷眼界大开。

颜楷回到成都，正值四川保路运动风起云涌。

“天下未乱蜀先乱”，四川正因为一场关于铁路的股权之争成为中国的火药桶。蜀道之难难于上青天，四川人募股权修建川汉铁路，然而清政府突然宣布将铁路收归国有，邮传部大臣盛宣怀与英法美德四国银行团签订借款合同，将粤汉、川汉铁路拱手出卖。此举令四川群情激愤，保路风潮由此掀起。

川汉铁路公司决意与清廷中央政府打一场“股权官司”。因留学日本精通法律，颜楷被邀请参加股东大会。6月17日，一千多人参加了在岳府街铁路公司召开的股东代表临时大会，群情激昂决意拼死“破约保路”。会上成立了四川保路同志会，蒲殿俊、罗纶分别为正副会长。会场上哭声四起，激发了颜楷爱川爱国的激情。他认为，保路斗争不仅是维护铁路股东的利益，更是全川人民的利益所在。“见义不为，是无勇也！”他主动请缨担任干事长，以法律为武器，制定了“文明争路”的原则。

7月26日，赵尔丰就任四川总督。8月5日，川汉铁路各地股东代表再度在成都召开股东大会，赵尔丰到会致“训词”。会上，颜楷被推选为特别股东大会会长，张澜为副会长。此后他屡次与赵尔丰交涉力争，疾呼："筑路系国家安危，积资为川人血汗，不能不拼死力争……"

面对清政府的抢路窃权，8月24日起成都全城开始罢市罢课，停缴捐税。斗争进行了十多天，颜楷一直与赵尔丰针锋相对，面对高压政策决不妥协，颜楷怒斥赵尔丰："血是人所流，四川人岂不能流血耶？"赵尔丰对这群"操纵百姓"的绅士恨之入骨。

9月7日上午，督院声称"北京有好消息"，将铁路公司和同志会负责人请来开会，将蒲殿俊、罗纶、张澜等人抓捕。接到"开会"请帖，颜楷正在青羊宫与父亲颜伯勤下棋，看到宫外被军队包围的架势，他依然镇定从容。在士兵的押送下，他淡定地乘轿入城。到了督院，卫兵喝令下轿，颜楷怒斥："你知道我是什么身份？"翰林是"天子门生"，有权直接拜会总督。颜楷吩咐传名片进去，坚持乘轿入院，与保路运动的其他领导人共赴牢狱。

赵尔丰早已为颜楷等人罗织好了罪名——前两天即密令犬牙在督院附近联升巷放火，此后又在文庙西街埋藏叛乱造反名单，以此诬陷颜楷等人暴动。赵企图借机先斩后奏，将颜楷等人杀掉，但该计划受到了驻省旗将军玉昆的阻止。赵尔丰不得已，将颜楷等人押禁在督院内来喜轩，对外则发布杀气腾腾的布告，宣布颜楷等人为"叛要"，禁闭城门，断绝对外交通。民众闻保路领导人被捕，如潮水般涌来，走马街、南打金街、督院街人山人海，哭喊请愿，要求释放蒲、罗、颜等人。数万民众聚集督院外示威，冲破警戒线，赵尔丰下令开枪，酿成伤亡数十人的"成都血案"。在狱中，颜楷与其他保路运动领袖誓不低头，坚持斗争到底。在全川，各地纷纷成立"保路同志军"围攻成都，形成全川大规模反清武装起义。赵尔丰困守成都，不得不多次请朝廷救援。清廷遂派端方率湖北新军入川镇压，导致武汉守备空虚，辛亥革命由此在武昌打响了第一枪。

10月16日，眼看局势不可收拾，赵尔丰让张澜等人交保释放，却

颜楷题写的“辛亥秋保路死事纪念碑”南面碑身

扣留颜楷等四人。在此两个月零九天时间里，颜楷等人以“金刚不坏之身”拒绝妥协。11月15日，各地革命义旗高举，清廷危殆，赵尔丰迫于形势将颜楷等释放。

11月27日，成都宣布独立，成立“大汉四川军政府”。在保路运动中，颜楷拍案而起的英勇风姿，在日后亦被大为褒扬。1913年，四川都督胡文澜在呈报北京政府的文件中评价颜楷“以恂恂儒者，乃见义则大勇”。

1911年12月，赵尔丰在成都被公审斩杀，一些人主张还戮其子孙。颜楷不仅坚决反对，而且将赵氏孙儿收养家中，数年后送他回东北老家。此举让人看到的与其说是佛法善心，不如说是颜楷具备的现代法治精神。

辛亥革命成功后，作为功臣的颜楷，既不愿居功自傲，也不愿利用与军政府都督尹昌衡的姻亲关系去谋求官职。这位前清翰林不再视“学而优则仕”为人生圭臬，而是从此脱离政界，优雅而洒脱地转身民间。尹昌衡和军政府的要人们曾再三恭请颜楷出任“宣慰使”，颜楷均辞谢。但颜楷没有忘记保路运动中死难的烈士，他和张澜提议在成都少城公园（今人民公园）内修建“辛亥秋保路死事纪念碑”。这座31.85米高的方形纪念碑，由川路总公司承办，聘请毕业于日本东亚铁道学堂的王楠为总监工，负责设计和施工。碑身四面题写的同文异体的10个一米见方的大字“辛亥秋保路死事纪念碑”，分别出自张夔阶、吴之英、赵熙和颜楷四位大家手笔。南面颜楷的魏碑体，笔力雄健恢宏，笔势纵横恣肆，是颜楷的书法代表作之一。

辛亥后颜楷拒绝做官，却热心于教育。1914年，他担任位于五世同堂街的四川法政学堂校长，全身心投入现代法学教育。后来蜀中政法界人士，多出其门。1918年他辞去校长，闲居家中，和妻子邹辛士卖字鬻画为生。他与刘咸焌在南门纯化街北延庆寺合办乐善公所，所取润笔费，三成养亲赡家，七成捐作慈善。

颜楷信佛，但也爱道。他曾多次问道青城山，在那里留有多副他撰书的楹联。如1921年，他分别集陆游和杜甫诗句在天师洞西客堂题写了：

天逼星辰大；

城春草木深。

1926年的夏天，颜楷和好友罗骏声冒雨同游青城山，文思勃发，一连作诗数首的同时还接连撰书楹联。那年仅在天师洞他就撰书了三副。影响最大的是他在三清大殿题写的一副：

洞天第五群仙窟；

太极合三众妙门。

上联说青城山是道教十大洞天中的第五洞天，是神仙居住的洞府；下联阐述道家哲理，说太极包含两仪、四象、八卦三个演变历程，推衍出了道家的宇宙生成理论，因此堪称“众妙之门”。

这次青城山之行，颜楷还有意外收获。他见为其作导游的青年道士易心莹勤学好问，欲承其传，在征得道长彭椿仙同意后，颜楷遂让易心莹入自己在成都的崇德书屋深造。易心莹后来成为著名的道教学者，1957年被选为第一届中国道教协会副会长。

1927年3月7日，颜楷因患食道癌在成都病逝，年仅49岁。

◎撰稿　卫　昕　吴　刚　◎审读　谭继和

主要参考资料

《观音中国化的历史经验》（谭继和）

《四川近现代人物传》（任一民）

《颜楷事略》（邹辛士　胡恭叔）

《记我的父亲、四川保路同志会干事长颜楷》（颜济）

《观音信仰研究现状评析》（李利安）

《民国时期观音信仰研究》（何昭旭）

文殊院

见了便做，做了便放下[1]，了了[2]有何不了[3]？
慧生于觉，觉生于自在，生生[4]还是无生[5]。

——方旭

注释

①**放下**：远离颠倒梦想，不挂碍于心。

②**了了**：事象发展的规律总是了结接着了结，循环不已。佛法有“了义”“不了义”。“了了”即“了义”，指佛法真实、究竟、圆满的义理，即生死与涅槃无二的道理。

文殊院的僧人

③**不了**：事象总是含隐、不开显、不了结。“不了”与“了了”是对立的，又是统一的，都是事象发展的过程。佛法有“了义经”与“不了义经”。“不了义经”指小乘对生死涅槃有二的解读，为“不了义”；“了义经”则指大乘对生死涅槃无二的解读，为“了义”。本联兼用“了义”与“不了义”，指“了了义”与“不了义”是对立的统一，是事物发展的规律，人应当看开世间一切。

④**生生**：指生与生总是相连续的。生：佛法中特指有为法生出现在的境界。天台宗依据佛法“生生”义，讲四种“四谛”：一为“生灭四谛”，二为“无生四谛”，三为“无量四谛”，四曰“无作四谛”。大乘佛教则据佛法“无生”义，认为苦、集、灭、道四谛皆性空，超出生死，本来无生。“生生”与“无生”也是对立的统一，是相对的，不是绝对的。

⑤**无生**：涅槃之真理。无生无灭，超出生死，四谛皆空，故云无生。它教人当以“无生”观，破生灭烦恼。总之，生生还是无生，要从因果的辩证关系看，不可拘泥。这是本联的主旨。

解读

成都文殊院是长江流域禅宗四大丛林之一，寺院内由民国年间成都“五老七贤”之一的方旭创作的这副禅联闻名遐迩。

该联深蕴佛理禅意。“见了便做”，说的是当下承担。是自己该做的、该承担的，当仁不让，不要犹犹豫豫，错失机缘。“做了便放下”，说的是做完了，就“放下”，不要挂碍于心，念念不忘，或是生怕自己做了好事别人不知道，或是对可能的结果惶恐不安。“了了有何不了”，意思是只要做一事了一事，不断地了结，就没有什么可以耿耿于怀、牵挂于心的了。至此，上联的禅宗特色已十分鲜明，禅宗即是通过无限扩张个性心灵的作用来摆脱个体生命的局限，在内心实现泯灭内外的超越，消除有限与无限的矛盾。

佛教中的般若（音bō rě），大智慧之意。下联中的“慧生于觉”指般若大智慧从觉悟中产生。觉，一般可译为“觉悟”，佛教是指通过“戒、定、慧”修行，对心性、义理、真如有所觉悟，能除业障，获得超出常规思维的大智慧。

“觉生于自在”中的“自在”，指心无羁绊，进退通达无碍的状态。《华严经》分“自在”为两种：一种叫“观境自在”，指佛法本体的自在。菩萨以正智慧（可理解为今称之“正能量”）使诸法圆融，教人在“观境”（指世界）中获得自在。另一种叫“作用自在”，指让自在的佛法能在众人身上发挥作用的途径。菩萨以自在诸法作用于人，现身说法，化度众生，达到圆融自在的境界。依照这两种“自在”，又可分出四种、五种、八种、十种等等“自在”。本联作者方旭主要用的是诸种自在中的“生自在”的观察视角。不管是“生生”也好，还是“无生”也好，以大悲心处之，则去住无碍。只要抱有菩萨信仰，天宫非乐，地狱非苦，利乐有情，则圆融自在。方旭此句用意，是要读者领会通过佛法戒定达到慧悟，方能解脱，还可升华到不管是“生生”也好，还是“无生”也好的圆融大自在境界。

自在的最高境界是自性和自心，即“自性清净心”。每个人本来应具有的心，是清净无染，离一切烦恼的，佛法上把它叫作“发菩提心”。这是本联的根本义。简而言之，上联指去除烦恼，下联指发菩提心。劝人“去除烦恼，发菩提心”，这八个字是该联的中心思想。

方旭的这副楹联无疑是禅宗思想的高度概括，又适合对大众通俗讲解，因此在成都文殊院众多楹联中影响颇大，声名远播。禅宗思想的核心是“心即是佛，明心见性，教外别传，不立文字”。它把自心视为人的自我本质，认为苦乐、得失、真妄、迷悟都在自心，人生的堕落、毁灭、辉煌、解脱都决定于自心。自心，从实质上说是本真之心，也称“本心”“真心”，也就是佛性、真性。此真性为人人所平等具有。“一切众生，皆有佛性”，一切“众生”，都能“成佛”。因此自心是众生得以禅修成佛的出发点和根据，是禅宗的理论基石。禅宗也以自心为禅修的枢纽，提倡“直指人心”“见性成佛”。禅宗还把禅修的目的、追求境界、成就佛果落实在自心上，只要“见性”，便可“顿入佛地”，强调佛就在心中，涅槃就在生命过程之中，理想就在现实生活之中。这样，禅宗就把彼岸世界转移到现实世界，把对未来生命的追求转换为内心反求。

禅宗是佛家思想中国化的成果，它在传播过程中融合了道家“出世”的思想和儒家“入世”思想，不仅使中国佛教得到了空前发展，对中国传统文化也产生了重大影响。作为中国传统文化的一部分，禅宗精神中蕴含的淡泊名利、看淡生死、止恶扬善、积极进取等合理内核，对于人们修正价值观的偏差不无助益。禅宗对注重内在修养、净化自身心灵、提高精神境界的倡导，也启迪现代人追求高尚的精神生活。这也许就是方旭这副楹联至今仍受到人们喜爱的原因吧！

人物

方旭（1851—1940），字鹤斋，号鹤叟，又号鹤侪。安徽桐城人。曾任蓬州（今四川蓬安县）知州、代理华阳县（今成都市）知县、合州（今重庆市合川区）知州、代理夔州（今重庆市奉节县）知府、邛州（今四川邛崃市）直隶州知州。1903年，赴日本考察学务，回国后任四川学务处提调，著《州县学堂课始》，大力倡办新式学堂。1906年至1909年任四川提学使。辛亥革命后退隐成都，被尊为"五老七贤"之一。能诗，善书，工画，曾主修《蓬州志》，有《鹤斋诗存》《鹤斋文存》行世。

方旭　力推四川新式学堂

壹

安徽桐城人方旭是蜀中"五老七贤"中唯一的外省人，系"桐城派"文坛领袖方苞后裔，但他不出生在安徽，而是生于陕西蓝田，10岁时随父游幕入川，寓居成都。次年其父病逝，方旭即与兄扶柩归皖，读书桐城山中。方旭早年"即深窥孔孟之微"，但他的科举之路并不坦荡，18岁中秀才后，屡试不中。无奈之下，经人介绍进入湖北荆州知府倪望江的幕府，掌文案，兼家塾师。倪望江学识渊博，善书画，富藏书，被方旭视为老师，得以博览群籍，兼习书画。方旭在倪望江幕中十余年，深得信任，文告、奏议多出其手。1885年，34岁的方旭成乙酉科拔贡。九年后由倪望江保举，吏部选授方旭为四川蓬州知州，自此开始了他在四川十余年的宦海生涯，辗转任职于四川多个州、县。为官时期的方旭，正如他在文殊院的楹联中所言，"见了便做"，勤勉清正，"兴革利弊，勤求民瘼，断狱无枉，听讼持平"，颇有政声。

时值清末推行新政，改书院、设学堂是重点之一，方旭是该新政在四川的积极践行者。早在他任蓬州知州期间，即开始办学堂，被誉为“风气开之独早”。1903年他代理华阳县知县，也将当时位于梨花街的潜溪书院改为华阳县小学堂，将净居寺的宋公祠改为东乡蒙学堂。由于历来热心办学，方旭因此“有知学名”。也在这一年春天，方旭赴日四个多月考察学务，眼界大开，归国后向四川总督禀称：“欲兴国，先造民；欲造民，先立教；欲立教，先谋师。此不易之法也。”针对兴办新学师资匮乏，方旭建议用速成班、预备班、启蒙班、推广班“四班并进之法”，大规模培养师资。方旭的见解颇受新任四川总督锡良赏识。因为方旭“慈惠有声，留心教养，劝工兴学，风气先开”，而且“才优学裕，循誉卓然”，遂被委任为四川学务处提调。

任上，方旭又将其著《州县学校谋始》呈奏锡良。方旭在《州县学堂谋始》中明确提出“学堂为今日第一要务，舍此更无自救之策”，他阐明学堂的目的和职能与书院不同，“不专为造仕而设，课程宜浅近，办法宜平易”，“以开风气、敦实业，造成明义忠爱之人格为主义”。而兴学的路径是“从师范着手”。“兴学堂莫不曰言经费难矣”，方旭主张改革宾兴会（清代民间助学组织）、学田局（管理学校田产的机构）的资助方式，以宾兴款、学田款兴学，同时对学生征收学费。正为四川新学进展缓慢而一筹莫展的锡良披阅所述后，大加赞赏：“识见至为周远，办法尤为切实。”遂饬令广为刊发：“俾各属其知教育人民之义，以凭仿办而资实行。”

1904年，方旭远赴夔州代理知府。在离开成都前，方旭洞烛时机，决定由各县派选一人，赴日本学习速成师范。风气一开，各县殷富子弟多自费前往。四川在日本留学生由此骤为剧增。为了将来安置好学成归来的师范留学生，方旭未雨绸缪，要求各地增设教授、教谕、训导等学官。到了夔州主政一方，方旭更是身体力行积极推行新

文殊院一景

学。甫一到任，他即组建夔府学务综核所（相当于今市教育局），制定《学务综核所章程》，各县亦设学务局，乡设学务分局，并兴办师范传习所十多所，大力培养师资。他用夔州府所属六县的宾兴会款修建了夔州府中学堂，次年春天落成，可容纳三百多名学生，方旭亲撰《落成记》，刻石刊于校壁。《广益丛报》称赞他对“振兴夔州中学，甚为热心，调理井然”。由于在夔州及后来在邛州直隶州知州任上，方旭均办学得力，1905年锡良奏请光绪对方旭“传旨嘉奖”。

1906年，根据清政府学部饬令，四川改原来的学政为提学使，掌管全省教育行政事务，任期三年。方旭热衷教育，办学成绩卓著，该年六月，被锡良委任为四川的首任提学使。方旭自此更不遗余力地推行新学。上任伊始，方旭即大刀阔斧，在两个月内将原仕学馆改造成了四川法政学堂。方旭还在成都设立省城劝学所，在成都东南西北四区设立师范传习所，促进成都兴学育才。为将四川通省师范学堂打造成全省师范的标杆，方旭一度还亲自兼任该学堂监督（即校长）。四川的新学在锡良、方旭等人的强力推动下，勃然而兴。方旭上任的次年一直到1909年他离任，四川的学堂数一直雄居全国第二，而老师和学生的人数则是全国之冠。

在提学使任上，方旭还做了一件被后人称道的事：参与川剧改良。晚清时期，川剧舞台淫戏、凶戏泛滥。1907年，赵熙的门生、四川劝业道总办周善培出面成立了旨在“改良戏曲，辅助教育”的成都戏曲改良公会。方旭参与其间，协助周善培筹建该公会，并在发挥提学使“改良剧本、教习伶界”的作用上颇为用心。他在《花会竹枝词十二首》里即记载了他对川剧如何改良的思索——“台上欢娱台下叹，伶官今日亦需才”，“阜财解愠两茫茫，剧曲如何得改良？欲借瑶琴传古调，人间只有凤求凰”。

贰

辛亥革命后，60岁的方旭寓居成都。此前的一切俱成浮云，闲云野鹤的方旭，更深地领悟了“做了便放下，了了有何不了”的真谛，开始真正“放下”自己，“任尔青年笑旧寮，胸无愧怍自逍遥”。除了在成都高等师范学校短暂讲授过“桐城义法”外，他“以诗文自娱，不事干求”。《微云》诗中即道出了他再无出岫之心：“微云不碍月，舒卷任天风。岂复去行雨，闲心散碧空。”晚年他居住在东新街，乔迁新居时他赋诗抒发自己的怡然：“垂老犹营一亩宫，庆云西角桂桥东。春风杨柳知谁属，自写幽情唱永丰。”《新新新闻》记者邓穆卿记得方旭公馆门前还曾挂有一副门联：“油油不忍去；碌碌何所求？”也是此时方旭心境的绝妙写照。

闲居的方旭读书、吟诗、作画，时与旧朋新友相燕乐，被尊为“五老七贤”之一，在成都颇具人望，和众多成都文人过从甚密。方旭和林思进是老友，当年方旭开办学务公所，即将林思进请入所内，编纂教科书。1916年，他与林思进、赵熙、宋育仁等人结成锦江词社（春禅词社），相互唱和，共磋技艺。林思进后来搬到了离方旭不远的爵版街，方旭忍不住写诗欢呼：“君似黄莺求旧友，我为白鹤贺新居。”抗日名将王铭章为国捐躯，方旭还与林思进共挽一联：

早书遗命别家人，真所谓慷慨捐躯、从容就义；

更有贤声光国史，更难得子遵葬礼、妻却赙金。

资中人骆成骧是清代四川唯一的状元，辛亥革命后也寓居成都。方旭和他在清末分别担任四川和山西的提学使，两人情谊甚笃，虽为文人，却都尚武。方旭积极参与了骆成骧发起组织的“武士会”“射德会”的活动，号召大众习武。1926年骆成骧在成都病逝，方旭撰联痛悼：

提学一官同，我闻三晋云山，人思教泽歌芹泮；

状元千古绝，留得半塘秋水，楼对清漪似桂湖。

联中把骆成骧与明代四川唯一状元杨升庵相提并论。

方旭还和巴金家族是三代世交。1931年4月19日，27岁的巴金正在上海奋笔疾书小说《家》的第六章，这章的题目叫“做大哥的人”，这个被称为“觉新”的大哥，是以巴金的大哥李尧枚为原型的。而就在这一天，李尧枚在成都用自己亲手配制的毒药结束了34岁的生命。为办好李尧枚的后事，有通家之好又德高望重的方旭，被巴金的母亲请来“点主”（旧时葬礼的一种仪式），距离李家住的正通顺街不远的方旭含泪写下挽联：

含愤一朝亡，两地招魂居隔巷；

吊丧三代共，八旬挥泪哭通家。

方旭和其他“五老七贤”一样，也热心社会公益。民国初年，四川军阀割据，成都战乱频频，方旭和其他“五老七贤”常以自己的名望，居间斡旋，以弭干戈。方旭写过不少诗揭露战乱给民间造成的痛苦：“只余鸦影飞残日，无复鸡声透晓风。”（《即事感怀八首》），“锦里新年景物幽，重围深锁万家愁。旧桃符在疑空宅，爆竹声多只成楼。”（《立春围城纪事》）1933年，方旭还与刘咸荥发起组织“蓉社”，在交流诗文书画的同时，也积极义卖助赈。方旭雅善画。1936年，齐白石来蓉游历，曾和方旭交流画艺。知方旭为文有桐城遗风，齐白石还拜托方旭为太太胡宝珠的母亲之墓撰写碑文。

20世纪30年代成都鸦片泛滥，方旭深恶痛绝。1938年6月，当局三年禁烟取得成效，耄耋之年的方旭欣然撰联祝贺。人们将该联高悬在少城公园（今人民公园）焚毁鸦片的现场。方旭的联语全由《诗经》集句而来，宛如天成，深见其功力，又暗喻焚毁鸦片为送瘟神，融幽默于大雅之中，让人过目不忘：

于今三年，哀我人斯，诞先登于岸；

唯此六月，嗟而君子，继序思不忘。

◎撰稿　吴　刚　卫　昕　◎审读　谭继和　袁庭栋

主要参考资料

《民国时期四川“五老七贤”述略》（许丽梅）

《我记忆中的大哥》（纪申）

《林山腴先生》（陶亮生）

《近代巴蜀诗钞》（《近代巴蜀诗钞》编委会）

《成都旧闻》（邓穆卿）

宝光寺

世外人，[1]法[2]无定法，然后知非法法也；
天下事，[3]了[4]犹未了，何妨以不了了之。

——何元普

注释

①**世外人**：指超然于世俗之外的人。宋陈师道《寄参寥》诗：“惟于世外人，相从可忘年。”

②**法**：佛教把世间的一切事物和道理都称为“法”。

③**天下事**：世上一切事情。

④**了**：完结。

解读

成都名联众多，被毛泽东主席引用过的名联就有两副。除了武侯祠那副“攻心联”外，另一副就是新都宝光寺的这副名联。

这副楹联由清代名士何元普于1888年秋撰写，刻在宝光寺大雄宝殿当心间檐柱上。它影响巨大，为许多人所熟知。其流传亦颇为广泛，河南登封少林寺等多地寺院都悬挂了该联。

壹

大雄宝殿是供奉佛教创始人释迦牟尼佛的大殿，殿中塑释迦牟尼佛的说法像，两旁为其弟子迦叶和阿难。大雄，是对释迦牟尼佛道德法力的尊称，意思是说他像大勇士一样，无所畏惧。大雄宝殿是佛寺的主要殿堂，僧众早晚课诵和重要法会都在这里举行。该联能嵌刻在大雄宝殿，其地位可见一斑。

位置如此重要的这副楹联，究竟玄妙在哪里呢？

此联妙在将禅机智慧和朴素辩证法很好地结合了起来。

上联谈一个“法”，下联谈一个“了”。上联涉及佛教的根本教义，下联涉及处世的根本态度。

上联意为：超然于世俗之外的人，对一切事物的看法，都没有固定的模式，他们认为事物总是在发展变化的，随机应变、不固守法则才是最高法则。

“世外人”一语双关，除了一般理解的佛门中人外，还指那些能够超越凡俗之见的智慧贤人。他们不拘泥于世俗所谓的天经地义，懂得用发展变化的眼光看待事物。

劝导世人消除一切执念，本是最基本的佛家教义，早就广为人知。通常人们所理解的去除我执，是从消除自身的欲望开始。何元普却没有止步于此，他的“法无定法”“非法法也”，是从解除一切既

寶光禪院
南無阿彌陀佛
壽域同登
福田廣種

定法则给人造成的限制和束缚出发，使人们最终走向身体和心灵的全面自由。

因此，仔细品味上联中的四个“法”字，其中充满了辩证思维的光辉，对今人仍有启迪作用。

下联意为：天下的许多事情，了结了好像还没有了结，即旧的矛盾解决了，新的矛盾又产生了。这时不妨用回避矛盾、不予过问的办法，来把没有了结的事情暂时放一下，把没有了结的事情当作暂时了结的事情来看待。实际上，不了结也是了结的一种办法。因为一些事情当时还没有具备了结的条件和机缘，等待必要的时机，创造相应的条件，当一切机缘成熟以后，事情也就了结了。

“不了了之”，被一些人解读为勘破看穿、与世无争、为人处世避免穷追深究。事实上，细细品读会发现，下联未必如此消极。换个角度理解，它同样闪烁着哲理和睿智的光辉。“不了了之”，并不是“放弃”的意思，而是处理和解决问题的一种智慧，目的还是要处理和解决问题。天下一切事物都不是孤立的，而是有条件、有因缘的，都是在普遍的联系中存在，也是发展变化的，因此处理和解决的问题，需要适当的时机。当时机不成熟时，不妨把这个问题暂时放一放，顺应事物本身的发展演化，到时机成熟时再来解决。

“了犹未了”“不了了之”，是通过对世界的深刻洞察，说明人力的有限性。试图将人从对自我与世界的强求中解脱出来，使得人们从执拗转为对他人和对自己的宽容、对事和对物的通达。如此，对消除执念的认同，就不只是感性的皈依，也合乎理性的判断；不只是发扬佛家教义，也是对智慧的启迪。

纵观全联蕴含了对自由精神和通达境界的追求，对法与非法、了与未了的辩证思考，把宗教信念与人生哲理融为一体，可谓禅宗文人化的一个生动展示，也是佛学与本土文化资源在相互磨砺中迸射出的思想火花。

贰

何元普天资颇高，又历经坎坷，阅历丰富。他从书生到文官，从文官到武将，从武将到地方大员，最终又从官场回归民间，并深谙禅学，因而看待世事更为通透，对于不同职业和职位的处世方法及心态转换更为旷达。基于这些因素，何元普才在年近花甲时写成了此联。

何元普用工整楷书写就的此联，在楹联艺术上也有很高的造诣。上联出自偈语“法本法无法，无法法亦法，今付无法时，法法何曾法”。相传是释迦牟尼向弟子迦叶传法时所说，相关记载见于《景德传灯录·卷一》。何元普化用此偈十分自然，语意也更为明白晓畅，作为大雄宝殿正中的楹联尤为贴切。下联以“了犹未了”对“法无定法”，以“不了了之”对“非法法也”，不仅文字工稳、音韵铿锵，而且上下联都包含着对事物运动变化规律的辩证思考，两相呼应，意味深长。同时，将略带消极义的俗语“不了了之”反其意而用之，读来既在意料之外，又在情理之中，有新颖之意而无牵强之感，的确是大家风范。

宝光寺罗汉堂幽径

人物

何元普（1829—1902），字芝亭，号麓生，又号金台山樵、蒻兰旧侣。清代四川省成都府金堂县（县治在今成都市青白江区城厢镇）人。少负才气，文韬武略。1860年，何元普以户部郎中从戎，抗击英法联军入侵，屡立军功。得左宗棠赏识，誉其“戎马书生”。1862年，何元普被擢升为湖北荆宜施道台，后来又任甘肃安肃道道台。1871年，何元普回川后不再入仕，以著书终老。他擅长诗文、书法、楹联，有《麓生诗文集》等传世。

何元普　戎马书生的禅意人生

“博学多能养成佳士；依仁游艺勉作通儒。”在成都青白江区城厢镇东街的绣川书院二门，这副横批为“人文蔚起”的楹联，已静静地注目了这个古镇一百多年。

城厢曾经是金堂县城，自古文气充沛。绣川书院的历史长达千年，清代还一度是川西地区最活跃的书院之一。清代著名才子李调元曾在这里讲学。古镇的文气熏陶和感染着一批批后人，从城厢的大院、城厢的祠堂、城厢的名刹古寺旁走出了许多名人。

槐树街在城厢镇上一个不起眼的地方，可就在这条两百来米长、七八米宽的小街上，住着何、范、余三大户人家。从这三户人家里，即走出过清代赐二品按察使衔、道台何元普，曾任成都大学校长的何寿，还有著名学者和诗人流沙河（余勋坦）等。

1829年，何元普出生在这里。

宝光寺“东方斜塔”

壹

何元普自幼好读书，不仅过目不忘，而且勤于思考。凭借出类拔萃的才能，咸丰初年，何元普便考取秀才为廪生。此时，何元普出资捐官，授户部员外郎。

1856年，第二次鸦片战争爆发。1860年八月，英法联军占领天津，何元普以户部郎中从戎，担任“总理外城巡防”，负责保卫京师。九月，咸丰帝仓皇逃往热河。十月，英法联军攻入北京，焚毁圆明园。何元普为国抗敌，夙夜不懈。尽管英法联军炮火先进，但何元普英勇善战，屡获奇功。文武双全的才华深得左宗棠赏识，被誉为“戎马书生”，旋调左师营案。

1862年，同治帝即位，何元普以留守功，被擢升为湖北荆宜施道道员，成为主管荆州、宜昌、施州（今恩施）所属州县长官。同治三年（1864），何元普因得罪上司被弹劾，愤然还乡。

不过，何元普一直深受左宗棠的同情和信赖。两人肝胆相照，互为知己。同治六年（1867），清廷任命左宗棠为陕甘总督兼钦差大臣，督办陕甘军务。正值用人之秋，何元普便在左宗棠的竭力保举下，又出任甘肃安肃道道员，主管甘肃西部武威、张掖、酒泉所属州县，以保证后方粮道畅通。

然而，也许是性格使然，何元普在安肃道任上时，常常发出独特见解，与上司顶撞，由于常露锋芒，后来终遭上司废黜。他深感委屈，乃慷慨陈词，作《上各大帅书》后，于同治十年（1871）再度愤而还乡。

回到了城厢镇的何元普虽然远离了庙堂，但对于自己在官场上遭遇的梗阻和不顺，并没有完全化解。他在槐树街建造了一座“篁溪别墅”，相比热闹的街市，这里像世外桃源般清静，很少有人打扰。何元普也不常与外人接触，他最爱做的事情，便是与新繁龙藏寺雪堂和尚谈禅论诗。通过不断与高僧交谈佛法禅理，何元普胸中的愤懑渐渐平复，开始重续笔墨之缘。在这个时期内，他的才思泉涌，著有《麓生诗文集》《荆孩子记略》《酒泉筹笔》《藏豹山房诗文集》《静斋新集》等。1891年还亲自编撰并手书所撰楹联百余副，结集成为《静斋手书楹帖存稿》。

贰

第一次被弹劾回到家乡后，何元普一边遍访山林、广交文友，一边虔心佛门，颔首高僧大德。新繁龙藏寺的雪堂大师擅长书法诗文，享有“诗僧”美誉，何元普便很自然地和雪堂大师结为禅侣诗友。同治六年（1867）深秋，何元普在左宗棠的竭力保举下再次出山。赴任时，雪堂大师从成都为他送行直到新都，何元普感慨万端，作诗致谢：

拜别老母祠，手捧陇右檄。

迟迟出锦城，落日新都驿。

下马入桂湖，湖边秋瑟瑟。

桂老不见花，花枯尚留叶。

疏林坠残黄，浅水澄空碧。

亭台倦涉历，宿霭送过客。

腹饥归旅舍，山僧来赠别。

含哺话山僧，此别情何极！

何元普在甘肃安肃道道员任上被弹劾后，雪堂赠诗为他鸣不平：

五年帷幄运筹音，一日摩挲几度吟。

笔上锋芒储剑气，行间议论见臣心。

遂教狐鬼潜藏速，偏被蛾眉嫉妒深。

如此才华遭废黜，令人长忆伯牙琴。

此后，两人感情越来越深厚，常结伴同游名胜古刹，以诗书化解心中郁结。何元普所作《寄雪堂上人》五言诗，除序言之外，长达136行。

光绪二年（1876）六月初二，雪堂和尚约何元普到成都草堂寺纳凉。那日游客很少，何元普一袭白衫乘坐竹轿，一路沿浣花溪而上。同游的还有僧俗共八人。数日后，有人绘制了一幅《雪堂禅师小影》，画像的上半部为何元普书赠雪堂近作四章和所题《像赞》：

呀！这个和尚，不露幻像，本无屠刀，何须另放。抛却蒲团，一空依傍。好青山任尔闲逛，尽气力去还诗账。翻怪你不离书本，未尝那书生苦况。眉目间菩提可望，笑容儿画者难状。此中禅悦，都付与乾坤荡荡。这真面，定同我前生一样。

《像赞》说，雪堂和尚同何元普的前生一样，即何元普的前生也是个和尚。由此可见，这时何元普的身心早融进佛教了。

叁

何元普除与雪堂和尚交谊深厚外，和新都宝光寺方丈兼成都大慈寺方丈真印和尚、圆光和尚、道行和尚等也过从甚密。他喜好禅理，又擅长楹联，因此为新繁龙藏寺，新都宝光寺，成都大慈寺、文殊院、昭觉寺，彭州龙兴寺、天台山寺，什邡罗汉寺，金堂明教寺、寂光寺、云顶山寺等寺院，共撰写了楹联数十副，是为四川佛寺撰写楹联最多的作者之一。

除了“法无定法”联，何元普在新都宝光寺还撰书了四副联。这些联也各具特色。在东方丈室有他题写的一副楹联：

凡事尽其当然，总期各了各心，方无挂碍；

有生根乎自在，只是我行我法，不蹈虚锋。

上联的意思是凡是世间的事情，应当尽力去做，总期望各人了各人的心愿，这样在心中才没有牵挂。下联的意思是整个世间的众生，应该植根于消除烦恼，通达无碍，认真把握自己的言行，不做无边际的幻想。

在西方丈室，他也有一副楹联：

着先着后来参禅，禅无着象，幻象究非上一着；

门内门外共说法，法有门径，捷径须归不二门。

上联的意思是无论你在先或者在后参究禅理，都要明白“禅”是只可领会不可看见的东西。若一味追求虚无表象，终究不是上策。下联的意思是无论你给佛教内的人或者佛教外的人宣讲佛法，都要认定佛教的门道。若要选择便捷的途径，必须走禅宗这唯一的道路。

在成都大慈寺，何元普也先后题写了多副楹联。如作于光绪元年（1875）秋、刻于大慈寺藏经楼下法堂尽间廊柱的楹联：

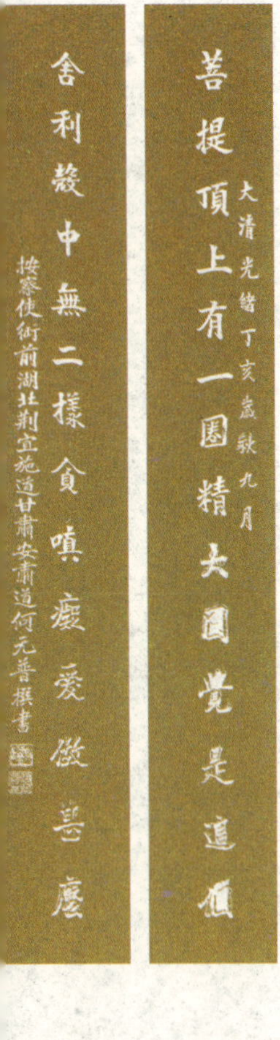

菩提顶上有一圈，精、大、圆、觉是这个；

舍利壳中无二样，贪、嗔、痴、爱做什么？

上联说：菩提的头顶上有一圈圆光。菩提，本为梵语，意译为无上智慧。佛教认为，这种智慧是超人的，只有佛才具有。圆光，是佛、菩萨顶上放出的圆轮形的光芒。

下联说：世间所有的人死后，舍利壳中包藏的东西都是一样的。舍利乃梵语，意译为尸体或身骨，相传为释迦牟尼遗体火化之后结成的珠状物，后来也指德行较高的和尚死后烧剩的骨头。但这里的舍利壳，泛指人的尸体躯壳。

此联赞美佛、菩萨，不说慈悲大度，不说妙相庄严，只说“顶上有一圈”——与众不同的光环，突出具有代表性之处，以神来之笔来体现其崇高境界。它描绘天下众生，无论尊贵卑贱，无论贫穷富有，死后还不都是留下一副臭皮囊！劝导人们追求真、善、美，摒弃假、恶、丑。人生在世，百年过客，贪、嗔、痴、爱做什么呢？联语精辟洗练，并以民间口语“有一圈”“无二样”“是这个”“做什么”入联，别具一番新意。

清光绪七年（1881）四月，何元普还撰书了一联刻于大慈寺山门明间后柱：

一人为大，力大愿大，有传灯猛省得来，照破旁门归大道；

兹心是慈，父慈母慈，在彼岸许多未了，踏穿苦海上慈航。

上联“一人”合为“大”字，下联“兹心”合为“慈”字，联语四嵌“大慈”，可谓绝妙。

何元普对“禅”的参悟十分深厚。他最终是否皈依佛门，一直是后人热议的话题。不过，迄今为止尚无确切的证据可考。但据传，何元普一家五兄弟中，有一位弟弟曾出家龙藏寺。为此，何元普还向寺庙捐献银两田产，这也许就算是何元普的“替身”了吧！

◎撰稿　赵　斌　◎审读　冯修齐

主要参考资料

《宝光寺楹联详解》（冯修齐）

《麓生年谱》（冯修齐）

《成都大慈寺》（冯修齐）

《龙藏古寺》（冯修齐）

《宝光之宝》（《宝光之宝》编委会）

东湖

千古①乡风②繁县③好，
万花湖水④相公⑤游。

——赵熙

注释

①千古：指长远的年代。

②乡风：指乡里的风气。宋苏轼《馈岁》诗：“亦欲举乡风，独唱无人和。”

③繁县：公元前8世纪，蜀王杜宇建立繁邑，秦时改繁邑为繁县，北周时改繁县为新繁县。1965年，新繁县并入新都县。2001年，新都撤县设区。

④万花湖水：新繁东湖怀李堂北端有万花湖，这里泛指东湖。

⑤相公：古代称宰相为“相公”。唐代名相李德裕曾任西川节度使并开凿了新繁东湖。李德裕两度为相，内制宦官，外平幽燕，定回鹘，平泽潞，使内忧外患的唐室“几竟中兴”。

解读

壹

1946年在波光粼粼的东湖，79岁的赵熙一定看见了李德裕峨冠博带向他走来，施施然，蔼蔼然。

穿越过历经千秋风雨的森森古柏，赵熙的耳畔一定再次回旋起了1000多年前李德裕对唐穆宗的慷慨陈词：“访闻近日驸马辄至宰相及要官私第，此辈无他才伎可以延接，唯是泄漏禁密；交通中外，群情所知，以为甚弊。其朝官素是杂流，则不妨来往。若职在清列，岂可知闻？伏乞宣示宰臣，其驸马诸亲，今后公事即于中书见宰相，请不令诣私第。”

李德裕对外戚干政，传递宦官旨意，与权臣相交往，深感憎恶，挺身而出向穆宗进谏。这只是李德裕的直言极谏之一。心忧国事的李德裕耿介敢言，宦海沉浮中屡屡上疏直指弊政。赵熙觉得眼前这柯如青铜根如石的古柏，一定是宁折不弯的李德裕的化身。

同样“少力于学”，同样入过翰林，同样当过御史，置身于李德裕开凿的东湖，赵熙想告诉他景仰的唐代先贤，自己在清朝为官期间也一直勉力效法前贤的忠直，弹劾亲贵，不畏强御。在赵熙心中，年轻时他和同僚接踵弹劾奕劻的往事犹如发生在昨天。

那时庆亲王奕劻任军机大臣，权倾一时，但贪污受贿、胡作非为。最初，蒋式惺、赵启霖、江春霖相继弹劾奕劻，但不是被革职就是被外放。1910年，赵熙刚刚被擢升为江西道监察御史。前车之鉴，明知上疏凶多吉少，但赵熙还是义无反顾专折再劾奕劻，并为蒋式惺等人鸣冤——对他们的打击“实显然钳人之口也”。虽不被朝廷理会，但赵熙此后仍奏章屡上，犯颜直谏。

1911年，邮传部尚书盛怀宣议收川汉铁路为国有，赵熙具草弹劾，指责盛怀宣“厝君父于积薪之危，加民众以破家之害”。

不久，四川保路风潮骤起，四川总督赵尔丰逮捕蒲殿俊、罗纶、张澜、颜楷等人，又开枪滥杀无辜。刚刚从江南回到北京的赵熙闻讯后，立马上疏请诛赵尔丰，以“雪死者之冤，平生者之愤”。赵熙的凛然风骨，震动朝野。梁启超赠诗赞云：“谏草留御床，直声在天地。”

贰

伫立在花木扶疏的怀李堂前，诗人赵熙的思绪又飞到了唐朝。遥想公元830年的深秋，43岁的李德裕率一行人马从京城长安疾驰而出。马蹄声碎，尘土生烟。进入苍翠欲滴的蜀地，虽然幼时也曾随父入过川，但危乎高哉、飞鸟难越的剑门关，依然给这位新任西川节度使强烈震撼。这位也是诗人的政治家欣然停车赋诗，记录下他的惊叹：

奇峰百仞悬，清眺出岚烟。

迥若戈回日，高疑剑倚天。

参差霞壁耸，合沓翠屏连。

想是三刀梦，森然在目前。

赵熙清晰地记得他披阅过的《旧唐书》里对李德裕治蜀的评价：“西拒吐蕃，南平蛮、蜒。数年之内，夜犬不惊；疮痏之民，粗以完复。”治蜀期间，政事之余李德裕也不忘诗人本色，在蜀两年多时有诗作问世。这期间他和诗人刘禹锡之间的唱酬，还曾结集为《吴蜀集》，但惜已亡佚。即使如此，《全唐诗》还是收录了李德裕一生的诗作130多首。李德裕为诗，反对雕琢与拘于声律，主张晓畅自然。

对唐诗研习颇深的赵熙，当然不会忘记明人王世贞对李德裕诗歌的评价：白居易、刘禹锡“不啻过之”。赵熙也记得四川老乡、五代孙光宪在《北梦琐言》中记载的百姓对李德裕诗歌的喜爱：“渔歌樵唱，皆传公述作。”

赵熙自己作诗也仿效唐风，诗境冲淡，绝无锤炼痕迹。同是诗人的汪辟疆曾经对别人说过赵熙作诗，“其遣词用语，或以为苦吟而得，实皆脱口而出者也”。想起老友的评价，赵熙禁不住会心一笑。想到和汪辟疆的交往，赵熙的记忆又快速闪回到了1910年，那时在北京从政之余，他和汪辟疆、林思进、陈衍、陈三立、胡思敬等南北名士数十人结为诗社，相互酬唱。这批后来被称为“同光体”诗派的诗人们，经常聚会于南半截胡同的“广和居”。“广和居”擅长做南味的文人菜，道光年间因著名书法家、诗人何绍基经常光顾而声名鹊起。赵熙和朋友们在这里文酒之会，议论时政，激扬文字，挥斥方遒。那时赵熙正因他弹劾奕劻的上疏被冰封而苦闷，激愤之下，他题两诗于饭庄壁上，嘲讽奕劻父子和攀龙附凤的直隶总督陈夔龙（贵州人）、安徽巡抚朱家宝（云南人）。

其一：

居然满汉一家人，干女干儿色色新。
也当朱陈通嫁娶，本来云贵是乡亲。
莺声呖呖呼爹日，豚子依依恋母辰。
一种风情谁识得？劝君何必问前因。

其二：

一堂两代作干爷，喜气重重出一家。
照例自然呼格格，请安应不唤爸爸。
岐王宅里开新样，江令归来有旧衔。
儿自弄璋翁弄瓦，寄生草对寄生花。

题壁诗一日传遍京城。虽是急就章，但嬉笑怒骂中才情毕现。对自己的敏捷诗才，赵熙颇为自傲。也是在1910年，和他交游甚密的诗人杨增荦被外放四川做候补知府。启程时，京城名流百余人纷纷赋诗饯别，赵熙更是一夜成《下里词》60首送行。老友陈衍请他将其自书成长卷，赵熙又立增四首为赠。此举轰动诗坛，诗友争相传诵。政治家梁启超也素慕其名，称赵熙“诗撼少陵律，笔摩昌黎垒”。赵熙记得也是这一年，流亡日本的梁启超，开始通过书信向他请教诗艺。通过书信往复，梁启超“自谓所以进之者良厚”。

想起京城的诗友，赵熙更不会忘记刘光第、杨锐。同在京城为官，他和这两位川籍维新派诗人相交笃厚。对刘光第，赵熙更以师礼事之。戊戌变法失败，刘光第、杨锐舍生取义。当时赵熙母丧，“守制”不能参与政事，但赵熙还是冒险将刘光第主张改革的《甲午条陈》和诗文手稿保存了下来，后来又将刘光第之子收为门生。对杨锐，赵熙也一直颇为怀念。赵熙记得在1909年他曾上专折请将杨锐“宣付史官”，并函促杨锐的儿子进京缴诏陈情，并代为草奏。

叁

凝视着石碑上镌刻的李德裕画像，赵熙的记忆屏幕继续刷新。书法家李德裕从记忆深处走来，形象越来越清晰。李德裕既是一代名臣，又工篆、隶、草，字体刚劲挺拔、古朴典雅。赵熙记得史书上记载李德裕是士大夫里最早研习颜真卿书法的，但又博采众长，化而出之，独成一体，尤为精通隶书，风格遒媚。从书法师承上来说，赵熙觉得李德裕和他都可以说是颜真卿的弟子。他儿时跟老师王羲臣之兄王羲东学书，也是从颜书入手的，自此奠定了他对唐代书法的热爱。除颜真卿外，赵熙还酷爱唐人褚遂良的书法，对褚遂良书的《雁塔圣教序》，心揣手摹，颇得其疏瘦劲练、清婉遒媚风致。后又上溯汉魏六朝，下延宋元诸家，兼收并蓄，融会贯通，终成独标一时的“赵体”。

对书法的共同喜爱，再次让赵熙觉得李德裕的心灵和他一定存在着共鸣。

精骛八极，心游万仞，一股创作的冲动在赵熙胸中奔腾。古松拱卫的怀李堂和放眼看去的湖光山色，在赵熙眼中构成了绝妙的官民关系图。李德裕治蜀功勋卓著，他主持开凿的东湖是他造福一方、泽被后世的象征，百姓缅怀他的情感也在这里汇集、凝聚。至迟在宋代新繁人民即建起了祠堂来纪念李德裕。一千多年来，沧桑岁月中纪念祠堂的地点和名称虽然几经变换，但新繁人民对李德裕的一炷心香始终没有改变。这是一片情义深厚的土地，是滴水之恩涌泉相报的土地，这片土地上的人民和自己一样，心中都充盈着对李德裕的景仰。赵熙想到这里，一副楹联脱口而出：

李德裕塑像

千古乡风繁县好；

万花湖水相公游。

明白如话中又含不尽之意于言外：在有情有义的新繁人民心目中，李德裕并不曾离去，时隔千年，他又回到了东湖重游故地。楹联含蓄蕴藉地传递出新繁人民同时也传递出赵熙对李德裕的深情和怀念。

人物

赵熙（1867—1948），字尧生，号香宋，又署雪王龛。四川荣县人。蜀中“五老七贤”之一。1882年会试成进士，1894年保和殿大考名列一等，授翰林院编修，后转官监察御史。赵熙同时也是教育家，26岁任荣县凤鸣书院山长，30岁任重庆东川书院山长，36岁担任川南经纬学堂监督。赵熙工诗，擅书，间亦作画。一生作诗3000余首，援笔立就，风调冠绝一时。赵熙书法集古之大成，独创赵体，蜀传有“家有赵翁书，斯人才不俗”之谚。纂修《荣县志》，有《香宋词》《香宋诗前集》等行世。

赵熙　成都诗歌之旅

辛亥革命后，赵熙退隐故乡四川荣县，终日写字、作诗、饮酒，不履城市，但其间四次到过成都。

赵熙对成都并不陌生，进京入仕前他曾经三次来蓉参加乡试。1908年底，他也曾应时任四川高等学堂总理的好友胡峻的邀请，来蓉度岁。同为诗人，两人曾到草堂盘桓两日。素来景仰杜甫的赵熙不仅吟诗抒怀，见浣花溪风光旖旎，还冒出了在此结庐和诗圣比邻而居的念头。胡峻竭力赞同，并和赵熙商讨如何筹措结庐资金。不料别后仅20日，胡峻即患病身亡，赵熙连作五首诗痛哭胡峻。

时隔八年后的1916年秋，49岁的赵

熙辛亥革命后首次来蓉。其时袁世凯称帝，蔡锷组护国军讨袁。袁世凯死后，蔡锷被任命为四川督军兼省长。奉其师梁启超命，电请赵熙赴成都共商川局善后事宜，欲延揽赵熙为财政厅长。但赵熙抵达成都时，蔡锷因喉癌病重已离川经上海远赴日本治病，未及见面。遵蔡嘱，继任四川督军兼省长的罗佩金特邀赵熙参政，是时川、滇军明争暗斗，赵熙知不可为，遂婉辞不就。绝意仕进的赵熙，在成都探朋访友、文酒过从，其乐融融。多年交契、情谊甚笃的林思进，曾赋诗记录了他们此时的诗酒酬酢生活："酤酒重开旧时社，作诗不悔平生误。"

来蓉前的春夏时节，赵熙就和隐居成都的林思进、胡薇元（赵熙就读九峰书院时的老师）用"源"字韵为诗相唱和，多达50余首。来蓉后虽也作诗，但词兴更为浓烈，他和同声相求的林思进、宋育仁、胡薇元、方旭、邓鸿荃等在成都结成锦江词社（春禅词社），相互唱和。他赋词描绘林思进任馆长的四川图书馆的红秋海棠："问怨叶分娇，圆樱淡点，哪个秋娘能肖？"他写成都的雨夜："头白惊秋，灯红碎梦，遮断江关前路。"他吟诗友中秋泛舟浣花溪："一水沁诗心，坐扁舟，天容绿遍秋半。"不仅浣花溪这样的名胜让赵熙流连忘返，成都的美食也让他喜不自禁。对双流的荞面，赵熙尤为钟爱。1891年，24岁的赵熙曾受聘双流熊氏教私塾，熊府为酬赵熙教学之勤，每于夜课后，以荞面一碗、茅台酒一杯消夜。自此赵熙不仅开始好酒而成豪饮，双流的荞面也让他终生难忘。这次成都之行，他专门为荞面作词："银灰线。乍出水、一碗香云漩。条条小榨抽丝，红撒椒痕星点。春山细笋，纤玉手、并刀截千片。"即使到了晚年，赵熙也忘不了双流荞面的味道——"夜永最耽荞面味"。

虽然在成都嘉会燕乐不断，但赵熙依然忍不住对荣县家乡的思念，"枕上荣州，夜潮心涌乱松处"。逗留月余，中秋刚过，赵熙即辞别成都师友返回荣县。39位朋友饯送望江楼，赵熙怆然赋《翠楼

成都锦江夜景

吟》一阕：

月过中秋，茶香碧井，登楼又寻洪度。木樨黄喷雪，醉金粟如来风露。高丘无女，试北望阑干，神州前路。烟江树，雪山西断，海潮东注。　　日暮，当代名流，合党贤遗耇，泪边留住。枇杷门巷古，各浇取桃花人墓。明朝何处？算入画津关，知心鸥鹭。西风苦，酒醒人远，一帆归去。

后赵熙将该词以隶书书为大幅作品，被人长时间挂于望江楼。迷上赋词的赵熙，回到荣县后逐日将词作寄给成都好友林思进。600日中，竟得词300余首，时任四川省图书馆馆长的林思进遂辑刻为《香宋词》三卷行世。这成了赵熙生前唯一刻印发行的作品集。过了一把作词瘾的赵熙，至1919年戛然而止，从此不再作词。

1919年的春天，作别成都两年多的赵熙应杨庶堪之约又来到了蓉城。来蓉后，赵熙始知时任四川省省长的杨庶堪和督军熊克武不和。赵熙曾斡旋二人间，但于事无补。遂与宋育仁、林思进等友人游宴成都名胜。望江楼、青羊宫、文殊院、草堂、百花潭等处，都留下了赵熙和朋友们的足迹。他吟望江楼："三月莺花吟上巳，大堤杨柳咏千秋。"他写文殊院："沉沉台殿森丛木，冉冉兵戈转福田。"他咏锦江："水底天红浴晚霞，泛舟时泊酒人家。"每次来蓉，赵熙必拜谒杜甫草堂，此次也莫例外："公竟以诗老，五言东汉风。"也是中秋一过，赵熙即迫不及待地返回荣县。行前作《江楼纪别》：

相思迢递隔重城，渐近重阳送客行。

自笑乡山同此夜，水边楼阁雁归声。

川剧《情探》剧照

次年春天，赵熙再返蓉城，住西城梁园。此行原本是应杨庶堪之聘，来蓉主修《四川通志》，但杨庶堪、熊克武决裂，水火不容，杨庶堪辞去省长之职，刘湘以川军总司令兼省长，修志之事只得暂停。赵熙复与故交饮酒唱和，颇极文宴之乐。这是赵熙几次成都之行中滞留时间最长的一次，从早春二月一直待到了初冬，他和诗友的酬唱之作，后由邓鸿荃辑成了《花行小集》。也许是触景生情，此行赵熙分外怀念他曾为官成都的得意门生周善培。清末，周善培在川时曾任警察局总办、商务局总办、劝业局总办等职，对成都社会和实业的改良甚多。1902年，赵熙秉烛一晚，将木偶戏《活捉王魁》改写成了融唐诗宋词于一炉的川剧《情探》。周善培遂找川剧名鼓师谱成高腔，助推《情探》成为川剧舞台经典。1912年，川剧"圣人"康芷林和"表情种子”周慕莲在成都联袂演出了该剧后，更让赵熙在成都名声大噪。1920年周善培客寓上海，穿行于成都的赵熙睹物思人，写了数首怀念周善培的诗，“花潭犹说伊，虚语北山莱”“步屧村村犹说伊，稍知公道在人心”“绣斧当年宴，草堂清夜钟”。这次，赵熙还在成都度过了他的53岁生日，他和宋育仁、林思进、邓鸿荃诸人泛舟锦江贺生：“一舸城南醉，花潭秋水香。诗人多白发，寿酒贯青羊。”10月，因川乱再起，赵熙辞归。自此，26年不到成都。

赵熙最后一次客游成都是1946年的春天，应老友林思进和门生向楚之邀，79岁的赵熙在成都与友人尽欢两月始归。返回荣县途中在资中球溪河遭遇车祸受伤。自此以后，体力衰竭，双目几乎失明，两年后在荣县走完了他81年的人生。

◎撰稿　吴　刚　◎审读　袁庭栋　冯修齐

主要参考资料

《赵熙集》（王仲镛）

《四川近现代人物传》（任一民）

《四川近现代文化人物》（四川省政协文史资料研究委员会　四川省文史馆）

功业感筹边[①]，更思文苑儒林，有叔本[②]、公仪[③]同留胜迹；
穷愁何足[④]志，只合[⑤]登仙成佛，继桃椎[⑥]、法进[⑦]共写灵襟[⑧]。

——吴虞

注释

①**筹边**：谋划西川的防务。唐文宗时李德裕在太和四年（830）十月至太和六年（832）十二月间曾任西川节度使，在成都等地建筹边楼，谋划西川的防务。

②**叔本**：任末，字叔本，新繁人，东汉教育家，事载《后汉书·儒林传》。

③**公仪**：梅挚，字公仪，宋时新繁人，官龙图阁学士，《宋史》有传。

④**足**：值得，配。东晋陶渊明《桃花源记》：“不足为外人道也。”

⑤**合**：应该，应当。唐白居易《与元九书》：“始知文章合为时而著，歌诗合为事而作。”

⑥**桃椎**：朱桃椎，隋末唐初新繁人，官至国子监祭酒，后隐居龙泉驿，事载《新唐书·隐逸传》，也见于《旧唐书·高俭传》。

⑦**法进**：新繁人，隋代高僧。事载唐代《续高僧传》。

⑧**灵襟**：坦荡胸怀。唐太宗《初春登楼即目观作述怀》："凭轩俯兰阁，眺瞩散灵襟。"宋朱熹《闻善决江河》："大舜深山日，灵襟保太和。"

解读

壹

1915年成都的秋天，芙蓉花开得正艳，住在栅子街的吴虞感受到的却分明是飕飕的逼人寒气。此时反孔非儒的吴虞正被成都教育界集体"封杀"，失去教职已将近五年。四年前的辛亥革命推翻清朝统治，结束了中国两千多年的封建帝制，但弥漫在成都教育界的浓郁尊孔氛围，让43岁的吴虞重返他挚爱的讲坛的希望，依然十分渺茫。

民国初年，成都办报之风方兴未艾。被教育界排斥在外的吴虞，一度在成都新闻界非常活跃，先后担任过《西成报》总编、《政进报》和《政治公报》主编、《公论日报》主笔，等等，但他冲决礼教网罗的激进思想，一再受到守旧势力的打压。1913年他在《醒群报》发表了主张宗教革命、家庭革命的文章，甚至惊动了远在北京的国民政府内务部总长朱启钤。朱电令四川当局查封《醒群报》，还差点将吴虞逮捕。此后吴虞在成都新闻界举步维艰。他于1916年向他的朋友陈独秀写信抱怨，自《醒群报》事件后，他的"非儒"之作成都报纸即"不甚敢登载"。

吴虞和夫人曾兰青梅竹马、志同道合。曾兰是一位才女，1914年11月她创作了小说《孽缘》，经吴虞润色修改后，在当时成都影响甚巨的《娱闲录》上连载。这部揭露包办婚姻给女性带来无穷悲楚的小说，一经刊出却被认为有影射之嫌，惹出了一场风波，《娱闲录》不得不终止连载。倔强好斗的吴虞，一气之下将曾兰的小说投给了远在上海的《小说月报》，可投稿后犹如石沉大海，久久没有回音，这让吴虞感到焦灼。

在守旧势力的步步紧逼层层围剿中，吴虞又自己制造了一个事端，让川剧界也对他不满。他在1913年年底初次见到了刚登台不久的川剧男旦演员陈碧秀，即为其妩媚的扮相和清亮的嗓音所折服。从1914年9月开始两人关系超乎寻常的密切，吴虞不仅逐一观看陈碧秀的戏，还在《娱闲录》上发表了不少诗作力捧这位川剧新秀。此举让川剧界对吴虞颇有微词。吴虞在1914年11月13日的日记中写道："……伶界……对于《娱闲录》赞美陈碧秀等大为不平，拟办一报，聘请文士专一反驳《娱闲录》所赞美之伶人，亦可谓怪事也，然亦足见余在社会易激起反动之一端矣。"

压力重重，动辄得咎。20世纪初叶成都闭塞保守的空气让吴虞感到窒息。

处在困厄之中的吴虞，却在1915年10月1日迎来了令他振奋的一天。

这天，他喜出望外地接到了上海商务印书馆《小说月报》编辑恽铁樵9月11日的来信。恽铁樵告诉他们夫妇，曾兰的《孽缘》已经在《小说月报》发表，还高度称赞《孽缘》"叙事明晰，用笔犀利""箴砭社会洵小说之职志"。也在这一天，吴虞还接待了登门拜访的新繁同乡余啸风。余啸风恭请吴虞为老家新繁的东湖撰写楹联。吴虞闻言内心激荡不已，在四面楚歌中家乡人没有抛弃他，依然认可他是为家乡争了光的名士。家乡的温暖，让吴虞夜不能寐，浮想联翩，开始构思这副楹联作品。

贰

家乡这片"天府膏腴"，沧海桑田中演绎了一篇又一篇动人的华章。这天晚上，这些华章不断在吴虞的脑海萦绕。

峨冠博带的李德裕，首先出现在吴虞的记忆屏幕上。李德裕唐时任西川节度使功勋卓著，在成都等地修建筹边楼“保境安民”，在新繁开凿出风光旖旎的东湖，这是吴虞自小就耳熟能详的故事，这要写进楹联中自不待言。

继续往历史的深处上溯，吴虞想到了东汉新繁涌现的著名教育家任末。任末，字叔本，通晓《五经》，尤精于《诗经》研究，在京师洛阳教授生徒达十余年。他自幼刻苦好学，“或依林木之下，编茅为庵，削荆为笔，刻树汁为墨。夜则映星月而读，暗则缚麻蒿以自照”。临终时他还不忘告诫门徒：“夫人好学，虽死犹存；不学者，虽存，谓之行尸走肉耳！”（王嘉《拾遗记》）因为任末的这句话，从此汉语中多了“行尸走肉”这个成语。

到了宋代，新繁又出现了一个著名人物——梅挚。梅挚，字公仪，博学多闻，清正廉洁。他在广西昭州（今平乐县）为官时，曾写下了反腐败名篇《五瘴说》：

石刻梅挚《五瘴说》（拓片）

仕有五瘴：急征暴敛，剥下奉上，此租赋之瘴也；深文以逞，良恶不白，此刑狱之瘴也；昏晨醉宴，弛废王事，此饮食之瘴也；侵牟民利，以实私储，此货财之瘴也；盛拣姬妾，以娱声色，此帏薄之瘴也。有一于此，民怨神怒，安者必病，病者必殒，虽在毂下亦不可免，何但远方而已！仕者或不自知，乃归咎于土瘴，不亦谬乎！

《五瘴说》流传了800多年后，1884年被新繁知县段莹翻刻于东湖李德裕石碑像的背面，它同样也铭刻进了此前不知多少次流连于东湖的吴虞脑海的深处。对诸如梅挚、任末、李德裕这些在历史上建功立业的前贤，吴虞自然高山仰止。孤灯下的吴虞天马行空，思绪飞扬。联想到自己眼下被排斥的际遇，吴虞心生暮雨。此时此刻他更关注先贤们在困境中的人生选择。

吴虞难以忘却出生在新繁的著名隐士朱桃椎。朱桃椎在隋末时曾官至国子监祭酒，是当时最高学府的负责人之一。后来淡泊绝俗、厌弃名利的他，主动弃官辞职，独自修道，绝意仕进，隐居于今龙泉驿一带。《新唐书·隐逸传》中介绍了朱桃椎的隐居生活，称其“被裘曳索，人莫能测其为”。唐代窦轨为益州长官时闻讯赠送他衣服和鹿皮头巾、麂靴，并礼请其出任乡里的里正。朱桃椎不从，将赠品弃掷于地，逃入山中搭草庐而居，以织草鞋为生。唐初名臣高士廉为益州长史时，“备礼以请，降阶与之语，不答，瞪视而出。士廉拜曰：‘祭酒其使我以无事治蜀邪？’”。高士廉的诚意打动了朱桃椎，朱桃椎向高士廉面授机宜，由此高士廉治蜀“简条目，薄赋敛”，结果“州大治”。随后高士廉又多次遣人探望，他均避而不见。遁隐山林的朱桃椎，或望月弹琴，或临风命韵，无所忧虑，自得其乐。他作《茅茨赋》直抒胸襟，“不以声名为贵，不以珠玉为珍”“隐遁之流，乃以闲居为乐”。对朱桃椎践行的老庄学说，吴虞也情有独钟，是他反孔非儒的理论武器之一。因为追慕庄子，庄子有《秋水篇》，1913年在成都“杜门自养”的吴虞，也将自己的诗集命名为《秋水集》。

新繁的另一位蔑视权贵的名人法进高僧，同样也让吴虞推崇。

新都东湖公园一角

对唐代《续高僧传》中记载的法进故事，他记忆犹新。隋朝时杨秀被封为蜀王，久仰法进大名，遂遣人将法进从吉阳山请来蜀王府主持自己受戒仪式。法进事毕即辞出，不住王宫而住法聚寺，所获布施“一无所受”。杨秀告诉自己的左右：“见此僧令寡人毛竖。”后杨秀又召见法进，虽然杨秀“遥见即礼”，但法进依然对他不客气：“王自安乐，进自安乐，何为苦相恼乱作无益之事耶？”一旁的诸僧劝道：“王为地主，应善问讯，何为诃责？”法进回答：“大德畏死，须求王意，眼见恶事都不谏勉何名弘教？进不畏死，责过何嫌乎？”乃至杨秀的妃姬受戒，法进也毫不畏惧地指责她们太放逸。

法进和朱桃椎不畏权势、不以物喜、不以己悲的情操，激起了吴虞强烈的共鸣，让正被成都主流社会所排斥的他倍受激励。吴虞决定，一定要在楹联中激赏他们的坦荡胸怀。既已酝酿成熟，他遂放笔纵横，将一夜的所思所想凝聚于笔端，拟就了这副现悬挂于东湖光霁堂的楹联：

功业感筹边，更思文苑儒林，有叔本、公仪同留胜迹；

穷愁何足志，只合登仙成佛，继桃椎、法进共写灵襟。

上联颂扬了士林中建功立业的李德裕、任叔本、梅公仪，感念他们给后人留下的功绩。下联则是对身处逆境壮志难酬的人们的劝喻：这时只应该选择远避乱世，羽化登仙，立地成佛，像朱桃椎、法进一样，追求不事权贵、独善其身的快意人生。下联既表达了吴虞对社会黑暗的愤懑，也折射出吴虞面对守旧势力的迫害决不妥协的凛然风骨。

人物

吴虞（1872—1949），原名姬传、永宽，字又陵，亦署幼陵。祖籍四川新繁县（今成都市新都区），出生在成都文庙前街。1891年入成都尊经书院，师从经学家吴之英、廖平。1905年留学日本，入早稻田大学速成科，习法政。1907年归国后先后在成都县中学堂等校授课。1921年至1925年任教北京大学，1926年至1935年任教成都大学、四川大学。在五四新文化运动中，吴虞发表了一系列文章，猛烈抨击封建礼教，颇具影响。著有《吴虞文录》《吴虞文续录·别录》《秋水集》等。

吴虞　只手打孔家店的老英雄

壹

吴虞的思想转变始于戊戌维新之后。此前，吴虞是个循规蹈矩的学生，19岁考入成都尊经书院后，随蜀中宿儒吴之英学习诗文，吴之英对他“独见赏拔，称为首选”。既又受业于廖平，颇窥朴学门径。

吴虞

1898年戊戌维新后，西学东渐日盛，吴虞开始留意时事，转而钻研西方理论，“搜访新籍，不顾鄙笑”。廖平称他为“成都言新说之最先者”。

1905年吴虞东渡日本留学，思想更日趋激进。“廿年来所讲学术，划然悬绝”。从1906年开始，他著文反孔排儒。在东京听了章太炎猛烈抨击孔子学说的演讲后，他“中夜不寐”，连写了八首诗痛斥“贤圣误人深”。梁启超看到后爱不释手，盛赞其几近杜诗，将其录入《饮冰室诗话》。

1907年从日本回到成都后，吴虞一边在学校教书，一边“大与时俗乖忤”，频频在报刊上发表文章宣扬非儒思想。保守势力视之为异端，不断打压。1909年吴虞撰编《宋元学案粹语·例言》时，引用了反孔非儒前辈、明朝李贽的话，质疑儒家垄断思想，触犯了朝廷禁忌。从明朝万历三十年（1602）开始，李贽的著作就被列为禁书，明令销毁。张之洞掌管的清政府学部当即下令要四川提学使赵启霖查禁此书，并要开除吴虞的教职。后经人斡旋转圜，吴虞殊为不易涉险过关。

贰

这次犯忌风波刚息，吴虞旋即被抛到更大的风口浪尖上。1910年，他和他父亲的矛盾集中爆发，离经叛道的吴虞被视为“名教罪人”，受到守旧势力的集体围剿。

吴虞和父亲的冲突由来已久。吴虞父亲吴士先多有恶行，为吴虞所不齿。先是“私李氏孀，不惜破产以供奢用”。吴虞母亲“屡劝不听”，最终忧郁而死。母亲死后不久，1893年父亲赓即纳妾杨氏，遂令吴虞分家，要求吴虞从成都文庙前街的住宅中搬出，将吴虞一家赶到了新繁乡下。为铭记此番痛苦经历，吴虞给不满周岁的儿子取名阿迁，自己也根据刘熙的《释名》将原名姬传易为虞。搬到乡下几个月后，吴虞视为掌上明珠的阿迁不幸病倒，“乡僻无良医，又窘于资，不能就医城市，坐视夭殇”。吴虞痛彻心扉，终身引此为恨事，与父亲结下了更深的仇怨。杨氏失宠后，吴士先于1895年又纳李氏为妾，吴虞和父亲的关系更加恶化。吴士先“时时以纤小琐碎之师，挑斥诅骂”，“每见必诟谇”，谩骂吴虞“不孝”。吴虞对父亲的不满愈加强烈。1910年的一天，吴虞偶尔失言，将李氏称为“李寡妇”，“触父大怒”，通宵达旦起草诉状，要以不孝之罪起诉吴虞。“婢泄其事”，吴虞急忙赶来将状子夺去撕碎。吴士先益加暴怒，“操杖挞逐”，幸亏邻居苦苦相劝才将事态平息，但此后吴士先逢人就指责吴虞。在四川外国语专门学校当老师的吴虞为辩冤屈，遂于该年11月作《家庭苦趣》散发亲友。不料有人持之告以四川教育总会副会长徐炯。徐炯勃然大怒：“扬亲之过，名教罪人，不可恕。”将吴虞作为“士林败类”，驱逐出了教育界。徐炯还约请学林中100多人签名，将吴虞起诉至官府。因为吴虞著文“反对儒教及家族制度”，当局早已对他不满，遂借机下令逮捕，“欲置之重典”。供职法院的同学向吴虞通风报信，吴虞“仓皇遁走”“离家未逾刻而捕役至，且杂兵勇，如拿巨奸”。搜捕未获，护理四川总督王人文仍不罢休，以“非圣无法，非孝无亲，淆乱国宪”罪，“移文各省逮捕”。吴虞不得不先后隐匿于双流、犍为、乐山等地逃避通缉。

叁

四川保路运动爆发后，吴虞得以返回成都。虽经辛亥革命，帜易共和，但尊孔之风依然如故，吴虞的老对头徐炯继续在大力提倡尊经读孔，反孔非儒的吴虞还是深受歧视，不能重返教育界。遭到排拒的吴虞更加叛逆，一再著文针锋相对驳斥复古派。他驳康有为“君臣之伦不可废”之“惑说”，反对提议定“孔教”为国教，颂扬李贽的“不以孔子之是非为是非”的观点。吴虞的言论在成都受到钳制后，遂积极投稿北京的《新青年》，接连发表了《家族制度为专制制度根据论》《儒家主张阶级制度之害》《吃人与礼教》《说孝》等文章，以传统文化中的道家、法家、墨家及西方的启蒙思想为理论武器，激烈抨击封建伦理道德、宗法制度和专制统治，成为五四新文化运动的先锋之一，被胡适热情地赞誉为“只手打孔家店的老英雄”“中国思想界的一个清道夫”。

吴虞被时代的浪潮遽然推向了人生的高峰。1921年他离开成都，被北大聘为国文教授。但吴虞毕竟是新旧交替时代新旧杂陈的人物。身受封建家庭伦理迫害的个人经历，是促使他成为反封建斗士的一个重要原因，这让他对封建礼教的批判情绪超过理智，而且在言行上还表现出矛盾性。他著文反对纳妾，自己一生却纳妾六人，一直到57岁还在纳妾，买奴唤婢更属家常；他反抗“父权”，但对待自己的女儿，他又偏执地维护“父权”的尊严，几乎和女儿决裂；他倡导男女平等，先后养育了七个女儿，却对自己无儿承续香火痛心疾首。吴虞的局限性，容易让他成为新旧两派的斗争中被双方夹攻的靶子。尤其在北大教书后期他与青楼女子娇玉的交往，更授人以口实，被人嘲讽为“孔家店里的老伙计”。自此以后，吴虞逐渐消沉，从反封建的前沿阵地上退却了下来。

1925年秋，吴虞回到了成都，先后在成都大学、四川大学担任教授，虽然仍然坚持反孔，但已日益落寞无闻。1933年他辞去教职，退隐在家。1949年4月27日，他在成都棚子街50号家中病逝，结束了悲剧英雄的一生。

◎撰稿　吴　刚　王　嘉　◎审读　袁庭栋　冯修齐

主要参考资料

《吴虞集》（田苗苗　整理）

《吴虞日记》《新繁东湖》（冯修齐　李义让　编著）

《四川近现代文化人物》（四川省政协文史资料研究委员会　四川省文史馆编）

桂湖

五千里[1]秦树蜀山[2]，我原过客；
一万顷荷花秋水，[3]中有诗人[4]。

——曾国藩

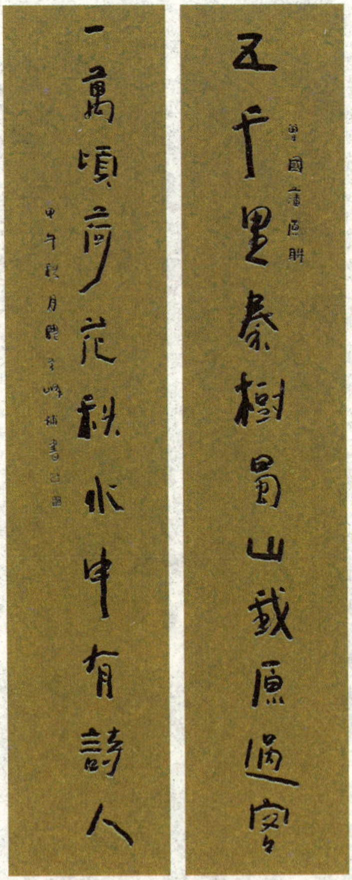

注释

①**五千里**：虚数，泛指。

②**秦树蜀山**：秦，指陕西；蜀，指四川。这里泛指陕西、四川一带的大好河山。

③**一万顷荷花**：桂湖中遍植荷花。一万顷是泛指。

④**诗人**：指明代诗人杨升庵。

解读

这一副悬挂在新都桂湖的楹联，出自晚清一代名臣曾国藩之手。曾国藩一生纵横湖湘、游刃朝堂，他何时入蜀？为什么会在桂湖留下这副脍炙人口的名联呢？

壹

“江南可采莲，莲叶何田田。”这一句朴素明朗的汉乐府民歌，勾勒出了一幅江南水乡采莲男女相互爱恋的生动景致，算得上是采莲诗的开篇之作。不仅仅是江南可采莲，两汉时期，千山万水之外的蜀地新都，也是种莲成风。新都曾出土有东汉时期的“采莲”画像砖，莲叶深处谁家女，隔水笑抛一枝莲。

桂湖的历史可上溯到隋代。隋文帝开皇十八年（598），新都县城由今成都市新都区军屯镇附近迁到现址后，因筑城墙取土，沿城墙内侧形成凹地，遂建湖池园林，并设接待来往官员的驿馆亭于此。因地处县城之南，故命名“南亭”。初唐时期，在新都县尉卢照邻等文人仕宦的经营之下，南亭逐渐发展成为一处衙署园林。玄宗宰相张说在《新都南亭送郭元振卢崇道》诗中吟咏“竹径女萝蹊，莲洲文石堤。褰幌纳蟾影，理琴听猿啼”，真实地记录了南亭在唐代栽种荷花，诗人与友人在此宴别赋诗、赏月弹琴的情景。

宋代，南亭改名为“新都驿”。明代，新都驿距离大诗人杨升庵的家宅很近，他不仅“沿湖遍栽桂树，间尝游憩其中”，还与诗友唱和其中。明正德十年（1515），胡孝思由潼川（今四川三台）知州入调，经新都至成都，沿江东下，赴南京上任。27岁的杨升庵写下诗歌《桂湖曲送胡孝思》：“君来桂湖上，湖水生清风。”从此，这里有了一个诗意的雅号“桂湖”。杨升庵还遍植荷花，对荷花进行了深入的研究和考证，桂湖荷花之盛名遂传遍天下。

清乾隆时，湖废为田，桂树尚存。清嘉庆十七年（1812），知县杨道南浚田还湖；道光十九年（1839），知县张奉书博采江南园林之长，重修桂湖胜迹。另建升庵祠，祀泥塑彩绘的升庵官服坐像，奠定了今天桂湖的基础。

贰

清道光二十三年（1843）六月，湖南湘乡双峰人曾国藩以翰林院检讨，首次得差，奉旨典试四川，为四川乡试主考官。春风得意，万里入蜀。

曾国藩自幼读四书、诵五经，1838年，27岁的他赴京赶考，殿试考中第三甲，入翰林院，为军机大臣穆彰阿的门生。此番栉风沐雨，入蜀主考，曾国藩踌躇满志，坚定了为朝廷选拔良才的决心。他七月初九离京，八月初抵达成都，入住主考、副主考的接待所皇华馆。考场设在皇城贡院（今天府广场四川科技馆），阅卷在“明远楼”上。

九月初，皇榜张贴，贡院外人山人海，欢声如雷，喜气云腾。次日，在贡院内举行盛大的“鹿鸣宴”，时任四川总督宝兴领衔，正副主考及省城主要官员宴请新科举人。宴会后，主考曾国藩接见新举人们，勉励鞭策一番。新举人尊称主考、副主考为座师，执门生礼。

叁

九月二十一日，曾国藩启程离蓉，回京复命。归途第一日，曾国藩在《日记》中写道：“由省城起行，行四十里住新都县。县令张宜亭招游桂湖。徘徊观眺，极饶野趣。”

次日清晨，张县令又陪同曾国藩畅游桂湖，诗酒助兴。曾国藩久居北国，在京师已有五年之久，此次得差，一路有幸目睹秦蜀壮丽河山，眼界大开。此时来桂湖遥想昔日在湖畔读书的杨升庵，状元及第，才华横溢，可惜壮志难酬，坎坷一生。曾国藩和座中诸君一番感怀唏嘘。酒酣耳热之际，他逸兴飞扬，信笔挥就一联，散淡率真、诗意盎然：

五千里秦树蜀山，我原过客；

一万顷荷花秋水，中有诗人。

曾国藩自注云：“癸卯九月，使旋过新都县。张宜亭大令邀游桂湖。湖为明杨升庵旧址，约广三百亩，皆荷花，缘堤皆桂树，张君修葺不俗。酒罢，因题联语。”

上联大意是：由秦入蜀，千里山河壮美无边，遗憾哪，我不是归人，只是一名匆匆过客；下联是说：无边无际的荷花秋水中，我仿佛看见了一腔赤诚却遭贬谪的明朝第一大才子杨升庵。曾国藩在此联中采用夸张的手法，妙笔生花。尤其难得的是，上联以远景烘托，别具一格，下联则近景聚焦，生发怀古之情：湖光山色迷人，正是因“中有诗人”增色生辉，从而把“景、情、人、我”巧妙地融为一体。读罢此联，呈现在眼前的就是一幅饱含深情、韵致高雅的山水画卷，令人胸襟大开、余味无穷。

告别新都后，曾国藩诗意未尽，次日又在途中作《游桂湖五章》。其第三首诗中“倾城游女盛，好是采莲时”，桂湖清秋，闲淡宁静，眼前是采莲人在湖中泛舟来往、歌声相和相应的美景，却令人联想到“达人志江海”的逸趣。

九月二十七日，曾国藩到达剑阁武连驿，作《早发武连驿忆弟》，诗中有句曰“疲马可怜孤月照，晨鸡一破万山苍”。雄浑之气，实乃得“秦蜀”山川之助。十一月二十日，他辗转回到京师，被授翰林院侍讲。此后，曾国藩坚韧不拔地沿着仕途之道，步步升迁，位极人臣。

曾国藩一生再也不曾入蜀。不知在白手起家创立湘军，戎马倥偬的岁月；在开近代风气之先，主办洋务运动的时期；抑或读经书、写日记、练书法、下围棋、教育子女门生的平常日子里，他可会有想起蜀中往事的那一刻，心中可会有“夜阑卧听风吹雨，桂湖荷花入梦来”的那一份切切盼望？

人物

曾国藩（1811—1872），初名子城，字伯涵，号涤生。湖南湘乡白杨坪人。中国近代政治家、战略家、理学家、文学家，湘军的创立者和统帅，与李鸿章、左宗棠、张之洞并称“晚清四大名臣”。官至两江总督、直隶总督、武英殿大学士，封一等毅勇侯，谥曰“文正”。曾国藩继承桐城派方苞、姚鼐而自立风格，创立晚清古文的“湘乡派”。著作收于《曾文正公全集》中。

曾国藩和他的蜀中门生李榕

壹

1851年，轰轰烈烈的太平天国起义爆发了。巨澜横扫，摧枯拉朽，时代选择和改塑了广东花县（今广州市花都区）落第书生洪秀全，也选择和成就了比他大三岁的湖湘进士曾国藩。

新都桂湖公园

曾国藩于嘉庆十六年（1811）十一月二十六日出生于湖南湘乡双峰一个地主家庭，自幼勤奋好学，六岁入塾读书。1838年，27岁的曾国藩赴京赶考而中进士，留京师，之后官运亨通，十年七迁，连升十级，36岁就任礼部侍郎，官至二品。

面对太平军势如破竹的进攻，咸丰帝下诏命包括曾国藩在内的45名官员出山办团练，组建地方武装来增强军力，保卫江山。曾国藩在湘南一隅，依靠师徒、亲戚、好友等复杂的人际关系，从清朝的军政体制之外，完全依照自己的设计，不受干扰地编练出一支迥异于清朝各类武装力量的新军——湘军。

湘军能征善战，势力越来越大，至1864年消灭太平天国时，各地作战的湘军有近20万人。

贰

曾国藩以书生将兵，异军突起，离不开强大的幕后阵容——幕府——对他的成功推波助澜。曾国藩幕府因其人数众多、盛况空前、影响深远，而有“神州第一幕府”之称。这些幕僚们在修身、齐家、从政、治军、学术等方面深受曾国藩培育、砥砺，他也把“成大事者，以多得助手为第一要义”作为座右铭，竭力延揽各类人才，诸如李鸿章、彭玉麟、郭嵩焘、左宗棠等等，天才英博，亮拔不群。

当然，曾国藩没有忘记1843年他入蜀主考而结识的门生，他派人专门去聘请他们，迎入幕府，使为之效力。由于曾国藩的奖掖和举荐，不少曾氏门下的幕僚都在历史的长河留下了自己的声名。这其中官至湖南布政使的四川剑州（今剑阁县）人李榕堪称佼佼者。

李榕，号申夫，1819年出生在剑州一官宦人家。25岁中举人，1852年中进士，选翰林院庶吉士，次年改礼部主事。正在组建湘军、广招人才的曾国藩，第一时间向门生李榕抛来了橄榄枝，李榕也愉快地响应了曾国藩的召唤，进入幕府，随其东征西讨。曾国藩喜他廉洁稳健，委他到营务处办理公务，这是湘军的参谋部，也是核心部门。

曾国藩用人有三个步骤，第一个步骤是在身边带。像营务处、秘书处的人，他每天与他们谈话，言传身教。经过一段历练后，就到第二个阶段——到地方领军。如果经受住了考验，有实实在在的政绩，就能够进入第三个阶段——跨上一个更高的台阶，独当一面。曾国藩常常与李榕谈话，也很器重李。1859年，李榕在南昌办理湘军营务，曾国藩对他说：“凡与诸将语，理不宜深，令不宜烦，愈易愈简愈妙也。……吾辈治心、修身，理亦不可太多，知亦不可太杂，切身日日用得着的不过一两句，所谓守约也。”“守约”就是有条理。这不但是工作方法，也是一种能力。

历练一段时间后，曾国藩派李榕出外独领一军。不久，听到李犯了文人自矜的毛病，于是写信嘱咐说：“外间或言阁下好笼罩人，……而不以至诚待人，云云。国藩久闻此语，未便遽进箴规，今既受统领重任，务祈绌己之聪明，贬己之智术，……鄙浅之见，伏希采纳。”殷殷嘱托，犹如严师教弟子，李榕诚惶诚恐，铭记在心。

在曾国藩的保荐下，李榕平步青云，1863年秋升至浙江盐运使，他为湘军筹饷，甚为得力。1866年，在平定太平天国之后两年，李榕水到渠成，官拜湖南布政使。赴任之前，李榕向曾国藩请训。曾书《诗经》“温恭朝夕”四字赠之。勉励他做一方大员后，要时时刻刻温和恭敬。

叁

当时朝廷诏令经受战争的省份，丈量田亩，清查赋税。李榕上任后认真执行这一政策，打击了发战争财的豪门大族，有利小民百姓。但他忘记了，湖南是湘军的发祥地，退役的湘军将领势力很大。他们大为不满，伺机报复。

他们找到了李榕的一条“硬伤”——“优伶陈升为榕家丁司管库”。陈升乃川剧男旦，艺名“翠喜”。当年，李榕等学子中举后，曾请陈升演唱川剧招待考官曾国藩，自此，李榕与陈升有谊。李榕升任湖南布政使后，陈升从四川来到湖南投靠了李榕，成为李榕的家丁。艺人当年被视为“下九流”，是入不得衙门重地的。湘军旧将利用此事大兴波澜，联名上书攻讦。慈禧遂命李鸿章查办此案。

李鸿章与李榕同出曾国藩门下，但两人常常针锋相对。有一次，李鸿章请李榕赴宴，李榕穿了一双旧鞋，李鸿章取笑说：“你靴薄且旧，何不另置一双？”李榕答道：“我靴虽薄而旧，但底正帮直；你靴虽好，但底歪帮斜！”这话，暗讽李鸿章功名底子不正，是监生出身。李鸿章十分尴尬，怀恨在心。所以此番受命，李鸿章根本不听李榕申辩，于同治八年（1869）五月将李榕革职。

李榕却也达观，交代完公事后，七月从长沙动身，十一月飘然回到故乡剑州。

此时李榕已50岁，他曾有“季子正年少，匹马黑貂裘”的胸怀，怎耐得清闲的隐退生活呢？他寄希望于恩师曾国藩，幻想有东山再起之日。但时任直隶总督的曾国藩在震惊中外的“天津教案”中处

新都桂湖公园正门

理不当，屡受打击，根本无暇顾及这位被罢黜的门生。同治十一年（1872）三月十二日，曾国藩病死在两江总督任上，李鸿章势倾朝野，李榕终于断了念想。

此后，他一心从事地方文化教育事业，做了很多有益的事情：率子弟门人重修《剑州志》十卷，同时立书院、教子弟，主讲剑州兼山书院，后兼讲江油登龙书院和匡山书院，为乡梓培育人才。

1888年，成都崇丽阁（即望江楼）落成，邀请李榕出席开阁典礼。李榕时年已是古稀，行动不便，于是根据描述，在家题写了一副130字的长联：

开阁集群英，问琴台绝调、卜肆高踪、采石狂歌、射洪感遇，古贤哲几许风流。忽揽起儋耳逐臣、哀牢戍客，乡邦直道尚依然。衰运待人扶，莫侈谈国富民殷，漫和当年里曲；

凭栏飞逸兴，看玉垒浮云、剑门细雨、峨眉新月、峡口素秋，好江山尽归图画。更忆及草堂诗社、花市春城，壮岁旧游犹在否？老怀还自遣，窃愿与幽思丽藻，同分此地吟笺。

此联虽然恣谈山川人物，却以风雅之情，简练而冷峻的文笔，使蜀中从汉至明的历代风流人物、名山胜景跃然纸上。怀古论今，针砭现实，抒写了他官场失意、伤时自遣的心情。问世后被广为传颂，为崇丽阁增添了光彩，四川因此下令减少剑州征银二百两（事见《剑州志大事记》），以示表彰。

一年后的十一月初六，李榕病卒，享年71岁。多少年来，剑阁乡亲都忘不了这位有功于桑梓的乡贤，称李榕为“李夫子”或“李翰林”，而不直呼其名，还为他树碑立传，代代相传。

庙堂与江湖，是中国古代文人的两个“家”，进则鞠躬庙堂，退则潜居名山。江湖有酒，庙堂有梦。所以，教书终老，造福子孙，何尝不是封建末世文人一种理想的归宿？

◎撰稿　陈蕙茹　◎审读　袁庭栋　冯修齐

主要参考资料

《新都楹联》（冯修齐）

《潇湘奇才　联如其人——赏析曾国藩名联》（钟胜天）

《曾国藩用人智慧全鉴》（林乾）

投边[1]益显宏文，全蜀才华推第一；[2]
佐父同争大礼，[3]有明忠谔[4]叹无双。

——黄云鹄

注释

①**投边**：流放到边远地方。此处指杨慎被流放云南永昌卫（今保山市）。

②**才华推第一**：《明史·杨慎传》称“明世记诵之博，著述之富，推慎为第一”。

③**佐父同争大礼**：明代正德皇帝朱厚照死后，无嗣，以堂弟朱厚熜即位，改年号“嘉靖”。嘉靖帝登基后，欲将其生父尊为“皇考”，即“继统不继嗣”，诏令群臣讨论。杨慎和父亲杨廷和正直不阿，不畏权势，认为嘉靖帝生父只能称“皇叔父”，“继统又继嗣”，史称“议大礼”。最终，嘉靖父亲被追封为“睿宗”，杨廷和被罢首辅大学士，杨慎受“廷杖”，充军云南，老死他乡。

④**忠谔**：忠诚正直之言。宋郑侠《示潮州吴宅三甥》：“心虽在规益，世谁受忠谔。”

解读

壹

“天将降大任于是人也，必先苦其心志，劳其筋骨，饿其体肤，空乏其身，行拂乱其所为，所以动心忍性，曾益其所不能。”明代成都大学者杨慎的人生，无疑是孟子这句话的生动写照。

杨慎，字用修，号升庵，1488年出生。1511年，23岁的杨升庵在全国会考中一鸣惊人，正德帝高兴地钦点杨升庵为殿试第一，授翰林院修撰，杨状元正式登上了明朝政治舞台。

正德十六年（1521）三月，正德帝驾崩，因其无嗣，由堂弟朱厚熜即位，改年号为“嘉靖”。嘉靖帝登基之初，杨升庵的父亲杨廷和主持国政，担任内阁首辅。但是在“议大礼”事件上，杨廷和同嘉靖帝发生了尖锐的冲突，杨家父子由此开始走向逆境。

嘉靖一继位，欲尊自己的生父为皇考，下令群臣“议大礼”，杨廷和与六十多位府部官员一致认为宜称孝宗（正德帝之父，嘉靖帝之伯父）为“皇考”，改称嘉靖帝父亲为“皇叔父”。由此爆发了皇权和阁权的激烈冲突。

众大臣表现得空前团结，反对的奏章压得嘉靖喘不过气来，就在他准备让步之际，一个叫张璁的进士站了出来，帮了嘉靖一个忙。他上书为嘉靖追封自己的父母找了许多理论依据，而且引经据典批驳了群臣的观点，嘉靖看后深受鼓舞，张璁也得以加官晋爵，成为议礼派的首领（当时的反对大臣们被称为“护礼派”）。朝中两派对立胶着的局面，维持了三年多。

嘉靖三年（1524）二月，杨廷和被罢官离朝，嘉靖去除了眼中钉，迫不及待尊生父为“本生皇考恭穆献皇帝”。随着老臣们退的退、死的死，激烈反对嘉靖尊生父为皇考的群臣们的力量已大不如前，护礼派妥协默认，这回嘉靖似乎也满意了。

树欲静而风不止。张璁向嘉靖奏书，称自己的父亲为“本生皇考”，其实还是把自己当作是伯父孝宗皇帝的儿子，与称自己的父亲为“皇叔父”其实没有多大区别。嘉靖深以为然。七月上旬，嘉靖下诏，命去除“本生”二字，遂将大臣们的反抗引向了极端，一场惨烈的对决爆发了。

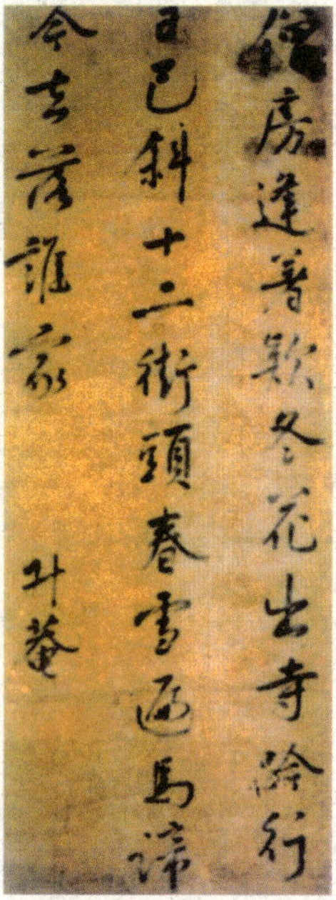

杨升庵墨迹

十五日一早，群臣聚于左顺门前，时任殿试受卷官的杨升庵接过父亲的大旗，对众臣大声疾呼：“国家养士百五十年，仗节死义，正在今日！”于是，群臣跪伏于左顺门前，撼门大哭，一时“声震廷阙”。嘉靖震怒，大开杀戒，先后几次将160余人“廷杖”，有17位大臣被打死。杨升庵下狱后，“十七日，廷杖之，二十七日复杖之，毙而复苏，谪戍云南永昌卫”。左顺门事件，以嘉靖的胜利、护礼诸臣的失败告终，嘉靖帝终于如愿地将父亲追尊为睿宗，并通过这场夺权斗争，强化了自己的皇权。

贰

“议大礼”是杨升庵一生的转折点。

1524年秋天，杨升庵作为囚徒，告别了他忠心苦恋的九重宫阙、古都北京，历时半年，病驰万里，终于到达云南戍所。

杨升庵塑像

这年，他37岁。

塞翁失马，焉知非福。远离亲人的流放生涯，并没有将他摧垮。除吟诗著文抒发胸襟外，作为当时文坛和学界的翘楚，杨升庵在流放的35年间，把壮年人生的一腔热血，毫无保留地泼洒到为当地百姓传道授业上。他在云南设馆讲学，游历考察，孜孜不倦地研究和写作，写出了大量轰动一时的学术著作，全方位地传播汉文化，使得当时中国的文坛中心一度出现南移的现象；他还广收学生，在云南培养出了第一个少数民族学派——“杨门七子”，人谓“七子文藻，皆在滇云，一时盛事”；再加上他百科全书型的知识结构，不畏强权、坚持正义的强大人格感召力，使得云南各族人民形成了一股学习中原文化的巨大潮流。

云南能够在有明一代完成与中原文化的融合，成为中华民族不可分割的一部分，这有赖于两个重要的因素：一个是卫所移民，另一个就是杨升庵。“升庵功业当以在云南推行中原文化，使汉族文化与边疆少数民族文化相结合与融化，对中华民族的成长有贡献”（李一氓题于杨升庵纪念馆）。直到今天，云南百姓最崇敬的三尊“神”依然是：观音菩萨、诸葛亮和杨升庵。

杨升庵71岁病逝云南戍所，死后归葬故乡新都，家乡父老感念他一生正气、朗朗硬骨，常常到城郊状元坟祭拜他。1839年，知县张奉书重修桂湖胜迹，并在湖上建升庵祠，祀泥塑彩绘的升庵官服坐像。自此，到桂湖瞻拜者络绎不绝。1870年秋，黄云鹄由雅州知府转任成都知府。任职期间，工诗善书的他多次前往升庵祠，追思前贤，感怀壮烈，撰就这副楹联，笔势庄重，隽永高华：

投边益显宏文，全蜀才华推第一；

佐父同争大礼，有明忠谔叹无双。

上联是说：杨升庵贬戍云南边陲，潜心学问，著述宏伟，若论四川才华横溢者，当属他为第一；下联大意是：在“议大礼”中，杨升庵敢于协助父亲同皇帝抗争，不徇私情，放眼整个明朝，像这样忠贞刚直的大臣真是无与伦比啊！联文对才高学博、忠诚亮直的杨升庵波澜起伏的一生，作了公允的确切的评价，作者本人对杨升庵的衷心敬仰，溢于言表。

苟利国家生死以，岂因祸福避趋之？自古以来，中国士人就有忧国忧民的强烈历史使命感和社会责任感，具有“士志于道”“从道不从君”的担当，杨升庵的“议大礼”，正是承续了这样的精神基因。他不避斧钺、犯颜直谏的浩然正气，数百年来，也磅礴于天地之间，激起了包括黄云鹄在内的众多士人的共鸣和崇敬。

人物

黄云鹄（1819—1898），字芸谷、翔云、缃芸，湖北省蕲春县人，北宋黄庭坚第17世孙，近代国学大师黄侃之父。1853年进士，历任四川雅州知府、四川盐茶道、成都知府、四川按察使等职，官至二品大员。晚清著名学者，经学家、文学家、书法家。著有《实其文斋诗钞》六卷、《实其文斋文钞》八卷、《学易浅说》十四卷、《归田诗钞》等。

黄云鹄　成都知府留在离堆的千古一叹

壹

1101年，在蜀六年的黄庭坚奉诏复官出川，临别时回望蜀中山河，内心依依不舍。光阴荏苒，在他离开769年后，1870年的秋天，他的第17世孙黄云鹄，踌躇满志赴任成都知府，住在成都金玉街的浙江会馆。

黄家诗礼传家，从1853年进士及第、任职刑部始，至1891年致仕（正式退休）止，黄云鹄历宦海近40载，其中20余年又都在蜀中为官，辗转雅安、成都、泸州多地。政声人去后，功德在民心。《雅州府志》载黄云鹄“为官清正，善政贤治”。他72岁告老还乡，陪伴他归去的，除了老妻与生在成都的6岁小儿黄侃，只有几十箱书籍和两袖清风。回到湖北蕲春故里，他次年即受聘为江宁府金陵尊经书院山长，外出赚钱养家。1897年，78岁高龄之际，黄云鹄还应湖广总督张之洞邀请，携子季刚等赴湖北任两湖书院山长，后又出任湖北江汉书院和经心书院山长，一年后逝世。

除了在蜀中百姓心中留下清正廉洁、慎始慎终的“黄青天”名声外，这位“工诗文、善书法、好风雅”的官员，还踏遍蜀中山山水水。尤以成都任上，古迹名寺、名山大川，多有黄云鹄题字。

1880年腊月初八为释迦牟尼佛得道日，黄云鹄应大慈寺方丈真印禅师之请，为这座高僧辈出的“震旦第一丛林”题写了苍古雄浑的“古大圣慈寺”五字，后以石刻嵌于山门，迄今灿然，被誉为“镇寺之匾”。1884年，黄云鹄踏青寻幽青城，诸峰环峙，空翠四合，他兴致盎然，沿途咏诗撰联，不亦乐乎。壮游兴到不知远，直上青城第一峰。从朝阳洞往上清宫的山崖上，他留下了气势恢宏的“天下第五名山”和“青城第一峰”摩崖石刻，字径三尺，朴拙端庄，笔力雄健，人与天地和谐共生的精神内涵，呼之欲出。

意犹未尽的黄云鹄还在青城山题写了多副楹联：

既登福地仙宫，且放下从前俗虑；

尽有花笺名碗，试拓开到此诗情。

天遥红日近；

地仄绛宫宽。

煦物如春，永锡难老；

与道大适，复归于婴。

对新繁龙藏寺，黄云鹄也青睐有加，为这里撰书了诸多楹联。在山门，他撰联颂扬清初祖师僧大朗开渠筑堰、造福民众的功德：

福利溥双江，祖德至今留水利；

恩光承九陛，王言亘古镇山门。

在建于明成化之年的佛殿里，黄云鹄写道：

真解脱一丝不挂；

大庄严万法皆空。

上联意为若到达了真正解脱的境界，便会毫无牵挂；下联则说人们如果像佛那样庄重严肃，便会认识到一切事物都是空的。

黄云鹄和当时龙藏寺方丈、诗僧雪堂和尚深相契合，交谊深厚。在雪堂和尚退隐后居住的潜西精舍，黄云鹄用五字短联，概括了雪堂和尚退隐后的闲适生活：

得山林清气；

作天地闲人。

1881年，大慈寺重建山门落成，两位好友俱为山门题联。雪堂和尚题的是：

出入那边，莫把门头走错；

往来这里，须将道路认真。

黄云鹄撰书的是：

重联九十六院共为一院；

须知万千亿身并无二身。

文章千古事，得失寸心知。这些楹联在黄云鹄的字里行间挥洒自如，联语翰墨，相得益彰。同治十年（1871）四月，黄云鹄心念蜀地百姓，留在都江堰离堆的千古一叹，抚今追昔，尤为发人深省。

贰

1870年秋天，黄云鹄由雅州知府转任成都知府，到任后，他以一篇十六字的《尽职箴》“人各有职，尽之实难；虽知其难，不敢不尽”表明心志。

第二年春天，“水旱从人”的天府之国久旱无雨。作为成都知府，黄云鹄积极投入到了抗旱之中，而当时抗旱的主要方法，就是向神灵求雨。在《祭城隍祷雨文》中，他写道：“临政多愆，故兹苍苍，且厌且怒，惟守不德，殃宜及身，百姓何辜？”他主动担当天不降雨的责任，祈求上天责罚自己，“活我子民”。字里行间，充盈着爱民为民的一片真情。

几次求雨，都没有效果，旱情依旧严重。四月的一天，黄云鹄偶然听说，都江堰的离堆下潜伏着一条神龙，如果向它虔诚祈祷，就可保这方土地风调雨顺。黄云鹄心急如焚，顾不上召集下属，只身“百里走单骑”，从成都一路疾驰，到灌县（今都江堰市）伏龙观求神祈雨。他在虔敬地斋戒独宿一天后，举行了求雨典礼。典礼结束，他也没有离开，而是连日临崖盼雨。

黄云鹄的诚心感动了上天，为久旱的成都府送来了一场宝贵的春雨，他终于如释重负，紧锁的眉头也舒展开来。不过，黄云鹄此行还有更大的收获——他第一次对都江堰水利工程各组成部分进行了详细考察，深有所悟。一方面，他感叹李冰“真神人也”，另一方面，他惊讶地发现，八年前，成绵龙茂道何咸宜道员来灌县督修时，为便于行舟过筏，铲去了三道崖支足，铸成大错，造成灌区灾害。原来，三道崖支足的作用一方面是配合飞沙堰、人字堤发挥泄洪排沙的功能；另一方面，使水流在离堆前面产生迂回，减少洪水对离堆的冲击，保证离堆的安全，这正是李冰因势利导、鬼斧神工之作。

站在都江堰伏龙观前，岷江水奔流不息，静静思索着川西第一奇功，遥想李冰父子福泽后世的千秋伟业，黄云鹄百感交集，“今去之，他日必重受其累。但愿吾言不验，则益州之福也！”黄云鹄深刻认识到问题的严重性，并预言必将造成严重后果。思前想后，他在伏龙观的墙壁上题下六个遒劲的大字“川西第一奇功”，并写下《离堆伏龙观题壁记》，警示后人：不要再自作聪明，去破坏古人多年经验积累形成的治水法则，使百姓蒙难、家国受损。

叁

1873年，胡圻上任灌县知县，去伏龙观进香，详读黄云鹄“川西第一奇功”题壁及跋，同时在伏龙观后殿“则见离堆崩塌一角，廊房倾圮，楹柱虚悬，询诸父老，述及：自凿三道崖后，成属十余州县连年旱涝，冲毁农田不下十余万亩，地方受累无穷。”胡知县惊叹：“呜呼，黄观察之言果验矣！”于是筹钱完成了离堆冲毁之处的修复工程，但由于自己能力所限，冲毁离堆的祸根——三道崖铲去的支足——还没有筹钱修复，于是他留下了“恐离堆仍难永固”的遗憾。

所幸的是，随着科学技术的日益发展，今天都江堰水利工程的历史已经翻开崭新的一页，三道崖支足的作用已没有当年那么重要了，我们也不必担心离堆会被冲毁。140余年前黄云鹄发出的“他日必重受其累”之虑可以休也。但是，总结前人治水经验，充分认识“因势利导、因地制宜”的治水思想，深入挖掘历史文化资源是永远也不会过时的话题。这不仅是“益州”之福，更是中国之福、世界之福。

◎撰稿　陈蕙茹　◎审读　冯修齐　袁庭栋

主要参考资料

《新都楹联》（冯修齐）

《清代都江堰水利工程史上的一次失误》（王克明）

都江堰

朔经画[①]于秦时，沟渠初放，阡陌初[②]开，贤太守[③]始立规模，
遂以启后世文廉[④]之绩；
兴利济于蜀郡，井野分疆，离堆凿石，[⑤]都人士[⑥]馨香俎豆[⑦]，
直可追先朝丛望之祠[⑧]。

——骆秉章

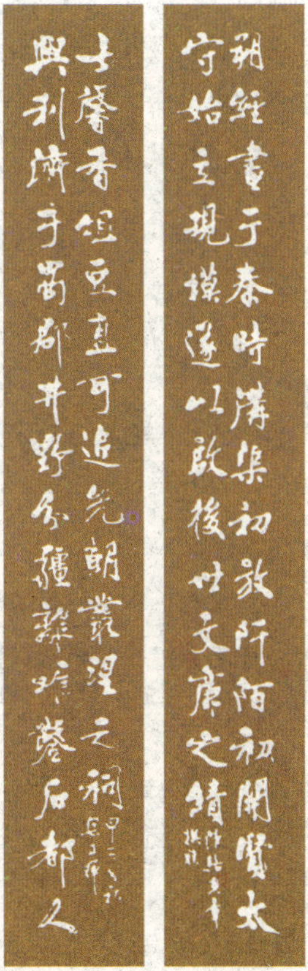

解读

①**经画**：经营筹划。宋苏轼《答秦太虚书》：“至时别作经画，水到渠成，不须预虑。”

②**初**：原联为“新”，补书时误为“初”。

③**太守**：战国时李冰任秦国的蜀郡太守。

④**文廉**：指文翁、廉范。文翁，名党，字仲翁（一说翁仲）。西汉景帝时为蜀郡太守。廉范，字叔度。赵将廉颇之后，东汉章帝建初年间为蜀郡太守。

⑤**离堆凿石**：指李冰修建都江堰时积薪烧岩劈开玉垒山，凿成宝瓶口。与玉垒山分开那部分被称为“离堆”。《史记·河渠书》：“蜀守冰凿离碓，辟沫水之害。”

⑥**都人士**：指居于京师有士行的人。

《诗经·小雅·都人士》："彼都人士，狐裘黄黄。"郑玄笺："城郭之城曰都。古明王时，都人之有士行者，冬则衣狐裘，黄黄然，取温裕而已。"这里泛指都城有名望的人。

⑦**馨香俎豆：**馨香：做祭品用的黍稷，亦泛指供奉神佛的香火，亦谓祈祷时心诚意切（联取此意）。唐白居易《得景为宰秋雩刺史责其非时辞云旱甚若不雩恐为灾判》："馨香以感，夕旦望于月离。"俎豆：俎和豆，是古代祭祀、宴飨时盛食物的两种礼器，亦泛指各种礼器，又引申为祭祀、奉祀之意（联取此意）。《论语·卫灵公》："卫灵公问陈于孔子。孔子对曰：'俎豆之事，则尝闻之矣；军旅之事，未之学也？'"

⑧**丛望之祠：**望帝即杜宇，丛帝即鳖灵。均为古蜀国国君。约公元前6世纪，杜宇为蜀王，称"望帝"。当时岷江洪水大发，淹没川西平原，望帝曾命丞相鳖灵治水。感鳖灵的治水之功，望帝禅让帝位于鳖灵，后者称"丛帝"。郫县（今郫都区）建有望丛祠，合祀二帝。

解读

伏龙观巍然耸立在都江堰离堆之上。骆秉章撰写的这副楹联即悬挂在伏龙观后殿。

伏龙观原是范贤馆，纪念西晋贤士范长生。

北宋初年，人民怀念李冰的功绩，扩建殿宇，因袭李冰治水时曾制服岷江孽龙、将其锁于离堆下伏龙潭的传说，将范贤馆改名为"伏龙观"。

咸丰十年（1860）六月，骆秉章奉命入川督办军务，八月被清廷任命为四川总督。此后的一天，他来到了都江堰。举目远眺，岷江之水从大山深处奔腾而来，狂野不羁，但经李冰2000多年前修建的都江堰水利工程驯服后，江水变得温顺体贴，忠实地履行着滋养川西万顷平畴的义务。骆秉章不由忆古思今，感慨万千，题写了这副赞誉李冰的楹联。

壹

从夏朝算起，中国据说有过近千个帝王。这些当年呼风唤雨的人物，是非成败转头空。他们中的绝大多数都快速地泯灭在了历史的荒郊野岭，人们也早已从记忆中将他们删除得干干净净。

和帝王们相比，李冰的职位并不算高，仅仅是一个郡守，但经过2000多年岁月的冲刷，李冰没有淡出人们的记忆，迄今仍然活在千千万万百姓心中。

这是因为李冰修建了都江堰。

古蜀岷江时常洪水成灾，蜀地有“泽国”之称，蜀人和洪水的博弈自远古开始，持续不断。这是一场漫长的势均力敌的博弈，但到了战国晚期，这场博弈将在一次任命中发生转折。

秦昭襄王执政时，做出了一个日后对四川影响深远的决定——任命李冰为蜀郡太守。

李冰是一个心忧黎民的实干家。作为主政一方的大员，他不尚空谈，也不愿碌碌无为，更不愿陷入官场的钩心斗角之中，而是实实在在地将修建都江堰锁定为自己的施政目标，把根除岷江水患、解除百姓痛苦作为自己义不容辞的职责。

李冰既运筹于帷幄之中，又骑马深入现场实地探勘，“至湔”化解工程难题。在现场考察中，他即发现蜀王开明当年所凿的引水工程对渠首选择并不合理，遂废除了该引水口，将其上移至成都冲积扇平原的顶端玉垒山处，以确保丰沛的引水量和形成通畅的渠首网。李冰学识渊博，常璩的《华阳国志》说他“能知天文地理”。都江堰即是他智慧的结晶。他巧妙地利用自然地势，因势利导，通过鱼嘴分水堤、飞沙堰溢洪道、宝瓶口进水口三大主体工程，消除了水患。流经

望丛祠

宝瓶口的江水，再陆陆续续地被分成大大小小的沟渠河道，纵横交错成扇形水网，从而变害为利，实现了水、地、人之间的和谐共处。

都江堰的建成，让蜀人与洪水博弈的命运从此逆转，彻底摆脱了“人或为鱼鳖”的结局。不仅结束了岷江泛滥成灾、祸害成都平原的历史，而且江水“皆溉灌稻田，膏润稼穑”，“于是蜀沃野千里，号为‘陆海’。旱则引水浸润，雨则杜塞水门”，“水旱从人，不知饥馑，时无荒年，天下谓之‘天府’也”（《华阳国志》）。

有了都江堰，才有天府之国。两千多年来，四川人民始终没有忘记李冰的功绩，人们把李冰尊崇为“川主”，不仅每年举行放水节纪念他，还在都江堰畔的二王庙祭祀他。正如骆秉章另撰的一副赞扬李冰的联云：

此日去昭公二千余年，终古大江流，潭影波光，夜夜认秦时明月；

其地溉益州一十六县，秋风香稻熟，豚蹄盂酒，家家祝太守祠堂。

都江堰涛声依旧，百姓追思依旧。都江堰不朽，李冰亦不朽。

这二王庙原为望帝祠，南朝齐明帝时将望帝祠迁到郫县（今郫都区），以原庙改祀李冰。望帝教民务农，丛帝率民治水。他们同样遗爱于民，蜀人也从来不曾忘记。郫县建有望丛祠，即专门尊祀二帝。

百姓心中有杆秤，这秤是公平秤，并不以职位高低而倾斜。它度量的标准只有一个：是不是造福于民。望丛二帝是蜀国国君，李冰是秦国臣子，因为同样嘉惠蜀人、泽被后世，所以受到后人同样的敬重。骆秉章虽一生恪守“君尊臣卑”的礼训，但在联文中也不得不由衷地感慨，李冰在人们心目中的崇高地位，“直可追先朝丛望二帝”。

贰

李冰成了后来治蜀者的标杆。

李冰之后，汉景帝时又一位杰出的蜀郡太守——文翁——来到了成都。文翁追慕前贤李冰，以苍生为念，治蜀期间留下了两大人们交口称赞的政绩。

其一，治水。他承续李冰的衣钵，治理了成都地区西北部的水系，第一次扩大了都江堰灌区的规模。“穿湔江口，溉灌繁田千七百顷”（《华阳国志》）。由于他注重兴修水利，发展农业，使蜀郡“世平道治，民物阜康”。

其二，育人。这位安徽庐江人鉴于当时成都教育的落后，遂选派小吏至长安学习，结业回归，择优“为右职，用次察举，官有至郡守刺史者”；同时，在成都兴“石室”，办地方“官学”，招下县子弟入学，入学者免除徭役，以成绩优良者补郡县吏，促进当地文化的发展。“文翁石室”也是全国乃至全世界首个地方官办学校。班固在《汉书》中称赞说：“至今巴蜀好文雅，文翁之化也。”

李冰、文翁为政扭转乾坤、改写历史，其开创之功固然彪炳青史，但为政者只要心系黎民，勿以善小而不为，同样也会让人们铭记。东汉时，廉范顺从民意的一个小举措即让他深得民心，留名于史册。

廉范，字叔度，章帝建初年间为蜀郡太守。其时成都物产丰盛，城市繁荣，房屋密集。为防火灾，官府禁止百姓晚上活动。对此不仅百姓怨声载道，火灾也仍不时发生。廉范了解民情后果断地废止了原

伏龙观

来的禁令，唯令百姓多储水防火。百姓感到很方便，于是编成歌谣称颂廉范的惠民德政："廉叔度，来何暮？不禁火，民安作。平生无襦今五绔。"

李冰和他后世的追随者们共同昭示了这样一条道理：无论何朝何代，无论官居何职，只要能为官一任、造福一方，就会受到人民爱戴，历史就不会把他忘记。

叁

晚清时的都江堰。

古稀之年的骆秉章肃然伫立在伏龙观。凭栏俯视，宝瓶口下，滚滚都江东逝水，惊涛拍岸，卷起千堆雪。睹物思人，他的心潮也如眼前的江水一样澎湃。浪花淘尽英雄。2000多年来，在四川做过封疆大吏的人多若繁星，但能像李冰一样功在千秋的前辈寥若晨星。念及此，这位四川总督不胜唏嘘。他将李冰视为自己执政的楷模，决不做庸碌无为之辈，将来一定要以自己的勋业留名青史。他命人拿来纸笔，接连撰联向李冰致敬。但是生逢乱世的他，虽有扶大厦之将倾的雄心，却始终没有真正领悟到李冰精神的真谛，悲剧性地站到了历史和人民的对立面，积极参与镇压农民起义。他渴望流芳百世的梦想也随之化为泡影。

人物

骆秉章（1793—1867），原名俊，字籲门，号儒斋，原籍广东花县（今广州市花都区），出生于广东佛山。道光十二年（1832）进士，选庶吉士，授编修，迁江南道、四川道监察御史等职。外官任湖北按察使、贵州布政使、云南布政使。道光三十年（1850），擢湖南巡抚，入湘十载。咸丰十年（1860）升调四川总督，以“老成硕望，宣力弥勤”，就职协办大学士兼四川总督。同治六年（1867）病逝于成都，谥“文忠”。与曾国藩、左宗棠、李鸿章等人并称“晚清八大名臣”。

骆秉章　屠杀义军又为官清廉的晚清名臣

骆秉章的父亲骆元以经营手工扎作和代写春联为生，家境贫寒。骆秉章兄弟三人，仅能供最小的骆秉章一人读书。骆秉章自幼勤学，但求取功名之路并不顺遂，曾两次上京会试，均名落孙山，年届不惑始中进士，可谓大器晚成。

从40岁到55岁的15年间，骆秉章留任京官，最显赫的职位是做过道光皇帝的侍讲学士。骆秉章后来能够成为“名臣”，却不在文治，而在武功。1850年，57岁的骆秉章升任湖南巡抚。1852年，太平军北上攻入湖南，但在长沙遇到了骆秉章的顽强抵抗，进攻80日而不克。因“婴城固守”，骆秉章渐为清廷所倚重。

自此也开始了他晚年与农民起义军长达十多年的交手厮杀。

1859年，云南义军李永和与蓝朝鼎兄弟由云南入川，驰骋40余州县，队伍发展至十余万，所向披靡，大军一度距成都仅70里。清廷十万火急把骆秉章从湖南调任四川。1861年，68岁的骆秉章率湘军溯江而上，于次年在犍为剿灭了云南义军。此后骆秉章与最为强悍的对手——太平军石达开部——进行了决战。1863年春天，石达开兵分三路，从云贵边界攻入四川，准备横跨大渡河后直取成都。骆秉章立即调兵遣将，在大渡河北岸重兵设防。双方激战匝月，在清军和土司武装的步步紧逼下，石达开义军伤亡惨重，弹尽粮绝。骆秉章命人竖起“投诚免死”大旗诱骗义军。石达开写信给骆，坦陈“愿一人而自刎，全三军以投安”，希望“宥我将士，请免诛戮”。此后带着儿子等人义无反顾走进了清营。12天后，他被囚至成都，关押在科甲巷的衙门。两天后骆秉章即下令将石达开秘密凌迟处死。而石达开部下缴械后，骆秉章发路票遣散4000余人，其余2000多人安置在大树堡寺庙，但随即以“余党殄除不尽，将贻后患”为由，“一并围杀殆尽”。骆秉章信誓旦旦的“投诚免死”的承诺言犹在耳，义军即遭毒手。

位于大科甲巷石达开遇难处的纪念诗碑

太平军将士的鲜血染红了骆秉章的顶戴花翎，清廷先后加“太子少保”、晋“太子太保”、赐“一等轻车都尉世职”、授“协办大学士”。骆秉章一时声势赫赫、炙手可热。当时曾国藩督两江，骆秉章督四川，政界对此评价说：“二公东西相望，天下倚之为重。”

贰

骆秉章的另一面是以清廉著称。虽然权倾一时，却两袖清风。

1840年，骆秉章奉旨以查库御史身份稽查户部银库。库官告诉他，按照例规，他们在收取各捐项时每一百两加收四两，二两由库丁均分，二两归库官及查库御史作为酬劳。在此当一年的查库御史，大约有两万金的额外收入。骆秉章毫不动心：“我已受朝廷俸禄，这些额外之财，我分厘不敢接受。”同时，骆秉章也吩咐随从，在库内办事不得索取分文。

他知道过往库项亏短，多出在收纳捐官款项或各银号税项之时。由于库丁们收受了好处费，有的以六七百或四五百作一千两来收取，也有的以公事做人情，把成色不足的银两收归入库。损的是国库，肥的是私囊。这些陋习，他虽不可能一一予以纠正，但只要他在场，必定严格把关，即使熟人也不徇私，甚至不惜得罪会试恩师、吏部尚书潘世恩的亲戚。但腐败之风不因骆秉章一人清正而有所扭转，1843年，户部银库亏空数目竟达九百万两之多，骆秉章受到牵连，以“失察”之罪被革职，并罚赔一万二千八百两。这笔罚款对于清廉的骆秉章来说不是一笔小数目，在亲家、门生、同学、同乡的资助下，骆秉章才悉数上缴。后经户部奏明骆秉章平日所为，方才取得了道光皇帝的信任，先后出任湖北按察使、贵州和云南布政使。

骆秉章不仅自己为官清廉、洁身自好，对其他官员的腐败行径也绝不容忍。他任四川总督时，四川布政使祥奎“贿赂公行，声名狼藉”，中军副将张定川“督署内外，遍私私人”。两人均被骆秉章弹劾，后遭革职查办。

骆秉章身为封疆大吏、湘军统帅，为官领军数十年，却一生廉

都江堰南桥夜景

洁奉公，其清贫程度令人难以置信。1867年，骆秉章病死四川总督任上，成都将军完颜崇实问骆之侄治丧情形。其侄拿出骆秉章所有的家当，仅箱笥五六具。箱中衣服除官服外，皆为旧衣，其中有的还为粗布缝制。余有银子八百两，每封都有藩司印花，证明全是官俸银。完颜崇实大为感动，最后奉旨赏银五千两治丧，其侄方才有能力扶柩回乡。这在晚清政坛极为罕见，左宗棠也被称为清官，还留下了二万五千两存款，李鸿章的遗产更达到了四千万两白银，而骆秉章仅八百两。骆秉章的清廉，也是他受到时人尊崇的重要原因。

◎撰稿　吴　刚　卫　昕　◎审读　谭继和

主要参考资料

《华阳国志》（晋·常璩）

《成都通史·秦汉三国（蜀汉）时期》（罗开玉　谢辉）

《四川近现代人物传》（任一民）

《一生“文忠”的骆秉章》（任伯强　张雪莲）

《漫谈骆秉章和楹联》（刘浪）

青城山

青城山
入口

溯禹迹[1]奠岷阜[2]以还，南接衡湘[3]，北连秦陇[4]，西通藏卫[5]，东峙夔巫[6]；葱葱郁郁，纵横八百里舆图[7]。试蹑屐登上清绝顶，看雪岭光腾，红吞沧海；锦江春涨，绿到瀛洲[8]；历井扪参[9]，须臾踏蜗牛两角[10]。争奈路隔蚕丛[11]，何处寻神仙帑库[12]？丈人峰直墙堵耳！回思峨嵋秋月、玉垒浮云、剑门细雨，[13]尚依稀绕襟袖间。况乃夜朝群岳，[14]圣灯[15]先列宿柴天[16]；泉喷六时[17]，灵液疑真君[18]唾[19]地；读书台[20]犹存芳躅[21]，飞赴寺[22]安敢跳梁！且逍遥陟蓐蔔冈，渡芙蓉岛，[23]都露出庐山面目[24]，难遽[25]追攀。楼观互玲珑[26]，今幸青崖径达。问当初，华渚姚墟[27]，铜铸明皇[28]应宛在？

自轩坛拜宁封而后，[29]汉标李意[30]，晋著范贤[31]，唐隐薛昌[32]，宋征张愈[33]；烈烈轰轰，上下四千年文物。漫借瓴[34]考前代遗徽，[35]记宫临内品，墨敕亲颁；[36]曲和甘州，霓裳同咏；[37]鸾章翠辇[38]，不过留鸿爪一痕。可怜林深杜宇[39]，几番唤望帝归魂！高士传[40]岂欺予哉！莫道赵昱斩蛟[41]、佐卿化鹤[42]、平仲驰骡[43]，悉缥缈若遐荒事。兼之花蕊宫词[44]，巾帼[45]共谯岩[46]竞秀；貂蝉画像[47]，侍中与太古[48]齐名；携孤琴御史[49]曾游，吹长笛放翁[50]再往。休提说王柯丹鼎[51]，谭峭靸鞋[52]，那堪他沫水[53]洪波，无端淘尽。英雄多寄寓，我亦碧落[54]暂栖。待异日，龙吟虎啸，铁船贯郁[55]定重来。

——李善济

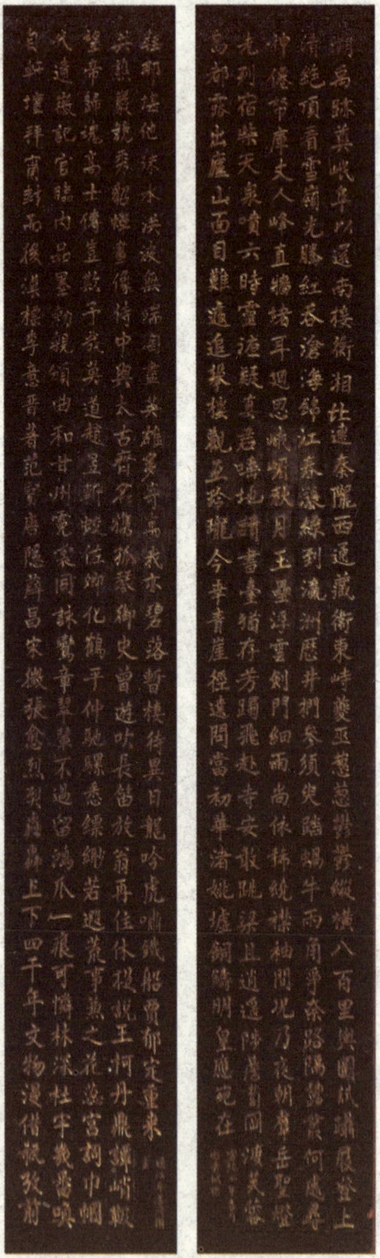

注释

①禹迹：大禹治水的业绩。北周庾信《周宗庙歌》之六：“功参禹迹，德赞尧门。”

②奠岷阜：奠：定。《尚书·禹贡》：“禹敷土，随山刊木，奠高山大川。”孔安国注曰：“奠，定也。”岷阜：北魏郦道元《水经注·江水》：“岷山，又谓之岷阜。”

③衡湘：代指湖南。

④秦陇：陕西、甘肃。

⑤藏卫：即西藏。

⑥夔巫：代指三峡。

⑦舆图：陆游《书事》“闻道舆图次第还”，即指地域。

⑧瀛洲：传说中东海中的仙山，代指东海。

⑨历井扪参：参、井，皆星宿名，分别为蜀秦分野。形容环蜀之境山势高峻，道路艰险。李白《蜀道难》：“扪参历井仰胁息，以手抚膺坐长叹。”

⑩蜗牛两角：《庄子·则阳》：“有国于蜗之左角者，曰触氏；有国于蜗之右角者，曰蛮氏。”此指其地不大。

⑪蚕丛：相传为蜀王先祖，教人蚕桑。此处借指为蜀地、蜀道。李白《送友人入蜀》：“见说蚕丛路，崎岖不易行。”

⑫神仙帑库：唐末五代杜光庭《青城山记》：“延庆观南天仓山，神仙以为帑库。”延庆观即常道观（天师洞）。天仓山为一山脊，峰顶极多，传说每峰皆为神仙藏金库房顶。

⑬峨嵋秋月，玉垒浮云，剑门细雨：分别化用李白、杜甫、陆游题咏四川的名句。李白《峨眉山月歌》：“峨眉山月半轮秋。”杜甫《登楼》：“玉垒浮云变古今。”陆游《剑门道中遇微雨》：“细雨骑驴入剑门。”

⑭夜朝群岳：宋代《太平御览》引古书《玉匮经》中云："黄帝封（青城山）为五岳丈人，乃岳渎之上司，真仙之崇秩。一月之内，群岳再朝，六时洒泉，以代晷漏。"朝拜圣神皆在早晨，但须天亮前到达朝拜处，故称"夜朝"，也称"早朝"。

⑮圣灯：磷火。

⑯列宿柴天：列宿：众多星宿。司马迁《史记·天官书》："天有五星，地有五行；天则有列宿，地则有州域。"柴天：烧柴祭天。

⑰泉喷六时：天师洞外有六时泉。

⑱真君：道教称修仙得道者为"真君"。

⑲唾：东汉许慎《说文解字》："唾，口液也。"引申为吐。

⑳读书台：指青城山杜光庭读书的地方。杜光庭：字宾圣，号"东瀛子"，道士，道教学者。唐懿宗时，考进士未中，后到天台山入道。唐僖宗闻其名，召入宫廷，赐以紫袍，充麟德殿文章应制，为内供奉。后追随前蜀王建，官至户部侍郎。晚年辞官隐居青城山。一生著作颇多。

㉑芳躅：前贤的踪迹。

㉒飞赴寺：唐玄宗开元年间，飞赴寺僧人曾占天师洞，唐玄宗下诏："观还道家，寺依山外旧所。"

㉓薝蔔冈、芙蓉岛：据杨慎《蜀志补罅》所记，为青城山一百零八景中之两处景观。

㉔庐山面目：与苏轼《题西林壁》"不识庐山真面目"语义不同，这里指看见了山峦实况。

㉕遽：立刻，马上。

㉖玲珑：明彻貌。梁朝萧统《文选·扬雄<甘泉赋>》："前殿崔巍兮，和氏玲珑。"李善注引晋灼曰："明见貌也。"

㉗华渚姚墟：黄帝之子少昊生于华渚，舜生于姚墟。这里泛指青城山的古代遗迹。

㉘铜铸明皇：唐玄宗因其谥号为“至道大圣大明孝皇帝”，故亦称为“唐明皇”。唐明皇入蜀铸有铜像存青城山。

㉙轩坛拜宁封：轩辕黄帝设坛拜宁封为五岳丈人。

㉚李意：即李意期，汉文帝时的蜀人。一度隐居青城山，相传能预知天下大事。

㉛范贤：即范长生，晋代涪陵人。居青城山，助李雄起义，李雄在成都建立成汉政权后，曾拜范长生为丞相，并尊称他为“范贤”。

㉜薛昌：唐代天宝年间青城山道士。

㉝张愈：宋代人。曾隐居青城山，皇帝六次下诏书而不应。

㉞瓻：读音chī，古代陶制酒器。古人借书，以瓻盛酒为酬，故用“借瓻”代指凭借书籍史料。

㉟遗徽：前人留下的美好德行。

㊱官临内品，墨敕亲颁：开元十二年（724），唐玄宗亲笔草诏书，遣内品官毛怀景等到青城山。墨敕：即玄宗诏书。诏书命飞赴寺僧人将常道观归还道家。

㊲曲和甘州，霓裳同咏：《甘州曲》：五代前蜀皇帝王衍游青城山时以唐教坊《甘州曲》填词；《霓裳羽衣曲》：唐代宫廷乐舞。

㊳鸾章翠辇：《国语·晋语一》：“章，旌旗也。”鸾章：即鸾旗。天子仪仗之旗。上绣鸾鸟，故称。东汉班固《汉书·贾捐之传》：“鸾旗在前，属车在后。”颜师古注：“鸾旗，编以羽毛，列系橦旁，载于车上，大驾出，则陈于道而先行。”翠辇：饰有翠羽的帝王车驾。唐李延寿《北史·突厥传》：“启人奉觞上寿，跪伏甚恭。帝大悦，赋诗曰：‘鹿塞鸿旗驻，龙庭翠辇回。’”

㊴杜宇：古蜀国王，号“望帝”。

㊵高士传：书名，西晋人皇甫谧撰，记述上古至魏晋的96个隐逸之士。

㊶赵昱斩蛟：指隋朝嘉州太守赵昱在犍为潭中斩蛟除害的故事。

赵昱后归隐青城山。

㊷佐卿化鹤：指唐代青城道士徐佐卿化为仙鹤飞游长安的故事。

㊸平仲驰骡：姚平仲，宋人。被金人战败，遂乘青骡亡命。后至青城山隐居。

㊹花蕊宫词：指五代后蜀孟昶的贵妃花蕊夫人所作的《宫词》。

㊺巾帼：本义为妇女头巾与发饰，代指妇女。此处借指花蕊夫人。

㊻谯岩：宋代学者谯定在青城隐居的地方。此处借指谯定。

㊼貂蝉画像：指青城山长生宫中宋代画家孙太古所画范长生像。貂蝉：这里指貂尾蝉文的帽子。曹学佺在《蜀中广记》卷六引陆游《剑南诗稿》云："青城山有孙太古画碧落侍中范长生举手整貂蝉像，特妙。"

㊽太古：孙知微，字太古，宋初画家，与五代前蜀成都画家黄筌齐名。

㊾孤琴御史：宋代赵抃曾任殿中侍御史，弹劾权贵不避危险，人称"铁面御史"。他曾任成都知府，游青城时，其诗《谒青城山》云："背琴肩酒上青城，云为开收月为明。"

㊿放翁：宋代诗人陆游。其《自上清延庆归过丈人观少留》诗云："再到蓬莱路欲平，却吹长笛过青城。"

(51)王柯丹鼎：唐代蜀人王柯曾在青城炼丹。

(52)谭峭鞁鞋：谭峭系五代泉州人。道教学者，居南岳炼丹修道，丹炼成后，抛鞁鞋（一种布鞋）于东海。谭峭后入青城山。

(53)沫水：古人称岷江为"沫水"。

(54)碧落：南宋祝穆《方舆胜览》："长生观，旧名碧落观，在青城县北二十里。"旧址在今青城山鹤翔山庄。

(55)铁船贯郁：贯郁，五代福建侯官县人。张岱《夜航船》："贯郁性峭直，不能容过。为仙游令，及受代，一吏酗酒，郁怒曰：'吾

青城山建福宫外

再典此邑，必惩此辈。’吏扬言曰：‘造铁船渡海（注：其时俗语，指不可能之事）也。’郁后复典是邑，吏盗库钱数万，郁判曰：‘窃铜镪以肥家，非因鼓铸；造铁船而渡海，不假炉锤。’因决杖徙之。”

解读

壹

通江才子李善济1910年春天创作的该长联，气魄宏大。上联，作者以广阔的视野，描绘青城山“纵横八百里舆图”秀美景色，于绘景中抒情；下联，发挥丰沛的想象，以“上下四千年文物”为中心，于咏史中寄意。为帮助读者理解该联，试将其译成白话文：

追溯大禹导江治水的业绩，自从他奠定岷山状貌以来，天府之国一直富饶美丽。它南接湖南，北连陕甘，西通青藏高原，东达雄峙的三峡。天府之国中纵横八百里的青城山更是一派郁郁葱葱。我试着穿上游山鞋，攀登到上清宫后面青城山峰顶，极目远眺：雪山上阳光飞腾，满天红霞吞没了像大海般青苍的天空；锦江澎湃的春水一直绿到了遥远的瀛洲；这里山势高峻，井、参两个星宿仿佛触手可及。仅仅瞬间，就像踏遍了庄子寓言中所说的触、蛮两个蕞尔小国。怎奈这蚕丛之地道路艰险，我到哪里去寻找神仙珍藏奇珍异宝的地方？仅仅有那丈人峰迎面壁立罢了！回想起曾经的游历，那峨眉山的秋月、玉垒关的浮云、剑门岭的细雨，还依稀在我的襟袖间萦绕。如今登上了青城山，它的风光卓尔不凡；更何况，夜幕下群山竞相赶来朝拜，山谷间的圣灯点点，与满天的星光和烧柴祭天的火光先后出现，遥相辉映；天师洞外六时泉的泉水从绝壁上飘然而下，我真怀疑这是神仙洒下的灵液；著名道士杜光庭的读书台遗迹尚存，当年飞赴寺的僧人又怎敢来强占道观？我继续在山间悠游自在地行走，登上了薝蔔冈，渡过了芙蓉岛，这些绝佳美景在我面前都露出了"庐山真面目"，但名胜太多难以一下游遍。远方，道观的楼阁相互交错，明丽清晰，如今我有幸踏着青翠山崖径直前往。试问，当年华渚、姚墟那些古迹，还有铜铸的唐明皇像，应该宛然尚在吧？

自从轩辕黄帝在青城筑坛拜宁封为五岳丈人之后，汉代的隐士李意出类拔萃，晋代的隐士范贤闻名遐迩，唐代的薛昌隐居于此，宋代的张愈屡不应诏。在轰轰烈烈的历史演变中，青城山留下了绵延四千年的文物古迹。随手一翻借来的书籍史料，我就考察出前代大量有关青城山的美好事物。唐碑记载着唐明皇派遣内品官毛怀景来传达圣旨，敕令飞赴寺僧将侵占的道观归还道家的史实，前蜀皇帝王衍在青城山依《凉州曲》填写歌词，令宫娥载歌载舞共同唱和，与唐明皇请乐工演奏《霓裳羽衣曲》格外相似。在天子仪仗之旗的簇拥下帝王御车曾经驾临青城山，如今飞鸿雪爪只留下了一点痕迹。更可叹的是，古蜀国的望帝，也要密林里杜鹃声声呼唤他魂归故里！难道记载奇人事迹的《高士传》欺骗了我？不要说隋代赵昱潭中斩蛟除害、唐代徐佐卿化为白鹤飞游长安、宋代姚平仲骑骡奔隐，这一切全都变得虚无缥缈，仿佛是发生在遥远的洪荒时代的事情。还有创作百首《宫词》的后蜀花蕊夫人，其才华可以媲美宋代著名学者谯定；将范长生手整貂蝉像画得惟妙惟肖的宋代画家孙太古，当与范氏同样闻名；宋代“铁面御史”赵抃曾携琴游览青城山，宋代著名诗人陆游曾高吟“却吹长笛过青城”的佳句，多次前往青城山。更别说炼丹修道的唐人王柯、抛靸鞋于东海的五代谭峭了，他们也和前面说的那些风流人物一样，经不住沫水的洪波，都被大浪淘得一干二净。英雄多是天地间的过客，如今我在碧落观暂住，等到将来，我也能叱咤风云，一定会像其志必成的五代贯郁那样，重游青城山。

贰

该联原题于天师洞，今已移至建福宫后殿楹柱上，正楷恭书，字大如拳，铁画银钩，大气磅礴。其洋洋洒洒394字，被誉为“青城一绝”“蜀中第一长联”。该联遣词严谨，情景交融，布局精巧，剪裁得体，用典绝妙。既描绘了青城山的“高”“险”“仙”“古”，又胸罗春秋，展现了帝王将相、高人隐士、才子佳人在青城山的众多故事，还抒发了自己渴望建功立业的豪情。虽是鸿篇巨制，但李善济挥洒自如。全联对仗工稳，平仄基本协调，句式也变化多端，长短兼顾，实属难能可贵，充分体现了李氏的过人才华。

长联中，李善济的情绪复杂多变。

他时而高昂，时而沉郁。既有“看雪山光腾”“锦江春涨”“须臾踏蜗牛两角”的愉悦，“逍遥陟蒼蔔冈”的恬淡，又有“那堪他沫水洪波，无端淘尽”的幻灭，还有“待异日龙吟虎啸”的豪情。犹如一首复调音乐，抒发了李善济内心的种种波澜。其曲曲折折之情，如同青城山畔的岷江，蜿蜒而去。

曲折情感后面，是李善济曲折的人生。

创作该联时，李善济正处在人生的低潮期。李善济自幼饱读诗书，才华横溢，深受儒家经世致用传统的影响。他从四川法政学堂毕业后回到家乡通江县时，写过一副楹联：

名士岂虚生，大则以王小则以霸；

全才堪自信，文不借笔武不借枪。

舍我其谁的狂傲中，强烈的进取精神溢于言表。而事实上，回到通江县不久的李善济就担任了通江县视学（相当于后来的县教育局局长），走上了传统文人“学而优则仕”的理想道路。但时值清末，官场空前腐败黑暗。生性耿介的李善济因对“晦而不知为政”的燕知事冷嘲热讽，为燕所不容。燕知事心狠手毒，试图加害李善济。李善济一介书生，此前顺风顺水春风得意，面对这人生的第一次困境，李善济选择了退隐，悄然来到青城山隐居。中国传统文人在“入世”的背后从来都有“出世”的情结，在理想受挫时，他们往往都会将自己的目光转向道家。李善济此时做出退隐江湖这样的选择，也是千百年来众多失意文人的共同选择。道家，自古以来就是中国传统文人的避难所。

青城山曲径通幽

曲折的人生背后，李善济依托的精神支柱正是这种儒道互补。

身处道家圣地，道家思想带给李善济莫大的心灵慰藉。纵情山水，物我两忘，逍遥无为，这些道家思想在这副长联中表露无遗，让长联仙气飘飘。但李善济并没有彻底地超旷出世，成为真正的闲云野鹤。也和中国历代的文人一样，李善济“身在山林”，仍然“心存魏阙”。儒家的“兼善天下”，始终是李善济无法忘怀的理想。因此，儒家的声音在长联中也同时响起。李善济依然渴望他“龙吟虎啸”、建功立业的那一天，依然憧憬“贾郁重来”的奇迹在他身上再现。儒、道这中国传统思想的两大支柱，都在李善济身上留下了鲜明的烙印。“入世”与“出世”这两个主题，也就在长联中如形影相随、浑然相融，造就了长联如复调音乐般的丰富与和谐。而儒道互补，正是两千多年来中国文化的一个突出特点，孔子的积极人生态度和庄子的独立人格理想，相辅相成地塑造了包括李善济在内的中国众多传统文人的世界观，继而也影响了他们的艺术创作。

人物

李善济（1870—1925），字筱康（小康），1870年农历正月十五日出生在四川通江县板桥口乡堰流溪村甘树坝一个农民家庭。15岁入邑庠，18岁补廪生，四川法政学堂毕业，曾任通江等县视学。因不满官场黑暗，49岁时辞官回乡隐居。54岁时被人暗杀。因其生性诙谐、放浪形骸、恃才傲物，有李白之风，人称“仙李”。有诗文留世，青城山长联是他最著名的代表作。

李善济　儒道人生

李善济自幼聪慧，才华超群。自小浸淫在儒家典籍的他，笃信

天师洞银杏

儒家倡导的“修身、齐家、治国、平天下”的人生道路。像那时其他文人一样，“学而优则仕”很早就成为他的不二选择。1905年，清王朝废除科举。李善济从家乡通江县来到省城成都，就读于四川法政学堂。科举的废除，并没有改变李善济的人生方向。从四川法政学堂毕业后，他很快就“出仕”了，担任了通江县视学。因得罪权贵，他远避青城山，在道家圣地度过了一段逍遥的隐居生活。李善济在青城山吸天地之灵气，集日月之精华，创作进入了一个高峰期。李氏影响最大的作品，都是这个时期在青城山上创作的。除了前面提到的青城山长联外，他在天师洞还有一首《古银杏歌》：

天师洞前有银杏，罗列青城百八景。

玲珑高出白云溪，苍翠横铺孤鹤顶。

我来树下久盘桓，四面荫浓夏亦寒。

石碣仙踪今已渺，班荆聊当古人看。

故国从来艳乔木，况甘隐沦绝尘俗。

状如虬怒远飞扬，势如蠖屈时起伏。

姿如凤舞干云霄，气如龙蟠栖岩谷。

盘根错节几经秋，欲考年轮空踯躅。

黄帝问时已萌芽，明皇西幸满著花。

洞天窥款应八节，七十二候不用赊。

其下别有日月分精照，龙光万丈灿如霞。

我闻草木均有向日性，胡为钟乳倒悬相掩映？

又闻大块元气供吸收，胡为滋养千年尚未竟？

老干迄今独超群，山色犹封汉代云。

天仓三十六峰绵亘数百里，千岩万壑尽儿孙。

延年惟有林泉乐，堪笑丈人观里牡丹号将军。

君不见，未央宫阙长生殿，栋梁都随沧海变。

在诗中，李善济纵情恣意、天马行空，对被传为东汉张天师亲植的天师洞古银杏热情讴歌，同时也抒发了作者对沧桑巨变的感慨。

蛰伏在青城山的李善济，其实也在等待东山再起、建功立业的机会。民国的成立，让李善济欢欣鼓舞。他信笔挥毫作对联欢呼：

以摄政王始、以摄政王终，二百年妄自称尊，扰乱中华；

该大汉国兴、该大汉国盛，十八省联邦独立，震荡全球。

他认为重振雄风、实现自己理想的机会终于来了。匆匆结束了在青城山的隐居生涯后，李善济出山了。在短暂当了一阵武胜县的视学后，他重返通江县出任视学。重回故里，官复原职，还真应验了他在青城山长联中对“贾郁重来”的憧憬。

和贾郁一样，李善济也个性峭直，“不能容过”，对官场的丑陋常予以讥讽。看到官场的日益腐败，李善济从年轻时代开始就储存于心间的道家思想，愈加强烈了，终于在1919年再度辞官，彻底抛弃了别人求之不得的官帽，回乡隐居。其时，他在书房挂了一副对联，正好折射出此时的志趣：

身外有何求，江上清风，山间明月；

心中无别趣，庭前玉树，院后奇花。

回到乡间后，李善济深居简出。时躬亲稼穑，常研读吟咏，以山间野趣为乐，仿佛又回到了当年在青城山的幽居岁月，但不幸于1925年初被人暗害，以54岁的年龄过早地结束了他的儒道人生。

◎撰稿　吴　刚　王　嘉　◎审读　冯全生　袁庭栋

主要参考资料

《板桥口乡志》（通江县）

《青城山李善济长联注解》（郭祝崧）

《巴蜀趣联解读》（张绍诚）

玄重①为道德所宗，太上②总三清③，信有丈人④尊五岳⑤；
正一授明威之箓，⑥宝仙题九室，⑦别传真宰⑧领诸天⑨。

——宋育仁

注释

①**玄重**：即重玄。因《道德经》有“玄之又玄，众妙之门”语，玄有相重之义，故名重玄。重，音chóng。解释重玄之学，即被称为“重玄学派”，以唐代西蜀李荣为代表。亦有读“重”为zhòng，则“重玄”可释为以玄为重之义。

②**太上**：指太上老君，即太清道德天尊。宋张君房《云笈七签》卷九：“太上曰：‘心有神识，识道可尊。’”联中太上指道教教祖为三清总领。

③**三清**：道教对其所崇奉的三位最高天神的合称：玉清元始天尊，又称“天宝君”；上清灵宝天尊，又称“太上道君”；太清道德天尊，又称“太上老君”。道家有“一气化三清”之说，指元始天尊以一气化成上述三清的化身。

④**丈人**：相传轩辕黄帝遍历五岳，封

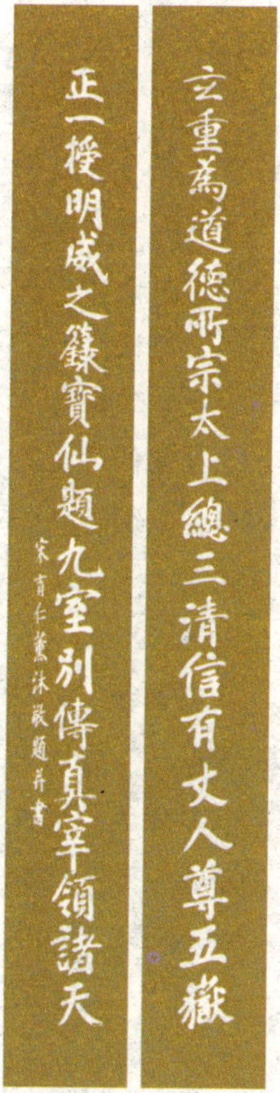

青城山为“五岳丈人”，故青城山又名“丈人山”。唐末五代杜光庭《青城山记》云：“黄帝封青城山为五岳丈人，乃岳渎之上司。”

⑤**五岳**：指东岳泰山、西岳华山、南岳衡山、北岳恒山、中岳嵩山。《周礼·春官·大宗伯》：“以血祭社稷、五祀、五岳。”郑玄注：“五岳，东曰岱宗、南曰衡山、西曰华山、北曰恒山、中曰嵩高山。”《史记·封禅书》《汉书·郊祀志》说同。唐徐坚《初学记》卷五引《纂要》：“嵩、泰、衡、华、恒，谓之五岳。”

⑥**正一授明威之箓**：“正一乃正一明威之道”的简称，兴起于西蜀，是道教最早产生的教派，公认它是道教的起源。箓：指道教的秘文。东汉末，张陵创道于鹤鸣山，传道于青城山，著《老子想尔注》，遂在古蜀仙道的基础上创立道教。相传他得太上老君亲授《正一明威秘录》和《正一法文》，后人遂尊称张陵为“天师”，行正一明威法，简称为“正一道”。杜光庭《修青城山诸观功德记》：“太上命正一真人三天张君，自渠亭鹤鸣，顿驾兹岭，行明威之法，清涤林泽，折冲万里，拔鬼城鬼市。”又据《神仙传》：“忽天人下降，授以正一明威之道，陵受之，能治病。”

⑦**宝仙题九室**：指道教的洞天福地，它包括十大洞天、三十六小洞天和七十二福地，它们构成了道教地上仙境的主体。青城山是十大洞天的第五洞天，称为“宝仙九室之洞天”，是天宝仙居住的九室组成的洞天。

⑧**真宰**：最高的主宰。《庄子·齐物论》：“若有真宰，而特不得其眹。”

⑨**诸天**：道教有三十六重天之说。宋张君房《云笈七签》卷三《道教本始部·道教三洞宗元》：“自玄都玉京已下，合有三十六天。二十八天是三界内，八天是三界外。”青城山为正一道祖山，为“神仙下都”，天神所居，统领三界内外诸天。

解读

壹

身着道服，头挽道髻。

这是宋育仁晚年的形象。

笃信道教的他，甚至把自己的晚号也取为“复庵”“道复”。

作为改良主义思想的先驱，面对辛亥革命的风暴，宋育仁感到前所未有的迷惘和惆怅。民国政府成立后，1912年宋育仁选择从北京归隐道教圣山——茅山。茅山坐落于现今江苏句容、金坛两市交界处，有道教圣地“十大洞天”中的“第八洞天”之称，自古以来即为不少文士的养真之处。宋育仁也对这里情有独钟，早在1906年他即注册成立了“江苏茅麓树艺公司”，在茅山东麓买山九千余亩、田二百五十余亩。六年后，随着清帝的退位，宋育仁乃挈家遁迹茅山山麓，当起了道士。他栽桑种茶，经营农业。对宋育仁的这段经历，民国文人李定夷在其所著的《民国趣史》中有过描述：“宋在茅山为道士装，绝口不谈时事。”宋育仁苦心经营的这个世外桃源，后被兵燹所毁，牲畜桑麻，悉付焚如。不得已，宋育仁这才离开茅山。

以清朝遗老自居的宋育仁，回到北京后，要求袁世凯“还政于清”，1914年底，被袁世凯以“危害民国”的罪名拘禁，“递解回籍”。宋于11月30日晚启程，12月28日抵渝后，这位著名维新人士如今的道士形象，给前去采访的《国民公报》记者留下深刻的印象——“年貌已衰老，惟精神尚好，头蓄满发，顶挽一髻”。

1915年后，宋育仁长期隐居成都。无论先居锦江街，还是后期在东山草堂（在今三圣花乡），宋育仁都依然道袍加身，是当时成都文人圈子里的一个独特存在。虽然成都与道家的“第八洞天”茅山远隔千山，但“第五洞天”青城山近在咫尺。这让宋育仁感到莫大慰藉。这个他多次拜谒的道教发祥地，在他心中就是一个不知有汉、何论魏晋的桃花源。他写诗赞颂道：

群山皆入画，画境入山无。
归路仍桑竹，回身人画图。
新晴逢雨后，夏始接春余。
缘村树沓合，分堰水平铺。
天净莺拍蝶，风柔燕引雏。
望青平野秀，转绿稚苗苏。
谏竹重门隐，横藤古道芜。
带云留养树，呼鹭对春锄。
信有江山美，家封户橘租。

作为诗人，宋育仁为自己心仪的青城山写过的诗，当然不止这一首。他的《常道观至朝阳洞望上清宫》诗云：

青城山月城湖

洞天九室入云峰，磴道千岩万壑重。

丹道别传黄帝箓，翠微半隐上清钟。

笔槽石气惊山鬼，黝涧松身伏蛰龙。

不道丈人监五岳，欲凭真宰与天通。

走在青城山，诗兴大发的他还为青城山创作过长达42句的七言古诗《游青城常道观经轩辕台至朝阳洞望诸峰》。

纵然如此，宋育仁仍意犹未尽。他还在青城山天师洞三清殿前，“熏沐敬题并书”了这副楹联，对这座道教名山推崇备至。

贰

这副联将道教义理与道派渊源融会贯通，借对仗工稳的词语和平仄协调的声律，将宋育仁对青城山的赞美蕴藉含蓄地表达了出来。

宋育仁的上联言道教教理。《道德经》首章开宗明义即云“同谓之玄，玄之又玄，众妙之门”，联中即以“玄重”指代此语，道家也又名“玄门”。老子被张陵始尊为“太上老君”，后世有“一气化三清”之说，谓道教的“三清”（即元始天尊、灵宝天尊、道德天尊）皆为太上老君所化。在阐述了道教的一般教义后，笔锋一转，宋育仁将笔触的重点落在了道教和青城山相关的一个著名典故上：相传轩辕黄帝遍历五岳，封青城山为“五岳丈人”，故青城山又名“丈人山”。引经据典中，宋育仁对“五岳之尊”的青城山的景仰之情呼之欲出。

下联则专说青城道派。青城山系道教的正一道派（五斗米道），该派的发祥地即在青城山。相传，张陵就在青城山仙逝。正一道经过其子孙的不断弘扬，元成宗授第三十六代天师张与材为“正一教主，主领三山符箓”，形成了以行符箓为共同特征的一个大道派。据说，符箓是天神文字，有召神驱鬼、镇邪治病之功效。道教徒举行宗教集会传授符箓，称为“明威”。相传张陵曾在大邑鹤鸣山得老君亲授正一盟威秘箓，他也“行明威之法，清涤林泽，折冲万里，拔鬼城鬼市”。同时，青城山亦为道教十大洞天之第五洞天，名为“宝仙九室之洞天”，被认为是正一道的祖山，天神所居，统领三界内外诸天。对青城山在道教中的这种巨大影响力，宋育仁怎不感慨系之、心中充满崇敬？

叁

宋育仁曾被视为“新学巨子”。

1887年，三十而立的宋育仁即完成了人生最重要的政治著作《时务论》初稿。在批判洋务派的基础上，形成了自己的改良主义的政治主张。一时京城纷纷传诵，被时人称为“谈新政最早”者之一。1894年，宋育仁以公使参赞身份出使英、法、意、比四国，写成《泰西各国采风记》四卷，大力推崇君主立宪制，在国内引起强烈反响。

但温和的改良主义，被清廷弃之如敝屣。戊戌变法的失败，标志着改良主义的破产。拒绝改革，苟延残喘的清王朝，终被锐不可当的辛亥革命所埋葬。宋育仁为挽救中国政治危机开出的改良药方，已经彻底过时。依然站在原地未动的宋育仁，只能眼睁睁看着历史沿着自身的逻辑浩浩荡荡奔涌向前。面对和自己的理想大相径庭的社会，像历史上不少文人一样，宋育仁也选择了道教来避世。

在被押解回川的路上，宋育仁曾赠诗给他的法国友人铎尔孟。诗云：“三年已作远山吟，息游正好归禽向。”意谓如今回川，正好和东汉著名隐士禽庆、向长平一样，息交绝游，彻底归隐。自己的政治主张已经无可奈何花落去，宋育仁确实自此再也无从政的念头。但回到成都的宋育仁并没有做到完全隐逸，在文化上，宋育仁依然活跃。他和赵熙、林思进、方旭等结为锦江词社（春禅词社），吟诗作词，相互唱和。他总纂《四川通志》，耗时七年，殚精竭虑，总算在去世前完成了初稿。尤为令人瞩目的是，在倡导国学上，晚年的宋育仁更是不遗余力。甫一回蓉，他尊经书院的同学、时任四川国学专门学校校长的廖平即邀他主讲国学。后宋育仁继任了该校校长，在此期间，他写成了《诗经毛传义今释》《尔雅今释》《礼运确解》等国学著作。同时为了让国学走出书斋，他还成立了四川国学会，面向大众普及国学。时常在少城公园、通志局、通俗教育馆等处，举办道德经、易经、中庸、孝经等的讲座。据当时媒体报道，“听众十分踊跃”。

宋育仁晚年孜孜不倦地弘扬国学，是因为“异说纷张，国学渐微，深虞费坠”。自19世纪中叶以来，西方文化给中国传统文化带来了持续的震荡，这是近代中国在面临政治危机之外，面临的另一个深刻危机。面对这场文化危机，宋育仁等人试图通过对传统文化的阐扬来进行文化上的自我肯定，通过强化文化认同来抵御咄咄逼人的西方文化，在“保国”“保种”的同时也“保教”。由是观之，宋育仁晚年笃信道教，既有避世的一面，又有倡导并躬行国学的一面。是其政治理想遭受挫败后，他的文化救亡意识的一种独特折射。

成都三圣花乡宋育仁雕像

人物

宋育仁（1857—1931），字芸子，又字芸岩，晚号道复、复庵，别署问琴阁主。四川自贡市沿滩区仙市镇（原属富顺县）人。中国早期资产阶级改良主义思想家，被誉为四川历史上“睁眼看世界的第一人”。1875年就读于成都尊经书院。1886年中进士，授翰林院庶吉士，1889年改任检讨。1894年，出任英、法、意、比四国参赞。甲午战争爆发后，在伦敦招募水师，准备偷袭日本长崎与东京，清廷制止之。解职归国后，参加维新组织“强学会”，主讲“中国自强之学”，主张君主立宪。1896年，任四川商务局、矿务局监督。1898年，兼掌尊经书院，发起组织“蜀学会”，并与吴之英、廖平等创办《蜀学报》，宣传变法维新。戊戌变法失败后，解职回京赋闲。晚年退隐成都，总纂《四川通志》和《富顺县志》。一生著述甚丰，现存有《时务论》《借筹记》《泰西各国采风记》《经世财政学》《经术公理学》《庚子秋词》《哀怨集》《三唐诗品》等。

宋育仁　四川报业第一人

成都乃至巴蜀的第一张报纸都是宋育仁创办的。宋育仁一向看重报纸的作用，非常羡慕欧洲知识分子能够通过报纸参与政治、引导舆论。他认为“报馆即其国清议所在，民得因此知国事”。1896年，梁启超在上海创办《时务报》。宋育仁也不甘落后，《渝报》《蜀学报》接连在他手中诞生。

1896年，宋育仁回重庆担任四川矿务商务总局监督，离乡十年首次回归四川。他积极兴办实业，推动了四川民族资本工商业的发展。同时志存远大的宋育仁，开始积极筹备出版报纸。1897年10月，他创办的《渝报》在重庆问世。这是巴蜀的第一份报纸。该报积极宣传改良主义的政治主张。在创刊号上，宋育仁即明确提出："今天下竞言变法；不必言变法也，修政而已。天下竞言学西；不必言学西也，论治而已。天下竞言维新；不必言维新也，复古而已。"这种"托古改制"的思想，一以贯之地体现在了一共出版了16期的《渝报》中。

1898年，宋育仁接任尊经书院山长回到成都，《渝报》即告停刊。在孕育了众多栋梁之材的尊经书院，宋育仁是唯一一位从当年的学生成为后来的"校长"的。到任后，为宣传维新思想，宋育仁即组织蜀学会，并复制其出版《渝报》的经验，用蜀学会的名义出版《蜀学报》，报馆即设在尊经书局内，由尊经书局印行。宋育仁任总理，杨道南任协理，吴之英任主笔，廖平为总纂。该报于1898年5月5日（闰三月望日）创刊发行，是成都的第一份近代报纸。创刊之初，《蜀学报》为半月一期，到第四期改为旬刊。在发行方面也采用了《渝报》的原有渠道。《蜀学报》》内容设置跟《渝报》基本一致。主要有谕旨、奏折、论文、蜀中近事、中国近事、海外近事等。

《蜀学报》主张强烈，议论大胆。在创刊号刊出的《蜀学报章程》中即称该报"为蜀中开风气而设"。首期即载有《维持地球和局议》《学会与国议》《新制枪炮》《试用石油》《历述印度种茶情形》《俄秘制舰》《川省行车利益说》等文章和报道。据统计，该报一共出版的13期中，属于变法维新、介绍西方文化教育和科技发展的内容，占到了95%以上。《蜀学报》依然以政论文章作为主打，但质量较《渝报》又有提升。《渝报》更多的是阐明变法的重要性，为维新摇旗呐喊。而《蜀学报》已经开始分析如何将最新的科技成果应用到省内，同时更注重刊载与民众生活相关的文章。如吴之英的《春秋书日食释义》，讲述日食的科学道理，破除人们的迷信。华阳王式训撰写《农战论》则提倡科学种田，改进农具，鼓励发明创造。在新闻方面，《蜀学报》更是比《渝报》增加了一倍的容量。《渝报》每个新闻栏目仅有四五条消息，而《蜀学报》多则十二三条，最高达十九条。主要转载自《时务报》《湘报》《国闻报》等全国各地的报纸，但也包括本省各地采访员的报道，甚至还有一些社会新闻，信息量大为增加。

《蜀学报》鲜明的维新变法的政治倾向，在风气闭塞的四川无疑产生了震动。该报的发行量持续攀升，最后超过2000份，还供不应求。

《蜀学报》是蜀学会的舆论阵地。先于《蜀学报》成立的蜀学会，是一个尊崇儒学、振兴蜀学、通经致用的学术团体，同时也是宣传变法维新的社会团体。对《蜀学报》、蜀学会和尊经书院的关系，在宋育仁拟定的《蜀学报章程》里有明确的说明："报局与学会相表里，学会与书院相经纬，分为三事，联为一气。"

三者之间，相互配合，共同为推动近代中国的转型培养人才、开启民智。

就在成都蜀学会成立的前后，1898年的春天，后来成为"戊戌六君子"之一的杨锐，也在北京四川会馆成立了蜀学会。宋育仁与杨锐函电交驰，一南一北两个"蜀学会"遥相呼应，直接或间接地带动了一批四川知识青年参加维新变法运动。据《四川省志》记载，1898年4月26日，杨锐、刘光第等人在送川籍举人回川的聚会上，特意嘱咐蒲殿俊、罗纶等人，回川后参加宋育仁组织的蜀学会。十多年后，蒲殿俊、罗纶等人成长为了四川保路运动的风云人物。

这年的九月，"百日维新"失败，谭嗣同、林旭、杨锐、杨深秀、刘光第和康广仁（即"戊戌六君子"）被杀害于北京菜市口。

在成都，蜀学会也被禁，《蜀学报》被焚毁，宋育仁被罢黜，回到北京赋闲，但他在成都播下的火种却在日后星火燎原——《蜀学报》之后，成都多家报纸问世。至辛亥革命前夕，成都公开发行的报纸已逾100种。更重要的是，《蜀学报》打开了民众了解时代和世界的一个窗口，激励了更多的四川年轻人积极推动近代中国的转型。尽管宋育仁在后来没能与时俱进，但这批年轻人以维新思想为起点，逐渐走上了资产阶级革命的道路，在历史上留下了浓墨重彩的一笔。

◎撰稿　卫　昕　吴　刚　◎审读　谭继和

主要参考资料

《宋育仁：隐没的传奇》（伍奕　多一木）

《四川近现代人物传》（任一民）

《四川近现代文化人物》（四川省政协文史资料研究委员会　四川省文史馆）

《介绍道教祖师的青城山楹联》（张绍诚）

《宋育仁思想评传》（黄宗凯）

一生二，二生三，三生万物；[1]
地法天，天法道，道法自然。[2]

——程芝轩

注释

①**一生二，二生三，三生万物**：出自老子《道德经》，原文为“道生一，一生二，二生三，三生万物”。其中的“道”“一”“二”“三”等字，有多种哲学解释，各家理解不一。通俗地说，“一谓气，二谓阴与阳，三谓阴与阳会合之气，即所谓（冲气以为和的）冲气也。”（魏源《老子本义》）。“一”是太极，是叫作“无”的气。它生出天地阴阳，叫作“二”。“二”产生出阴阳会合的天地人太和之精气，叫作“三”。“三”之下为万事万物，它们都是从“一”（也就是叫作“无”的原始混沌的“气”）产生出来的。归根结底，“一”是产生万物的天道，“道”是产生天地万物的本体。在宇宙本体层面，“无”“道”“一”三个字均体现自然的本原，含义是一致的，统一解读为“万有一体”，道教用“炁”字来概括它。本处程氏

上联用的是上述含义。

②**地法天，天法道，道法自然：**《道德经》原文是："人法地，地法天，天法道，道法自然。"本联上下联均摘取《道德经》语，集句而成联。晋王弼《老子道德经注》："法，谓法则也。人不违地，乃得全安，法地也。地不违天，乃得全载，法天也。天不违道，乃得全覆，法道也。道不违自然，乃得其性，法自然……"宋范应元注："人法地之静重，地法天之无言，天法道之无为，道法自然而然也。"本联中，"法"为效法、遵循的意思。"道"为包罗宇宙，生成万物的本体。《易·系辞上》："形而上者谓之道，形而下者谓之器。""自然"，乃老子哲学思想的至高至上境界。这"自然"二字并不是在道之上，并不是自然生道。从物质层面说，万物自然地发展，"生而不有，为而不恃，长而不宰"，便是"自然"；从精神层面说，道的精神表现，不把万物据为己有，不夸耀自己的功劳，不主宰和支配万物，听任自然而然的发展，便是"自然"。本联的下联用的是上述含义。

解读

壹

1934年，是程芝轩任华西协合大学教务长、中文系主任兼图书馆中文部主任的第八个年头。如人饮水，冷暖自知。在这个看似光鲜的职位背后，程芝轩却苦闷异常。程芝轩主张学生自治，这样的教育理念与华西协合大学的办学思路并不和谐；荡漾在华西坝上空的欧风美雨和基督教气氛，也与他所虔诚修行的佛教哲理格格不入。山雨欲来风满楼，1934年又时值抗战前夕，战争的阴霾一步步逼近。外因与内因的交错，让他心灵备受煎熬。

这年暑假，程芝轩只身来到青城山散心。他隐居天师洞上茅庵，游览清幽山谷，采集天地灵气，程芝轩享受着这难得的清雅怡然。

蝉噪林愈静，鸟鸣山更幽。坐在香气萦绕的清幽道观内，程芝轩全神贯注研读道家典籍，尤其是《素书》，更让程芝轩爱不释手。它不仅是一部修身处世的格言集，而且还是一部治国统军的政论书。他在书中与黄石公隔空对话。黄石公讲的潜居抱道、以待其时的观点，让他醍醐灌顶。黄石公是秦末汉初的五大隐士之一。他一方面退隐归山，一方面写就《素书》托付给张良，以实现自己为国效力的意愿。程芝轩羡慕黄石公急流勇退的勇气，更赞叹他写就《素书》对国家的赤胆忠心。于是在青城山的这段日子里，他潜心研究《素书》，并于当年编写出版了《黄石公素书解》。这是程芝轩一生写的两本道家著作之一，另一本是《阴符经解》。

贰

程芝轩与世无争，早有修行之志。1924年，他在涪陵天宝寺成为皈依弟子。1934年，在青城山的日子又让他从佛知道。在青城山上茅庵，程芝轩常常与道士探讨道家理论。看着程芝轩对道教如此着迷，又是满腹经纶，道士盛情邀请他创作一副楹联。程芝轩欣然应允，立即命笔写下了如下联语：

一生二，二生三，三生万物；

地法天，天法道，道法自然。

道士读着这联语，如获至宝，立马委托程芝轩的好友、著名书家王伯乔书写，将该联悬挂于青城山天师洞三清大殿前。

程芝轩的这副楹联由摘取《老子》原文而成。上联出自《老子》第四十五章“道生一，一生二，二生三，三生万物”，是道家的宇宙生成论。道是最大的整体（“一”），由道生出天地（“二”），天地生阴气、阳气、和气（“三”），阴气、阳气、和气生万物。地效法天，天效法道，道效法自然，这样就可以无为而治了。下联全句

青城山远眺

出自《老子》第二十五章“人法地，地法天，天法道，道法自然”，是道家的修炼法则。“人”是指国中之王。《老子》认为，王能效法地、天、自然那样无私无欲，天下就能治理好了。该联巧妙地集句而成，上联重在道一，下联重在自然，简洁地表达了《道德经》的本旨。历来集句由于声律的限制，用于联文难度很大，但该联关键位置的字“生、法，二、天，三、道，物、然”，全都符合楹联“相对”的要求，“二、三，生、物；天、道，法、然”全都符合楹联“交替”的要求。声韵合律，平仄谐和，且自然构成了创作楹联的“连环顶真格”，朗朗上口，如行云流水，让人不得不称道高妙。

人物

程芝轩（1881—1941），名昌祺。重庆市黔江人。少年勤奋好学，考入成都高等小学堂。1902年，他成为四川首批选送的三位东渡扶桑留学的青年才俊之一。1905年，孙中山在东京组织同盟会，宣传革命。程芝轩与刘宗沛、吴鼎昌热血澎湃，一同加入同盟会，时称“四川三杰”。回国后程芝轩成为著名教育家。1936年秋，55岁的他到五台山落发出家，法号“能观”。1941年9月27日在成都近慈寺圆寂，享年60岁。著有《静观斋日记》等。

程芝轩　从教授到能观法师

壹

1934年盛夏的青城山之行，让早生退意的程芝轩更加坚定了辞职的念头。伴随着摇曳的烛光，他在上茅庵内奋笔疾书，再次向学校提出辞呈。

写完辞呈，如释重负的程芝轩默坐在桌前，回忆起自己的人生际遇感慨万千。对于华西坝，他有着深厚的感情。他在这里工作了八年。在华西协合大学这样一所教会学校里，他力推中国传统文化的课程，一改旧习，聘请诸如林思进、龚向农、庞石帚、李培甫等蜀中硕儒来担任教授，分别教授经、史、子、集、考古、修辞、诗词等课程，激发起了中文系学生强烈的读书兴趣。几年之内，中文成了华西协合大学的主要系科，大大提高了中国文化在教会大学中的影响力。他同时还兼任图书馆中文部主任，利用“哈佛基金”，

华西坝钟楼

充实了学校图书及设备。除了中文系和图书馆的工作，这八年来他还为学校做了不少的事，学校的重要规章制度、内外公文也多出于他的手笔。华西协合大学校长张凌高赞扬他："劳绩卓越，办事专勤，对人诚笃，训导有方。"

让程芝轩意外的是，接到辞呈后，学校的领导和学生专程来到青城山极力挽留。他是一个念旧的人，看着同事与学生热望的眼睛，他同意等到有接任的人选后再离职。1936年，赴美留学的方叔轩教授学成归国，接替了程芝轩的工作。程芝轩从此告别了华西坝。

贰

1902年，禀赋优异的程芝轩留学日本，在日本宏文师范学校学习教育。从日本回国后，程芝轩满腔热情地提出引入日本近代学校教育制度，大力倡办职业教育。他撰写出课程纲要与管理规范，上书清廷学部请予推广。此后东南各省陆续设立职业学校，此为我国职业学校设立之始。在推行职业教育大获成功后，1907年，程芝轩淡然地选择回到故乡黔江，任县视学，推行新学。他创办了黔江县官立高等小学堂及一批初等小学堂，师生数量大为增加，为家乡的教育做出了贡献。

辛亥革命前夕，全国不断出现反清暴动。川鄂边区农民起义的领导者温朝钟在黔江成立了“川鄂铁血英雄联谊会”，程芝轩毅然加入了该会。该会一度攻占黔江县城，但起义最终失败。程芝轩只得辗转成都等地从事教育，曾任川西及川南区视学，督办新学。

1911年，辛亥革命之后，四川督军熊克武以程芝轩为同盟会的同志，任命他为督军府教育部长。这让他重新点燃了仕途报国的热情。程芝轩倾力投入新政，竭尽忠智，治事勤恳，待人公允，可事实并不如他的愿。当时民国初立，纷争迭起。革命党人、立宪党人、北洋军阀为新生的民国政权争夺不休，即使革命党内也各有轩轾。他的政治理想，和那些争名于朝争利于世的实力派相比，徒有书生之见；和政坛上那些老江湖相比，他的议论迂阔得只可以当笑料新闻。至于那些迎来送往、八面玲珑之道，他更是全然不会。他每日步行至官署，下雨则张伞蹒跚独行，如鸟困笼中，有翅难飞。他对当时的政权失望至极，终于有一天，他慨然长叹：“革命者固如是乎？”从此抱病告退，再无心政治。

叁

1937年的一个清晨，成都南郊近慈寺里的钟声悠远沉静。一位僧人正在专注地做早课。他不是别人，正是程芝轩，只不过如今的他已经落发出家，成为能观法师。

自1924年拜在涪陵天宝寺住持佛源和尚足下成为皈依弟子后，程芝轩即长年茹素，家中设置佛堂，早晚礼佛诵经。他还废弃电灯，只点一芯油灯，荧荧中参禅打坐，仿若老僧入定。身处红尘，心入空门。他常对人说：“每闻钟声，辄动出家之念！”

他的这一夙愿终于在他55岁时实现。1936年秋。程芝轩居士从华西辞职后到五台山落发出家。世界上从此少了一个教授，多了一位高僧。圆戒后他回到四川，在成渝两地弘法利生。成都南郊有一近乎破败的寺庙近慈寺，原是成都文殊院的下院，1937年，能海法师带随行弟子来到四川，初住成都文殊院。而弟子日多，希望有一处专修密宗的道场。在文殊院退居方丈法光老和尚的协助下，近慈寺被划拨给能海法师开办道场。能海法师雇工修缮，先行迁入，并特请能观法师主持近慈寺。数年之后，近慈寺中兴再造，建有五堂口（沙弥堂、学戒堂、学事堂、加行堂、金刚院）和一所译经院，相当于一所体系完整的僧团大学，常驻僧侣有近百人。

1941年夏，能观法师率僧侣40人赴峨眉山毗卢殿，建护国息灾法会，祈求世界和平。返回成都时，因路上饮食不调，他患上了阑尾炎，1941年9月27日在近慈寺圆寂，享年60岁。示寂前曾有遗言，七日荼毗后，不装塔子，骨灰撒于锦江河中供养鱼类。

◎撰稿　王　嘉　◎审读　袁庭栋

主要参考资料

《都江堰　青城山名胜楹联选注》（陈家铨　阙宗仁）

《蕴涵哲理的青城山名联》（张绍诚）

《从华西大学教务长到近慈寺高僧》（岱峻）

半岭天风[①]闻剑啸[②]，
一春梦雨[③]茁芝芽[④]。

——谢无量

注释

①**半岭天风**：出自陆游作于青城山的《自上清延庆归过丈人观少留》：“空山霜叶无行迹，半岭天风有啸声。”

②**剑啸**：东汉顺帝汉安二年（143），天师张陵来到青城山在天师洞结茅传道，治群鬼，降六魔。如今天师洞里有张陵石刻像，右手握着“三五斩邪雌雄剑”。传说该剑系太上老君所赠。太上老君要他诛灭“狂暴生民”的六大魔王，张天师降魔时见一石挡路，遂拔剑劈之。天师洞旁有降魔石，上刻有“降魔”二字。

③**一春梦雨**：指春天的蒙蒙细雨。李商隐《重过圣女祠》：“一春梦雨常飘瓦，尽日灵风不满旗。”王若虚《滹南诗话》卷下：“萧闲云：‘风头梦，吹无迹。’盖雨之至细，若有若无者，谓之梦。”

④**茁芝芽**：指草木初生的状态。茁：生长，壮实之意，故可组合为“茁长”“茁壮”

青城山山门

等词组。芝：芝草，也指灵芝。芽：发芽初萌，故曰“萌芽”。茁芝芽，既可泛指百草萌芽的状态，也可指青城山灵芝瑞草茁壮成长的景象。上联闻“剑啸”与下联茁“芝芽”词性相对，指呼啸的剑声、发芽的芝草。宋代《太平御览》卷四十四云：“《福地记》曰：‘青城山……有甘露芝草，天池醴泉。’”明代曹学佺《蜀中广记》卷六：“晋时又于丈人峰前建上皇观，《蜀志补罅》云亦名玄真观。神芝异草，嘉树名花，皆生于此。芝草如稻苗，食之可仙。”

解读

1941年的春天，谢无量从重庆来到了青城山。这是抗战开始后，谢无量第一次来到青城山。应道长彭椿仙邀请，谢无量创作了该联。表面上看该联仅在咏景：上联写位于青城山山腰的天师洞吹起了大风，这风声让作者仿佛听到了宝剑在空中飕飕挥舞的声音；下联写梦幻般的蒙蒙春雨催生百草萌芽、茁壮成长。然而，谢无量既是一位杰

青城山降魔石

出的学者，又是一位诗人，深谙中国古典诗歌蕴藉隽永之妙，他创作的这副楹联也将诗歌艺术运用在了联语创作中，因此对该联的理解远非这般简单。

谢无量从6岁开始写诗，到80岁时还笔耕不辍，一生作诗达2000余首，现在常能读到的还有300余首。于右任曾称其诗“古雅含蓄，声情并茂，有感而发，寓意深远，亦独具风范”。“援引典故，诗家所尚”，谢无量作诗喜欢用典，其1915年在《青年杂志》（《新青年》前身）发表的长律《寄会稽山人八十四韵》，因为大量用典，还引起了胡适和陈独秀之间的一场争论。用典的最高境界是羚羊挂角，无迹可求。“如水中着盐，但知盐味，不见盐质”（袁枚《随园诗话》卷七）。知道典故的读者，可以妙有会心；不知道的，也一样可以体会到描写的生动。诗如此，联亦如此。谢无量的此联即是一副用了典故而又浑然不见痕迹的好联。不明典故，看到的是一副清新的咏景联；深究其用典，则能进一步理解作者深远微妙的含义。

上联，谢无量化用了陆游写青城山的诗句“半岭天风有啸声”，既师其意，又故中求新。将“啸声”易为“剑啸”，巧妙地拓展了联语的内涵。谢无量在这里暗用了青城山张天师挥剑斩魔的传说。诗人感受到的风声，仿佛是张天师发出的雷霆万钧的舞剑声。六大魔王慑于张天师的威力纷纷降服，答应永世不再为害人间。谢无量学识渊博，涉猎广泛。而对道家，正如他好友虞逸夫的评价，“更为精熟”。他在诗歌创作中曾屡屡引用道家的典故。撰书此联后一年多后的1942年6月，谢无量再次来到了青城山。在养病期间，他创作过了不少感物伤怀诗。这些诗后结集为《青城杂咏》，这是他重要的诗集之一。其中有一首《天师洞偶成》：

只为青城返故乡，
九株松下问行藏。
远游便拟乘龙蹻，
群鬼真堪试剑芒。

诗的最后一句，即用了张天师挥剑斩魔的典故。谢无量在联语中亦用该典故，应该说也就不足为奇了。

下联，脱胎于李商隐的“一春梦雨常飘瓦”。谢无量是国学大师，对李商隐素有研究。1959年，75岁高龄的谢无量还在《文学遗产》上发表了学术论文《再谈李义山》。谢无量在创作此联时将烂熟于心的李商隐的诗句信手拈来，剪裁化用。将“一春梦雨常飘瓦”化为“一春梦雨茁芝芽”，意境、情绪皆大为不同，从缥缈幽思转化成了清丽欢欣。“一春梦雨茁芝芽”，事实上可作三个层次的解读：一是描绘春雨蒙蒙的青城山芝芽萌生的实景，乃眼前所见之象。二是抒发作者的愿景。芝，特指道教崇尚的如意灵芝，以示祥瑞降临。愿它们多赐福于人间。三是由此生发出的百草萌芽、天下文明的感慨。《周易·乾卦》有“见龙在田，天下文明”一句，唐代蜀人李鼎祚的《周易集解》把这句解释为：“阳气上达于地，故曰见龙在田。百草萌芽孚甲，故曰天下文明。”谢无量巧用《易经》阐释的阳春三月间百草萌芽、天下文明的意象，联系抗战时势，表达他对春天的赞美，对抗战胜利、民族复兴、天下文明的向往。

谢无量是一位有强烈爱国心的学者、诗人，一生志存报国。九一八事变后，谢无量在上海创办《国难月刊》，主张改组政府，团结抗日。1932年上海一·二八战事发生的第二天，他又将《国难月刊》改为《国难晚刊》，每天出版，并著文抨击蒋介石、汪精卫的不抵抗政策。抗战全面爆发后，他先后在香港等地积极宣传抗战。谢无量后来自述，在这期间他深受蒋介石特务组织猜疑，在香港、重庆、成都时，都常有特务监控他的行踪，但谢无量无怨无悔，依然心忧天下，心系抗战。尽管身处青城山，他仿佛还是听见了远方抗日战场上斩魔除妖的剑啸声。虽然1941年抗战正进入最艰苦的岁月，谢无量本人政治上又身处逆境，但对中国的未来他依然充满信心。“一春梦雨茁芝芽”即洋溢着他昂扬乐观的情绪，充满对抗战胜利春天到来的渴望。战火纷飞，将士正在战场与敌寇殊死搏杀，但谢无量坚信中国的吉祥之兆正在快速地萌芽、旺盛地成长，正义一定会战胜邪恶，国泰民安的美好明天一定会来到。

人物

谢无量（1884—1964），1884年6月28日，谢无量出生在四川省乐至县龙门乡金马沟村。原名谢蒙，后易名谢沉，字无量，别署啬庵。其祖籍四川梓潼县，故其著作多署名“梓潼谢无量”。著名学者、诗人、书法家。清末任四川存古学堂监督。民国初期任孙中山大本营秘书、参议、黄埔军校教官等职。后主要从事学术和教育，著有《中国大文学史》《中国妇女文学史》《中国哲学史》《佛学大纲》《平民文学之两大文豪》《楚辞新论》《王充哲学》等，许多著作具开创之功。新中国成立后，历任四川博物馆馆长、四川文史馆研究员、中国人民大学教授、中央文史馆副馆长等。1964年12月7日在北京逝世，享年80岁。

谢无量　一代大师的成都岁月

壹

谢家在四川乐至县是有名的书香门第，父亲谢维喈由科举而出仕。谢无量四岁时，因父亲出任安徽芜湖知县而客居安徽。他自幼聪颖好学，熟读诗书，人称“神童”。他鄙视科举，不齿走科举老路。1901年，他考入上海南洋公学（今上海交通大学前身）。入学不久即与同学马一浮等人创办翻译社，发行月刊《翻译世界》，翻译西方名著。那时谢无量刚刚18岁。

1910年2月，年仅26岁的谢无量，被人推荐担任了四川存古学堂监督（即校长）。在存古学堂，这位青衿少年很快显示出了管理上的才干。他积极调整课程，顺应时代需求，新增地理、算学、医学、英语、天文、工程学等课，并日不暇给为学堂增聘了曾学传、相赞襄、吴之英、罗时宪等名流。图书奇缺，他便出面与当局协商将已停办的尊经、锦江两书院的百万卷图书，划由存古学堂接管。为了扩大办学规模，他又想方设法将四川军政府枢密院的原址扩大为学堂校址。存古学堂和后来由它演变而来的四川国学院，为四川培养了郭沫若、李劼人、周太玄、刘晦愚、王光祈、蒙文通等一批杰出人才，也为后来成立的四川大学打下了坚实的基础。

除行政工作外，谢无量还兼教授辞章，并在四川高等学堂和通省师范担任讲席，同时致力于国学研究，他与蜀中硕儒廖平、吴之英等深相契合，相互切磋砥砺，学问日益精进。对这段经历，谢无量终生难忘。他后来写诗回忆："廖吴把臂谈经学，齐鲁风流嗣古人。"吴之英则激赏谢无量"硕学通敏"，61岁的廖平写就《孔经哲学发微》后，一定要让才30岁的谢无量作序。

经过在成都两年多的修炼，1912年离开成都去上海的谢无量厚积薄发，开始推出自己的专著，尤其是1916年，更是他学术上的爆发之年。33岁的谢无量在这一年里一口气由上海中华书局推出了六本学术著作。其中8月、9月、10月三个月，他就连续推出了三本日后给他带来巨大声誉的著作。

8月，出版《佛学大纲》，这是当时第一部系统介绍佛教理论的书籍。

9月，出版《中国妇女文学史》，这是中外历史上第一部妇女文学史。

10月，出版《中国哲学史》，这是中国的第一部哲学史。两年零四个月后的1919年2月，胡适才出版他的《中国哲学史大纲》。

谢无量的这些著作均风行一时，颇具影响。1918年，35岁的谢无量出版了《中国大文学史》，影响更大，至1940年该书已惊人地再版了18次之多。一般认为，这是我国的第一部文学史。鲁迅先生在撰写《汉文学史纲要》《中国小说史略》时，亦将《中国大文学史》列为重要参考书多次援引。

1956年，毛泽东主席在北京中南海接见谢无量时赞许道："谢无量先生是很有学问的，对中国古典文学和哲学都很有研究，思想也很进步，在苏联十月革命以前就写了《王充哲学》，这是提倡唯物史观的哩。”

谢无量天资聪慧，过目成诵，下笔极快，倚马千言可待。他的好友、出生在成都的马一浮回忆，谢无量记忆力惊人，著述从不要参考书，都是直接撰写，不像别人著书时这里堆一摞书，那里堆一摞书，谢无量需要的资料都储存在自己脑子里。

谢无量是著作等身的学问大家，但从来不是躲在象牙塔不问世事的书生。他心忧天下，有强烈的爱国热情。

早年他积极从事推翻清朝统治的革命活动。1901年，18岁的谢无量即曾回川，与四川学者杨玉詹、廖世襄等密谋推翻赵尔丰的专横统治。1909年，四川成立了谘议局，刚刚从上海回到成都的谢无量与张澜、蒲殿俊等一起参加立宪运动，并在受托撰写的《国会请愿书》中指出：“天下情势危急未有如今日之亟者，内则有盗贼水旱之警，外则有强邻逼处之忧”，“当局宜博咨天下之贤士，群策群力，急起直追，以救危之于万一”，“亟盼速定大计而开国会，以顺人心。宗社安危，在此一举”。1911年，谢无量又和张澜等人一起参加了四川波澜壮阔的保路运动。离开成都后的第五年——1917年6月，谢无量和孙中山相识，相谈甚欢。彼时，孙中山正草拟《孙文学说》，欣然采纳了谢无量不少建议。1924年5月，孙中山在广州任命谢无量为大本营特务秘书，旋又改任参议。孙中山甚至让儿子孙科跟着谢无量学习诗文。

贰

谢无量再次回到成都长住是在20年后的1942年。

九一八事变后，面对日本的侵略，心忧国事的谢无量为抗战奔波呐喊，相继参加了“中国民权保障同盟”和“救国会”的活动。谢无量对蒋介石不抵抗政策的激烈批评，让他深受蒋的特务组织猜疑。1942年6月，59岁的谢无量离开重庆，由妻子陈雪湄陪至青城山养病，随即定居成都。

在成都，谢无量继续为抗战奔走呼号，在1944年发起创办了《大义周刊》宣传救亡图存。在此期间，谢无量还写了许多忧时伤世的诗歌。如《锦江即席》：

平章风月任遨头，玉帐金轮实上游。

每听鼓鼙思将帅，总因忧患作春秋。

前驱歌舞倾巴国，天下军储仗益州。

莫用区区夸葛亮，兴周起汉伫奇谋。

再如，“要识风骚真力量，楚声三户足亡秦”（《题屈原像》）、“架上九丘空有烬，眼中百万已无家”（《题适园忆旧图》）、“许瓢未敢逃尧日，墨茧空惊救宋心”（《万里桥边》）、“居人晴雨都成碍，况见连塍稻未收”（《桂湖中秋》），等等，沉郁顿挫，深怀忧国忧民之思。

回到家乡的谢无量，对故土的一草一木都满怀深情。在此期间，他也创作了不少反映家乡风情的诗，语浅情深，清新自然。如描绘成都东湖河心村：

木槿编篱土筑墙，田家住在水中央。

五月穿棉六月冷，门前夜夜稻花香。

又如，刻画青城山：

空山绝涧少人行，雾气濛濛不见晴。

接果轻鼯风更落，徙枝高雀雨还惊。

他的好友马一浮评价其写青城山的诗：“空灵动荡，有仙乎仙乎之趣。”谢无量15岁时，即认识了他老师汤寿潜的女婿马一浮，两人志趣相投，义结金兰。谢无量为此将名从“蒙”易为“沉”，而马一浮也将字从“一佛”改为“一浮”。不仅“浮”“沉”相辅相成，而且一浮的“一”也蕴含深意，“四海之内，唯一知己，始于童冠，垂老弥笃”。两人确实用一生实现了这个诺言，终身皆为挚友。1943

年在成都的谢无量得知马一浮在四川乐山创办复性书院，资金严重匮乏，尽管自己也身处逆境，囊中羞涩，谢无量还是毅然联合沈尹默，以其翰墨筹得六万元，交与马一浮用于书院刻书，并时常往返于成都和乐山之间，为复性书院做特约讲座。

这段时期的谢无量经济窘迫，无固定收入，以卖字为业。虽穷至鬻文卖字，他也安之若素，不改其乐，不为五斗米折腰，不向蒋介石妥协。多人回忆称，当时谢无量常乐呵呵地去成都的皇城坝、玉带桥、西玉龙街等处卖字或帮人书写对联，完全没有大学者的架子，也不见其萎靡。抗战胜利后，谢无量倒是利用机会敲了蒋介石一笔竹杠，颇显他的名士作风。

与谢无量亦师亦友的王云凡回忆："抗战胜利后，纸币贬值甚巨，物价腾涨，人民生活愈困。先生卖文字所得，至不能糊其口。是年，蒋介石大庆寿辰，示意其空军负责人周至柔，就近在成都请谢氏为作寿文。先生唯唯否否漫应之。周至柔乃先敬致润笔之费三亿元。其价之昂，高于任何文稿之上。先生正饥渴中，遂将其办黄埔军校、北伐之役，及抗日战争三事汇列成文。寿文抄示后，蒋大喜。周至柔因见蒋甚重此文，又系蒋亲自示意，至于礼请何人誊写，又非得蒋介石命令不可；苟拂蒋意周且获罪，只好再行请示。蒋云：'谢先生是大写家，就请他本人写。'周至柔请见谢氏，致蒋介石意。先生以不能作楷书为辞。周又敬献两亿元，作写寿屏润笔，谢氏始为书之。自获此项卖文字稿费，除还债外，尚可小阜。先生曾自我解嘲，笑语笔者曰：'他是出钱买寿文，我是出门不认。大家都在做生意，商场上往来，照例如此。'"

1947年谢无量被推为乐至县的"国大代表"，投票选举"总统"时，谢无量故意将票投给了居正，拒绝选蒋介石。

叁

1949年，住在成都慈惠堂街37号的谢无量迎来了解放。此后，谢无量先后担任四川省博物馆馆长、四川文史馆研究员等。

1955年，成都杜甫草堂修复后，谢无量书写了一副至今悬挂在草堂的楹联：

侧身天地更怀古；

独立苍茫自咏诗。

该联集杜诗而成。上联摘自杜甫《将赴成都草堂，途中有作，先寄严郑公五首》之第五首："侧身天地更怀古，回首风尘甘息机。"下联出自杜甫《乐游园歌》："此身饮罢无归处，独立苍茫自咏诗。"此联贴切地概括了杜甫生不逢时、坎坷潦倒、终不得志而又难耐孤寂的心境。谢无量一生著述等身，但和他的其他作品相比，楹联的产量不是太高。目前常见到的仅十余副，其中有两副作品悬挂在成都，一副在青城山，一副在草堂。

有意思的是，四年后来到杜甫草堂的陈毅元帅也集杜诗书写了一副楹联：

新松恨不高千尺；

恶竹应须斩万竿。

该联同样出自此杜甫《将赴成都草堂，途中有作，先寄严郑公五首》。诗人用比兴手法，托物言志，希望代表新生事物的松树尽快成长，对代表腐朽势力的竹子则主张毫不留情地斩干除净。如今，该联悬挂诗史堂内东侧。陈毅在"文革"期间还再次书写此联寄赠草堂，个中深意不言自明。

陈毅任上海市长时曾告诉记者，他作诗是跟谢无量学的。陈毅和谢无量系乐至老乡，两人还有亲戚关系。

谢无量不仅是著名的诗人，也是大书法家。草堂诗史堂门廊处悬挂的那副谢无量的楹联和在青城山天师洞的一样，字体飘逸潇洒，天趣盎然，书法和联语珠联璧合，相互辉映，令人过目难忘。

当年草堂的修葺一新，让闻讯而来的谢无量心潮澎湃，他当即填《百字令》词一阕：

诗人何许？指西郊路熟，旧时茅屋。千古清江终不改，只换人间歌哭。病眼看天，胡尘满地，几茧空山足。新松初引，檐前删尽丛竹。　莫管拾翠佳人，移舟仙侣，门外痴云逐。寤寐敢忘天下计，沧海狂澜如沸。拜听鹃声，起吟梁父，高韵谁能续？重开祠宇，寒泉待荐秋菊。

随即，又为草堂创作了这副楹联。此后，他又打破常规，多次为草堂量身定做书法作品，尤其是他书写的杜甫名诗《茅屋为秋风所破歌》，更被视为他的“佳品之作”。

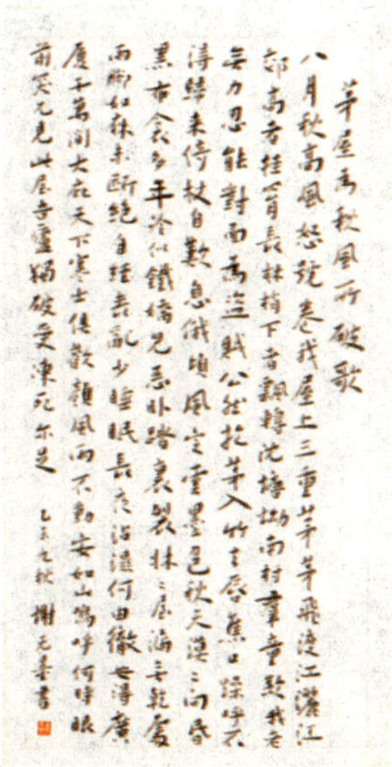

谢无量为草堂手书的《茅屋为秋风所破歌》

谢无量早年以诗文著述驰誉遐迩，但从20世纪30年代后期开始，他的书法作品也获盛誉，广为流传。谢无量生命的四分之一是在成都度过的。前前后后在成都生活了将近20年，尤其1942年后定居成都，成都诸多名胜因此留下了他不少的墨迹。

谢无量的书法独树一帜。成都老报人邓穆卿先生观察：“无量书法，世称‘孩儿体’。初看偏偏倒倒，似信手涂鸦；再看，在其偏偏倒倒中透出一股天真灵气，单个字苍劲挺秀，列阵成篇则绰约多姿；如再细细玩味，更会见出许多妙处，令人称绝：既有汉魏碑之刚健，又含晋唐帖之秀媚，严谨处似真楷，流走处若行草，雍容凝重者如颜，瘦劲峭拔者复似柳……一言以蔽之，无量那枝出神入化之笔直熔各家之长于一炉，而运于指腕，发诸毫端又不露痕迹。”

林思进称谢无量书法为“康有为后第一人”。

于右任评价谢无量书法“笔挟元气，风骨苍润，余韵于笔，我自愧不如”。

沈尹默也赞“无量书法，上溯魏晋之雅健，下启一代之雄风，笔力扛鼎，奇丽清新”。

1956年8月，谢无量应四川老乡吴玉章邀请，离开成都，赴京出任中国人民大学教授。其离蓉赴京之日，他留下了传诵一时的《饯席留别成都诸友》，表达了他对家乡的依依不舍和对新中国的深情。诗云：

杯酒从容惬素襟，还乡不觉二毛侵。
余生尚有观周日，远别难为去鲁心。
邛杖一枝扶蹇步，秋光千里送微吟。
山川草木怀新意，他日重逢感倍深。

1960年8月，国务院聘任谢无量为中央文史馆副馆长。1964年12月，谢无量因病在北京去世。在他去世半个世纪后，他在成都四圣祠西街44号的旧居，被列入了成都市历史建筑保护名录。

◎撰稿 吴 刚 王 嘉 ◎审读 谭继和 袁庭栋

主要参考资料

《谢无量自述》《回忆我的父亲谢无量》（谢祖仪）

《记谢无量先生》（王云凡）

《成都旧闻》（邓穆卿）

《四川近现代文化人物》（四川省政协文史资料研究委员会　四川省文史馆）

《四川近现代人物传》（任一民）

启草昧①而兴，有四百兆②儿孙，飞腾世界；
问龙蹻③何道？是五千年文化，翊卫④神州⑤。

——于右任

注释

①**草昧**：天地初开时的混沌状态；蒙昧。《易·屯》：“天造草昧。”王弼注：“造物之始，始于冥昧，故曰草昧也。”

②**兆**：数词。极言众多。《墨子·明鬼下》：“人民之众兆亿。”又为中国古代的数字单位，“兆”在不同体系中代表不同数目，分别有百万、万亿、亿亿三种含义。此处以百万为兆。《楚辞·九章·惜诵》注：“百万为兆。”四百兆，即四万万、四亿。

③**龙蹻**（juē）：指谈飞行之术的经典《龙蹻经》。宋张君房《云笈七签》卷一〇六：“（紫阳真人周君内）闻蒙山栾先生能读《龙蹻经》，遂往寻之。”亦省称“龙蹻”。唐皮日休《晓次神景宫》：“存心服燕胎，叩齿读《龙蹻》。”龙蹻又指道教所谓飞行之术。晋葛洪《抱朴子·杂应》：“若能乘蹻者，可以周流天下，不拘山河。凡乘蹻道有三法：一曰龙蹻，二曰虎蹻，三曰鹿卢蹻。”传说黄帝在青城山曾向仙人宁封学飞行之术。

④**翊卫**：弼辅，护卫。《文选·陈琳<为袁绍檄豫州>》："故使从事中郎徐勋就发遣操，使缮脩郊庙，翊卫幼主。"张铣注："翊，辅；卫，护也。"

⑤**神州**：中国的别称。《史记·孟子荀卿列传》："中国名曰赤县神州。"亦分称"赤县""神州"。如《文选·左思<魏都赋>》："故将语子以神州之略，赤县之畿。"

解读

壹

于右任对轩辕黄帝一直怀有强烈的敬畏之心。

1918年清明节，陕西人于右任回到家乡西安，专程从西安动身前往中部县（今黄陵县）拜谒黄帝陵。当日细雨纷飞，于右任冒雨前行。他沿登陵道拾级而上，两侧古柏参天，翠色长驻。他在一块明朝嘉靖年间竖立的下马石前驻足，抬头望去，上刻"文武百官到此下马"八个大字，令他肃然起敬。他低头整理了一番衣冠，平静了心情，继续向上恭行。登上那桥山之巅，便是黄帝陵冢。在黄帝陵前，于右任长时间伫立，回想起黄帝的丰功伟业，心中感慨万千。黄帝统一天下，奠定中华，肇造文明，惜物爱民，被后人尊为中华人文始祖。于右任心潮澎湃写下一首谒陵诗：

皇祖威灵我欲攀，西征间道礼桥山。

弥天风雨伤今日，垂老仓皇过此间。

独创文明开草昧，高悬日月识天颜。

干霄古柏摩挲遍，挂甲何人亦等闲！

于右任还当即表示多年来他就想把黄帝一生的功德编写成一本书，今天冒雨祭扫黄帝陵，更加坚定了写这本书的信心。于右任返回南京后即约友人，先后花了十年时间，翻阅了上千册史书，对先秦以来有关史籍记载的黄帝事迹和传说，进行了搜集和整理，分目编纂，详加校正。于右任亲自过目审定，辑成一书，取名《黄帝功德记》，于1935年4月初由南京仿古印书局排印出版。于右任为《黄帝功德纪》写了序言，“黄帝不惟为中华民族之始祖，抑又为中国文化之创造者也”，在序言中于右任高度肯定了黄帝在中华文明开创史上的地位，认为黄帝既奠定了中华文明的基础，又培育了中华民族的人文精神。

贰

于右任又一次和黄帝隔空对话是在抗战时期的青城山。

1943年最后一次上青城山的于右任心情苦闷。当时他正担任国民政府监察院长兼最高国防委员会委员。这个位置看似位高权重，但实则有名无实。他对查出的中央银行贪污案的官员发起弹劾，即遭到蒋介石的坚决反对。一气之下，于右任离开重庆移居成都。

再次来到青城山，于右任暂时忘却了政坛的纷争，静心享受眼前的美景。拾级而上，他来到了天师洞的黄帝祠，拜谒黄帝。

青城山黄帝祠

在黄帝祠，人们向他讲述了一个和青城山有关的黄帝传说：当时，黄帝和蚩尤三年间交战九次均未获胜，黄帝于是来到青城山向仙人宁封讨教。宁封教黄帝以龙蹻飞行之术。后来，黄帝战胜了蚩尤，统一了华夏民族。为了表达对仙人宁封的感谢，黄帝封宁封为五岳丈人，其所居住的青城山亦被称作“丈人山”。如今青城山上的访宁桥和龙隐峡栈道就是此传说的遗迹，为纪念这次的青城山访贤，后人立黄帝祠祭祀。

受到这个传说启发，联想到眼下正在进行的艰苦卓绝的抗日战争，面对中华民族的危难，于右任激情难抑，奋笔疾书，创作出这副名联，将心中对黄帝的崇敬、对祖国的祝福喷涌而出。上联讲述了轩辕黄帝于蒙昧时代开创中华文化，子孙世代繁衍，如今已有四亿同胞在全世界飞腾；下联用黄帝以龙蹻之道战胜蚩尤的故事点化出：当今救亡图存的“龙蹻之道”究竟何处去寻求呢？于右任的答案是通过发扬光大传统文化来保卫祖国。该联表达了于右任对战胜日寇、实现中华民族伟大复兴的热望。

人物

于右任（1879—1964），陕西三原人，原名伯循，字诱人，尔后以“诱人”谐音“右任”为名。清朝光绪年间举人，早年即追随孙中山先生，系同盟会成员，国民党元老，前后共任监察院院长34年。同时他也是著名书法家、诗人，复旦大学、上海大学等高校的创办人之一。

于右任　青城山情缘

壹

于右任对青城山情有独钟。自1940到1943年的四年间，他曾三上青城。长髯飘飘的于右任布鞋长衫行走于山水之间，探幽寻古，悠然自得。

作为一代书家，于右任在青城山留下不少墨宝，最有名、也是最珍贵的当属在上清宫书写的十四条四尺对开的草书长屏《黄帝阴符经》。这部书法气势磅礴，洋洋洒洒，蔚为壮观，是于右任书法中不可多得的大部头作品。如今，该作品依然珍藏在上清宫。除了天师洞的那副楹联外，于右任还集陆游《宿上清宫》诗句在建福宫丈人殿题写了楹联：

累尽神仙端可致；

心虚造化欲无功。

在上清宫山门，于右任也撰书了一副楹联：

于今百草承元化；

自古名山待圣人。

上联的“承元化”，意为承受天地之化育。语出《中庸》：“能尽物之性，即可以赞天地之化育。”朱熹注曰：“助天地之化生，谓圣人在王位致太平。”由此可知，此联意为赞美名山胜景，希望天

于右任撰写的“于今百草承元化”联

下太平。此联亦为于右任擅长的草书体，其字似用秃笔所书，用笔精熟，大气盘旋。这也是于右任1943年第三次上青城山时留下的墨宝。

1943年的这次青城山之行，于右任还留下了后来收录在《于右任诗词选》中的《青城纪事诗》（四首）。诗中作者直抒胸臆，感情真挚。如其二：

翠浪东倾接混茫，眼前忧患讵能忘！

空山叫断梆梆鸟，一夜惊心似战场。

（作者自注：梆梆鸟亦名“报更鸟”）

1943年4月24日是农历癸未年三月二十，这天于右任在青城山度过了他的65岁生日。中央银行灌县分行出面为他举行了一场隆重的寿诞。当时称之为预祝于右任七十大寿。

下了青城山后，于右任即住到了位于灌县（今都江堰市）县城中东街的中央银行灌县分行。住在这里的于右任每天早晨就站在专门为他准备的大石板前，俯身泼墨挥毫。拳头大的行草苍劲有力，一气呵成。每写完一板，他就会停下来，细细品读一番，随后用清水将石板洗净，然后再次挥毫。他练字时常以香烟罐贮墨，一罐用完，就大

呼："取墨来！"早已候在一旁的佣人立马再送上一罐墨水。如此来来回回，一个小时下来，他已是头冒热气，大汗淋漓。

从幼时开始，于右任就显现出了对书法的痴迷。他常常一个人到墓地去看墓碑上的碑刻，那雄健豪放的北魏书体令他心醉。他中年变法，专攻草书，参以魏碑笔意，自成一家。1932年他发起成立草书研究社，创办《草书月刊》。他以"易识、易写、准确、美丽"为原则，全面系统整理历代草书，从浩繁的历代书法名家的作品中，遴选出符合标准的字，集成《标准草书》千字文。此外，他又逐步总结出篆、隶、楷、行与草书之间对应的规律性符号，这些符号架起了衍化草书的桥梁，解决了草书产生与"准确"书写的关键性问题。经过长期锤炼，于右任笔下的草书，熔章草、今草、狂草于一炉，时而呈平稳拖长之形，时而作险绝之势，时而与主题紧相粘连，时而纵放宕出而回环呼应，雄浑奇伟、潇洒脱俗、简洁质朴，给人以仪态万方之感。结体重心低下，用笔含蓄储势、出神入化，被誉为"旷代草圣"。

于右任儒雅和善，住在灌县常以文会友，把酒言欢。每当与人切磋书法技艺，特别是说到草书时更会当场挥毫。遇到求字的人，他也有求必应，率真本色展露无遗。

贰

上青城山之前，于右任还在成都市区暂住了一段时间。当时他住在陕西老乡、著名藏书家严谷声的贲园。他到成都那天，天空正飘着淅沥的小雨，严谷声撑着黑色雨伞，一直站在和平街16号门前等待他。于右任感动地上前一把紧紧握住了严谷声的手。贲园是一座砖石结构的二层小楼，其两侧依偎着两棵20余米高的银杏树，雨后树叶的清香沁人心脾。于右任就住在贲园二楼的客房里。贲园多达30万卷的藏书，常常让于右任手不释卷，暂时忘却了烦忧。

住在贲园的日子里，于右任还常与沈尹默、谢无量、谢稚柳、黄君璧等著名文人在此雅集，谈诗论文，挥毫书画。虽然过着“明月一壶酒，清风万卷书”的悠游生活，但于右任心底依然涌动着“江山万里心”的炽热。隐居成都期间，牵挂国事的他还是隐忍不住，接连创作了两首《浣溪沙》来讽刺时政。

其一：

歌乐山头云半遮，老鹰崖上日将斜，清琴远远起谁家？　依旧小园迷燕子，翻怜春雨泪桐花，王孙绿草又天涯。

其二：

自制新词苦未工，山川清响古无同，沉思往事更朦胧。　江作青龙蟠左右，关连玉垒拱西东，归舟知趁几番风。

◎撰稿　王　嘉　◎审读　袁庭栋

主要参考资料

《于右任的灌县情缘》（舒绍成　施廷俊）

《都江堰青城山名胜楹联选注》（陈家铨　阙宗仁）

《于右任诗词选》（杨中州）

空洞[1]亲迎光照耀，
苍崖[2]时有凤来仪[3]。

——徐悲鸿

注释

①空洞：指朝阳洞，相传为宁封仙人栖真处。空洞：空旷的洞；又为道教语，谓化生元气的太虚之境。唐吴筠《游仙》：“空洞凝真精，乃为虚中实。”宋张君房《云笈七签》卷二：“元气于眇莽之内，幽冥之外，生乎空洞。”

②苍崖：青色的山崖。

③凤来仪：语出《尚书·益稷》：“《箫韶》九成，凤凰来仪。”凤凰来舞，仪表不凡。指吉祥之兆。仪：有容仪。

城山天师洞外景

青城山栈道

解读

青城山朝阳洞在天师洞和上清宫之间，洞窟正对东方，每当晨曦吐旭，满山红紫，气象万千。清光绪年间，成都知府黄云鹄对此洞情有独钟："青城胜概，不可枚举，而余独爱朝阳洞。"因为此地"朝晖暮霭，溪月松风，大野平畴，连峰迭巘，实能移人情志，而荡涤秽浊"。他曾结第于洞中参《易》，并题诗赞美道：

夜雨空山枕石眠，晓来骋眼盼遥天。

平林日射青如黛，大野云铺白似绵。

妙境静观殊有味，良游重续又何年。

生机乐意人间满，肯羡蓬莱顶上仙！

此诗作于1880年，时隔63年后的1943年7月19日，著名画家徐悲鸿来到了青城山，住到了天师洞。这里与让黄云鹄流连忘返的朝阳洞仅仅一步之遥。

那时正值暑假，徐悲鸿带领中国美院的师生来青城山写生，和徐悲鸿一起来的还有他的恋人——刚刚20岁的廖静文。能和廖静文一同上青城山，其实并不容易。

在上青城山之前，差一点，徐悲鸿就和他这位楚楚动人的恋人失之交臂。

徐悲鸿时任在重庆磐溪的中国美院院长，廖静文是他的助手。朝夕相处间，一种不同寻常的情愫在两人间蔓延开来。消息传出，与徐悲鸿已经分居七八年并移情别恋的前妻蒋碧微，来信无端指责廖静文破坏她的家庭。而徐、廖两人相距28岁的年龄鸿沟，也让这段感情遭到廖静文家人的极力劝阻。在世俗和追求之间，廖静文辗转反侧。在一盏昏黄的煤油灯下，廖静文含泪给徐悲鸿写了一封告别信："敬爱的先生：请原谅我不辞而别，无论如何，我不能再留在这里了……我衷心希望您继续寻找与蒋碧微女士和解的可能，我觉得她现在能回心转意。您给我的画和您为我画的像，我都留在您的写字台上了，虽然，我非常喜爱它们，但是我不能，也不敢从您这里带走这些作品，我没有权利占有它们。我将在您不知道的远方，永远看见这些作品，因为我看它们不止千百次了。愿您珍惜健康，不要再想起我。"拎着一个帆布箱子，廖静文泪眼婆娑地走向了码头。下课回来的徐悲鸿看到信后，没有丝毫犹豫，拎起长衫一角，沿着崎岖的山道，大步朝江边追去。在廖静文就要跨上船舷的那一瞬间，徐悲鸿拉住了她的手，告诉她，他不可能跟蒋碧微和好了。"你太天真了，是她坚决拒绝和解的，这与你毫无关系。"纯真善良的廖静文睁大了眼睛："也许她现在愿意和解。"徐悲鸿摇了摇头："不，她绝不是这个意思，只不过是为了破坏罢了！"徐悲鸿以男子汉的勇气，终于将选择离开的廖静文追了回来。如果没有徐悲鸿这果断、勇敢的一追，也就没有了三个多月后他们的携手青城山之行。

情到浓时，一切云淡风轻。

在郁郁葱葱的青城山，这对刚刚经历过波折的恋人快乐幸福，悠闲的时光里飞影流蜜。

白天，徐悲鸿埋头创作，廖静文就在银杏树下静静地看书。创作之余，徐悲鸿就辅导廖静文临摹王羲之的帖。夜晚，他们踏着月光散步，看萤火虫飞来飞去，听啄木鸟清脆鸣叫。在这里，他们还留下了永远难忘的第一张合影。以天师洞大香炉为背景，徐悲鸿身着长衫扶着香炉一脚，齐肩短发的廖静文端庄优雅，面带娇羞。随着咔嚓一声，著名摄影师高岑梅第一次定格了徐悲鸿廖静文患难之中的爱情。

60多年后，廖静文回忆起这段让她陶醉的日子，依然充满怀念："这是我一生中最快乐的时光。"

像所有恋爱中的男人一样，徐悲鸿一举一动都充满对女友的爱怜。那时候大家都是围坐着一张能容十多人的大圆桌吃饭。徐悲鸿知道廖静文喜欢吃鸡翅膀，每次白果炖鸡一上来，徐悲鸿总是首先把鸡翅膀撕下来，隔着大圆桌将翅膀夹到廖静文的碗里。廖静文也开始学着为男友理发，虽然手艺不佳将徐悲鸿的发型剪成了女式，逗得众人哈哈大笑，徐悲鸿却颇为得意："请不要笑，这是廖小姐的手笔哟！"

绘画，更是画家表达爱情的方式。那时的徐悲鸿画青城山，也画廖静文。一天午后，身着旗袍的廖静文在天师洞侧躺在椅子上淡然自若地看书，阳光穿过乌黑秀发，让清纯淡雅的廖静文仿佛是不食烟火的仙子，徐悲鸿赶紧取出笔和纸，将廖静文的神态定格在了画中。这就是后来徐悲鸿的传世经典——《读》。徐悲鸿签下名字，将这幅油画送给了廖静文。同时送给廖静文的还有他的素描作品《廖静文像》。

在青城山，廖静文给恋爱中的徐悲鸿带来了源源不断的创作灵感，接连创作出了《山鬼》《国殇》《湘夫人》《青城道中》等著名作品。在创作风景油画《银杏树》时，徐悲鸿也不忘在画面里加上一个正在聚精会神读书的身着紫红色旗袍的少女。这个少女正是廖静文。年轻靓丽的廖静文和参天古树形成强烈的对比，使该作品也成为徐悲鸿的经典。

徐悲鸿和廖静文的爱情，历经风霜，终于在青城山迎来了绽放。在恋爱的人眼中，世界都是明亮的。于是，应邀为朝阳洞撰书楹联时，一串明亮的句子，顿时在徐悲鸿笔下龙飞凤舞：

空洞亲迎光照耀；

苍崖时有凤来仪。

上联将朝阳洞拟人化，仿佛朝阳洞亲自迎上前去欢迎阳光。下联则进一步点出在这青翠的山崖上，朝阳洞是时时有凤凰朝拜的美好地方。明朗愉悦之情溢于言表。与黄云鹄那副“天遥红日近，地仄绛宫宽”的楹联相比，恋爱中的徐悲鸿投射出的情感更为浓烈、炽热。

作为一代美术大师，该联与徐悲鸿留在青城山的另一副楹联“白马秋风塞上，杏花春雨江南”一样，充满了灵动的画面感。“空洞”“光照耀”“苍崖”“凤来仪”的描绘，犹如一帧浓墨重彩的油画，逼真地还原了朝阳洞的美好，让读者仿佛身临其境。

徐悲鸿不仅是杰出的画家，在书法上也有很高的造诣。他早年学习赵孟頫，后来又受过康有为的指导，虽无意以书法名世，但取得的成就让许多专攻书艺的名家也难望其项背。徐悲鸿书写的这副行书对联，线条质朴厚实，用笔挥洒率真，稳健秀润，稚拙欹侧，让人过目难忘。

人物

徐悲鸿（1895—1953），原名徐寿康，江苏宜兴市屺亭镇人。中国现代杰出画家、杰出美术教育家，中国现代美术的奠基者之一。曾留学法国学西画，归国后长期从事美术教育，先后在国内多所高校任教，1949年后任中央美术学院院长。擅长画人物、走兽、花鸟，主张现实主义，强调作品的思想内涵，强调国画改革，主张将西方的写实技巧融汇到中国绘画之中，对中国画坛影响巨大。

徐悲鸿　成都的朋友圈

在青城山的一个多月里，徐悲鸿和照顾他们一行的道士们结下了深厚的友谊。一位厨师听说徐悲鸿爱吃西红柿，每天清晨都会为徐悲鸿做一份西红柿鸡蛋羹。1943年8月下旬，徐悲鸿准备下山。他豪爽地拿出了自己的《奔马》《紫气东来》《如见道心，忽逢幽人》等七幅作品，分送给照顾他们起居的道士。当七人围过来准备挑选各自心仪的作品时，徐悲鸿特意让每天都给他做一份西红柿鸡蛋羹的厨师道士第一个选画。受宠若惊的厨师连连摆手、摇头，徐悲鸿于是亲自挑选了一幅作品送给厨师。如今，徐悲鸿的《奔马》《天马》图，已在青城山被刻成石刻陈列。1992年青城山兴建老君阁时，其老君像，也是以徐悲鸿当年在青城山的作品《紫气东来》为蓝本来塑造的。

说起赠画，徐悲鸿从不吝啬。在成都时，他还将自己的一幅《奔马》送给了素不相识的车夫。那是他和廖静文乘坐马车前往新都桂湖游玩时，看到马夫心疼疲惫的爱马，下车后徐悲鸿立马将自己的《奔马》图送给了车夫。事后，廖静文询问送画的原因，徐悲鸿坦言：“我爱马，

徐悲鸿在青城山创作的
《奔马》图（拓片）

也爱善待马的人。他对马的爱打动了我的心，何况他的生活还很艰难呢！”

徐悲鸿在成都交游广泛，与成都著名画家张采芹有犹如伯牙子期一般的情谊，他们之间好得可以轮流穿一件毛衣。1943年9月中旬，在张采芹的张罗下，徐悲鸿在成都祠堂街当时的四川美协举办了个人画展。展出了《田横五百士》《九方皋》《十万民工图》《愚公移山》等油画、国画、水彩、素描作品160余幅。规模宏大，美协展厅不够，作品还悬挂到了美协对面的“聚兴诚”楼上。展览轰动一时，成都文化界著名人士谢无量、刘咸荥、黄稚荃等纷纷为画展捧场，题词作诗，音乐家陈配德还创作歌曲以记其事。为感谢张采芹的帮助，徐悲鸿写诗相赠：“蜀中有个采芹君，琴棋诗书画更精。侠义心肠人豪爽，助我画展见真情。”他还为张采芹绘制了全身素描像。如今，这幅素描作品被刻在人民公园一石碑上。

在成都时，徐悲鸿经常带着廖静文到友人家中串门。有一次徐悲鸿和廖静文到青石桥的菊花培育专家朱光前家中看他种的菊花。朱家几位千金都喜欢画工笔菊花。看到大师前来，她们每人提笔为徐悲鸿画了一幅菊花。徐悲鸿也欣然提笔回赠了她们每人一幅画。看到这些女孩颇有工笔画基础，徐悲鸿热情鼓励她们到高校深造。后来朱氏姐妹中以朱佩君成就最大，成了成都著名的工笔画家。

◎撰稿　王　嘉　吴　刚　◎审读　袁庭栋

主要参考资料

《徐悲鸿一生》（廖静文）

《成都旧闻》（邓穆卿）

子云亭

高文[1]不让[2]贤臣颂[3]；

胜迹[4]曾传陋室铭[5]。

——张问陶

注释

①**高文**：此处指扬雄的优秀诗文。晋葛洪《抱朴子·喻蔽》：“格言高文，岂患莫赏而减之哉。”

②**让**：逊色。宋王禹偁《神童刘少逸与时贤联句》诗序：“逮十一岁，成三百篇，求之古人曾不多让。”不让：不亚于，不次于。清袁枚《随园诗话》卷十六引李现田诗：“洗耳自同高士洁，披襟不让大王雄。”

③**贤臣颂**：篇名，即《圣主得贤臣颂》之略称，是西汉著名辞赋家、四川资中人王褒（字子渊）被宣帝征召入朝的应诏之作。张问陶在此赞美扬雄文才出众，丝毫不逊于王褒；表达其对两贤的敬重。

④**胜迹**：有名的古迹、遗迹。南朝谢朓《游山》诗："求志昔所钦，胜迹今能选。"

⑤**陋室铭**：《陋室铭》为唐代诗人刘禹锡所作。此文中"西蜀子云亭"即子云宅，在扬雄故里。

解读

这是清代蜀中大诗人张问陶题写在子云亭的楹联，也是他对蜀中同乡，西汉成都的大文学家、语言学家、思想家、哲学家扬雄的清新礼赞、性灵之言。

壹

盛世多壮歌，当雄才大略的汉武帝刘彻君临天下，汉朝成为当时世界上最强大的国家之时，汉赋也鼎盛一时。

赋萌生于战国，是汉代最具代表性、最能彰显其时代精神的一种文学样式。著名学者王国维说："凡一代有一代之文学，楚之骚，汉之赋，六朝之骈语，唐之诗，宋之词，元之曲，皆所谓一代之文学，而后世莫能继焉者也。"

汉代赋作大家灿若群星，遂使汉大赋雄踞两汉文坛四百年。汉赋之峰，当属成都人司马相如，名篇《子虚赋》，词采之富丽，气势之壮阔，一浪高过一浪。

到了汉宣帝（前73—前49在位）继位，他比曾祖刘彻更推崇大赋。这位素喜创作、热爱文学与音乐的皇帝，经常征召各地有造诣的文士到长安，担任皇家的文学、音乐方面的"待诏"（随时听候皇帝的诏令）。一日，益州刺史王襄上奏，推荐一位名叫王褒的年轻人。王褒是资中（今资阳市雁江区）人，少年时就善于写诗，工于作赋，精通六艺。应召进京之后，汉宣帝出了个题目，要王褒写一篇《圣主得贤臣颂》。

这篇文章怎么写，王褒颇费了一番心思。反复斟酌、构思，他想到了马，“纵驰骋骛，忽如景靡。过都越国，蹶如历块。追奔电，逐遗风，周流八极，万里一息。何其辽哉，人马相得也！”初读，使人如见其马，如闻其声。再读，写出善御者六辔在手，操纵自如，良御御骏马，好似圣主得贤臣。王褒不动声色地歌颂了天子励精图治，迅速赢得了汉宣帝的好感。他任命王褒为待诏，不久升为谏议大夫。

王褒无法达到司马相如“广博宏丽，卓绝汉代”的巨大成就，但他善于观察生活，善于描写那些独具特色的事物，是汉代最具有文学情趣的赋家。王褒有一篇《僮约》，记述他在四川彭山亲身经历的一件事。公元前59年，他遇见杨舍家发生主奴纠纷，便信笔为这家奴仆订立了一篇长约六百字、题为《僮约》的契约。《僮约》从文辞的语气看来，不过是作者的消遣之作，不乏揶揄之句。但文中有这样的描写——“烹茶尽具”，“武阳买茶”，这是全世界最早关于饮茶、买茶和种茶记载。由这寥寥几笔可以获悉，四川地区是全世界最早种茶与饮茶地区；成都平原是当时茶叶主产区和著名茶叶市场。王褒就在不经意中，为中国茶史留下了重要生动的一笔。

贰

在西汉王朝210年的统治历史中，元、成二帝在位仅41年，但自他们开始，正像这些刘姓帝王的短寿所透露出的凋敝气象一样，西汉王朝经“中兴之主”汉宣帝昙花一现般的繁荣之后，全面走向衰败。很不幸，扬雄就生长在这个时代。扬雄生于公元前53年，这个因避仇而迁居成都平原郫县（今郫都区）友爱镇的家族，到扬雄出生时，已经是第五代了，其家境只是勉强过得去，有田有宅，种田养蚕。“雄少而好学，不为章句，训诂通而已，博览无所不见。为人简易佚荡，口吃不能剧谈，默而好深湛之思，清静亡为，少耆欲，不汲汲于富贵，不戚戚于贫贱，不修廉隅以徼名当世”（《汉书·扬雄传》）。木讷不能言的少年，胸中却有锦绣文章。

成都，喧然名都会，吹箫间笙簧。它似乎天生就与诗赋，与文人骚客有着一种密不可分的关系。自幼就喜欢辞赋，且生于斯、长于斯的扬雄，思慕同乡前辈司马相如，“每作赋，常拟之以为式”。公元前15年到公元前14年间，扬雄写下《蜀都赋》，优美华丽的辞藻给了我们审美享受，对于了解两千多年前的四川和成都更具有难得的史料价值。公元前12年的一天，郎官杨庄向汉成帝吟诵了一篇《绵竹赋》，并自豪地说作者是自己的四川同乡扬雄。汉成帝大赞，认为很像司马相如的文章，下令召见扬雄。42岁的扬雄接到诏令，离开成都，以一个文学家的身份走入长安。他要用手中的笔，在赋中上讽谏之意，抒针砭之怀。

一年之内，他上了四篇赋，委婉讽谏。无论《甘泉》《河东》，还是《羽猎》《长杨》，文采斐然，名动京华，赢得龙颜大悦，官封“给事黄门郎”（侍从皇帝，传达诏命）。所有人都祝贺扬雄，他却闷闷不乐。他开始进行自我反思，“雄以为赋者，将以风也，必推类而言，极丽靡之辞，闳侈钜衍，竞于使人不能加也，既乃归之于正，然览者已过矣”（《汉书·扬雄传》）。他认为讽谏是赋的使命，在华丽的辞藻、盛大的铺排中，借景抒怀，推类明意；现在呢，看赋的人只见到浮华的文字表面，而无视意欲表达的讽谏主题，这就失去了作赋的本意，岂不悲哉？进而他联想到往昔武帝好神仙，司马相如向汉武帝上《大人赋》，本来想讽谏他好仙追神的虚无，汉武帝看后却反而飘飘有凌云之志。扬雄得出结论，“赋劝而不止，明矣”。既然不能劝谏，那么赋就是“童子雕虫篆刻”，“壮夫不为”。于是，作为与司马相如齐名的汉赋大家，自此，他再也没写过一篇赋。在汉世之后，赋也日渐衰落，虽不绝若缕，但终难复兴。

公元前8年，逐渐对政治失望的扬雄看到京师石室图书多，就提出愿意放弃三年的工资，去石室专心读书。汉成帝特下诏，让其带薪学习，还赐给他笔墨钱六万。从此，他开始疏离政治，专心看书著述，探研学理，做个纯粹的文人。仿《周易》而作《太玄》，仿《论语》作了《法言》，“欲求文章成名于后世”。

“不汲汲于富贵，不戚戚于贫贱，不修廉隅以徼名当世”，守贫自洁，伴贫终老。公元18年，71岁的扬雄完成他花了27年心血的最后一部倾心之作《方言》后去世。弟子侯芭为他起坟，并守孝三年，终归葬故乡。扬雄没有后人，他的两个儿子少年早夭，但是，两千年来，乡亲们一直守护着“子云坟”和纪念他的祠堂“子云亭”。

叁

风流总被雨打风吹去。824年，夕阳中的帝国迎来了15岁的新皇——唐敬宗李湛。大明宫里的起落浮华，对于远在安徽和州的刘禹锡来说，恍如做了一场大梦，他早已置身事外。眼下他要面对的是半年内第三次搬家。被贬谪到和州县通判任上后，他不断遭到知县刻意刁难，强迫他搬了三次家，面积一次比一次小，最后是只能容下一床、一桌、一椅的斗室。虽说因参与王叔文反对宦官和藩镇割据势力的“永贞革新”失败，20余年失意落寞的逐臣生涯中，他已经尝尽人生秋凉，处变不惊。但想想这位势利眼的狗官，实在欺人太甚，刘禹锡遂愤然提笔，挥就一篇《陋室铭》，请人刻上石碑，立在门前，以明心志。

文章妙手天成，情趣高雅，一曲既终，犹余音绕梁。南阳诸葛亮的草庐，西蜀扬子云的玄亭，陋室不陋，君子居之，正是刘禹锡政治、文学的两大理想。与刘禹锡的陋室一道，“西蜀子云亭”，亭名益彰，也被铭记、被传诵。子云亭始建年代不详，最早出现的文字记载，见于晋代葛洪的《西京杂记》。据《郫县志》载，旧（亭）在县西里许。1792年，县令边祚游移置县西子云墓前，“缭以墙垣，绕以曲池，树以花卉”。尔后县人捐银在亭旁建子云祠，内祀子云先生像，成为文人学士拜谒的重要之地。一日，清代巴蜀第一才子、遂宁人张问陶来到了修葺一新的子云亭，瞻拜良久，感慨万千。遥望那些远去的文化山峰、古圣先贤，他为这位蜀中同乡、西汉一代大儒扬雄写就此联：

高文不让贤臣颂；

胜迹曾传陋室铭。

张问陶作为乾嘉时期性灵派大诗人，此联也弥漫出一派清新气息。上联赞美扬雄文才超群，丝毫不逊于王褒，下联是说子云亭曾经被《陋室铭》所歌咏，更当名扬天下。不让《贤臣颂》，曾传《陋室铭》，工稳的对仗中，高度概括地评价了扬雄的文章道德。作者匠心独具，借力打力之技，实为绝妙。读之思之，诗情跃跃，一派天真。

人物

张问陶（1764—1814），清代杰出诗人、诗论家，著名书画家。字仲冶，一字柳门，因故乡四川遂宁城郊有一座孤绝秀美的小山，形如船，名船山，便自号船山，也称“老船”，因善画猿，亦自号蜀山老猿。曾任翰林院检讨、江南道监察御史、吏部郎中、山东莱州知府，后辞官寓居苏州虎邱山塘。1814年病卒于苏州寓所，归葬故乡两河口（今蓬溪县金桥乡翰林村两河口）祖茔。遂宁有船山区，以纪念诗人。著有《船山诗草》，与袁枚、赵翼合称清代“性灵派三大家”，也是元明清巴蜀第一大诗人。

张问陶　清代蜀中诗冠

壹

乾隆五十二年（1787）九月，晨光熹微，四川通省盐茶道署内，早起的身影，翻飞着喜悦的步履。今天是官署主人、盐茶道道员林儁年方二八的女儿林佩环喜缔良缘的日子。24岁的女婿张问陶，也不是外人。问陶的发妻周氏，是都察院左都御史周兴岱长女，而林儁的三儿子林蕃，迎娶了周兴岱的次女。周氏去年五月病殁，不久小女亦夭，双重打击让孑然一身的问陶，失魂落魄。素来器重问陶的林儁，主动提出将女儿许配予他，招赘入门。工诗善画的佩环也爱慕其文才，甘为继室。桂花树下，酒宴排开，文友诗朋，吟哦之声与弦歌之音交汇，直至酒阑人散，花香烛影，更漏沉沉。

张问陶祖籍四川遂宁。其家五代为官，而又世代清贫。他的高祖张鹏翮是康熙、雍正两朝名臣，官至文华殿大学士兼吏部尚书，是与狄仁杰、姚崇、包拯、况钟、于谦、海瑞、于成龙齐名的中国古代八位清官。康熙帝赞之：“天下廉吏，无出其右。”乾隆二十九年（1764）五月二十七日，张问陶出生于山东省馆陶县父亲张顾鉴任县令的任所内，自幼随父宦游。1777年，父升云南开化知府，滇地万里，不能携家赴任，问陶随母及全家寄居汉阳（今武汉市汉阳区）。一年后，其父因荆门任内“失出案”（重案轻判），受牵连去职，家产赔累殆尽，住房也为豪吏所夺。全家生活陷入困境，常奔走告贷，“恒数日不举火”。

家道中落，让张问陶过早饱尝世态炎凉，困厄显操守，也催生了他悲怆的诗人情怀。少年时，张问陶即崭露才华，15岁写《壮志》一诗抒怀：“咄嗟少年子，如彼玉在璞。光气未腾天，魍魉抱之哭。”气概不凡的少年人昂首高吟着“布衣不合饥寒死，一寸雄心敌万夫”，迎难而上。乾隆四十九年（1784）三月，20岁的张问陶由汉阳出发，赴京师应考，“半肩行李半肩书”，无惧关山路漫漫。

1785年秋，张问陶参加顺天乡试不中，惆怅南归。数月后，1786年的春天，22岁的张问陶从汉阳前往四川遂宁，这是他第一次真正回到了日思夜想的故乡。一入蜀地，面对故园山川，他的心灵眷恋至深。从此，蜀山蜀水便成了张问陶一生一世吟唱的主题。

1786年秋，还没走出丧偶阴影的张问陶，在兄问安的催促下，前往成都参加乡试。他不曾预料，正值功名受挫、命运乖舛之际，成都之行，让他收获了这一份天作之合的良缘，娶到了蜀中才女林佩环。张家也出现了世界诗坛罕见的“三兄弟三妯娌诗人”，即张问陶及其兄问安、弟问莱、嫂陈慧殊、妻林佩环、弟媳杨古雪均是诗人。

张问陶、林佩环婚后伉俪情深，爱意缠绵；诗酒唱和，如神仙美眷。林家对问陶的期望与爱护，让他犹如倦鸟归林，找到了归宿。同时也坚定了他振作向上、重振家风的信念。

贰

乾隆五十三年（1788）三月，张问陶又越秦岭，再度入京应试，考中举人。1790年春考中进士，授翰林院检讨。26岁的张问陶，开始了此后二十多年的宦游生活。

诗人毕竟是诗人，当他眼前出现了一条通向显赫和荣耀的道路时，那种渴望自由、渴望亲情的天性又迸发出来。他总是归心似箭，两头牵挂，来往奔波于燕山蜀水之间，这一方面促成他官场不顺，长期在御史、郎中等低级职务上消磨；另一方面，诗人的足迹遍布千山万水。大江雪浪，荡涤了诗人的胸襟；琴剑飘零，开阔了诗人的视野。他结识了一批有济世情怀的文士，与洪亮吉尤为莫逆之交。或痛饮高歌、诗书遣兴，或纵谈天下大势、痛斥政治腐败。

1793年，乾隆诗坛盟主、性灵派主将、77岁的随园老人袁枚已至暮年，因洪亮吉的推荐，才与问陶神交，诗信往来。他视29岁的问陶为“八十衰翁平生第一知己”，并云：“吾年近八十，可以死，所以不死者，以足下所云张君诗犹未见耳！”四年后，袁枚撒手人寰，张问陶接过性灵派的大旗，“其诗生气涌出，沉郁空灵，于从前诸名家外，又辟一境。……国朝二百年来，蜀中诗人以船山为最。”而列入《清史稿·文苑传》者，蜀中也只有张问陶一人，被誉为清代“蜀中诗冠”。

叁

正如长期研究巴蜀文化的李朝正教授所言：“乾嘉年间的性灵派在华夏拥有诗人之众，是过往的许多诗派无法比拟的，而巴蜀诗人恰恰是通过张问陶的作用，直接或间接地带领一批诗人，影响着一批诗人。因而，活跃在诗坛，齐集在张问陶周围的蜀中诗人都崇尚性灵，……形成了众星拱月、群星灿烂之势，迎来清代巴蜀诗歌中最为壮观的黄金时代。”

问陶夫人林佩环，也是他性灵诗的欣赏者、切磋者和激发者，他写了不少对妻子倾诉衷肠的诗句，抒发爱情的美好，向当时一提爱情便说是“人欲”的程朱腐儒论调挑战。有一天，张问陶拿起画笔来，替佩环画了一幅小像，佩环提笔在小像旁写了一首七绝，倾诉依恋之情：

爱君笔底有烟霞，自拔金钗付酒家。

修到人间才子妇，不辞清瘦似梅花。

问陶和了一首：

妻梅许我癖烟霞，仿佛孤山处士家。

画意诗情两清绝，夜窗同梦笔生花。

林佩环不仅是张问陶的人生伴侣，还是他诗画生涯的知音。抒写这一份相互理解、相互欣赏中萌生的爱，这些点滴生活与清亮情怀，也是问陶“好诗不过近人情”的实践之一，字里行间，闪烁着人性的动人光芒。

肆

1797年秋，张问陶父亲去世，这期间，正是白莲教农民起义如火如荼之际。他往来于遂宁、成都、北京，跋涉关河，崎岖戎马，欲歌欲泣，情见乎辞，抒发生活底层的实感。次年二月九日在宝鸡投宿时，他写出了盛传天下的时事诗《宝鸡县题壁十八首》。诗中“豺虎纵横随处有”“焦土连云万骨枯”等句子，揭露了官吏掠夺人民的暴行，以及嘉庆社会的悲凉景象。《题壁》其三中，他还赞美被嘉庆骂为“贼中之魁”的白莲教起义军领袖王聪儿，文字惊世骇俗。在历史上，还没有第二个诗人敢于这样大胆地把颂诗献给农民起义军。

返京后，张问陶将沿途所见告诉了洪亮吉，洪写入奏疏，力陈内外时弊，为时所忌。次年再度上书，触怒嘉庆，被流放伊犁。痛良友之遭贬，感朝纲之败坏，叹官场之险恶，志性高洁的张问陶岂可同流合污？身居庙堂的他，心已远在山林间。

嘉庆十五年（1810）七月，张问陶被外放莱州知府，他继承了“家风五世耐清贫”的操守，清正廉明，在处理公务时则表现出相当的才能，还曾留下了“三日审定顽犯”的美谈，是清代有名的断案高手。但他与顶头上司意见不合，难有作为。1812年，张问陶辞官挂印。临行前，他系念莱州歉收，民有饥馑，便将自己历年积蓄捐谷七百石赈济饥民。两袖清风的他，连回故乡的旅费都不够，为难之时，在苏州做官的同乡向他发出邀请。张问陶便举家南下，四月抵苏州，寓居虎邱山塘。

为报先生归也，杏花春雨江南。久羁禁苑的白鹭，飞向了青山绿水间。

时代与命运永远是一个说不尽、道不完的话题，更何况感受者是一个纯粹的诗人！张问陶传世的3500余首诗歌，犹如时代与人生的一面镜子，无论是壮年羁旅，还是暮年流离；无论在桑梓故地，还是燕山楚水；无论金榜题名，还是郁郁弃官……所有的经历，“关心在时务，下笔唯天真”。

客居他乡，张问陶靠卖字画和亲友接济，以度流年。两年后的三月初四，一生忧患的他走到了生命最后的时光——当理想的火种一点点地熄灭，激情的涟漪一点点归于平寂；当诗人的双眼慢慢闭上，呼吸渐渐微弱，他用尽全部力气，把墨汁和胆汁混合，给那个苍茫的时代，给自己的诗歌梦、人生梦、家国梦，画上了苍凉的休止符。

◎撰稿　陈蕙茹　◎审读　袁庭栋

主要参考资料

《研究扬雄　纪念扬雄——试论文记诗联对乡先贤扬雄的评论》（张绍诚）

《张问陶研究文集》（胡传淮）

老子庙

先生何许人也？[①]

老子其犹龙乎！[②]

——李惺

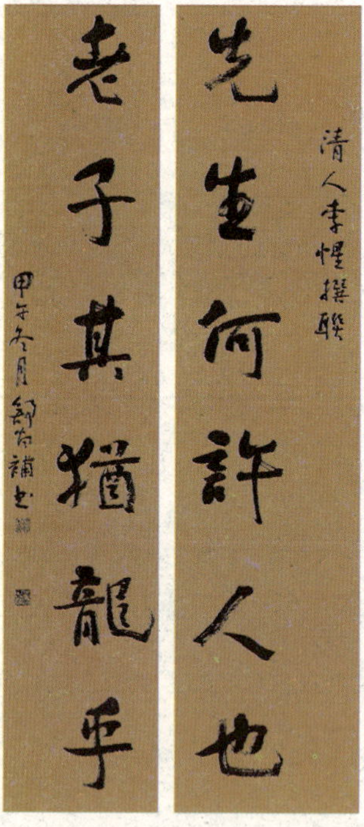

注释

①先生何许人也：语出晋陶渊明《五柳先生传》：“先生不知何许人也，亦不详其姓字。宅边有五柳树，因以为号焉。”许：处，处所。《墨子·非乐上》：“古者圣王，亦尝厚措敛乎万民，以为舟车。既以成矣，曰：‘吾将恶许用之？’”《说文》段玉裁注：“许，或假为所”。何许人：即何处人。《后汉书·逸民传·汉阴老父》：“汉阴老父者，不知何许人也。”后引申为指何等人，意谓不知其来历。《南史·鲍泉传》：“承怪焉，复欲辱之。遣逼车问：‘鲍通直复是何许人，而得如此！’”先生：这里指老子。联句的意思为：老子是什么样的人呢？或老子是何等人？

②老子其犹龙乎：系从《史记·老子韩非列传》孔子之言“至于龙吾不能知，其乘风云而上天。吾今日见老子，其犹龙邪”化

出。意思是老子大概像龙一样啊！以龙比喻老子之道自隐若虚、高深莫测。老子：姓李，名耳，字聃。我国春秋时期思想家，道家学派的创始人，著《道德经》（亦名《老子》）。

解读

壹

在绵延几千年的中国传统文化中，老子和孔子的高大历史身影从未远去。这两位中国历史上最令人心驰神往的智者，也曾结下一段无比殊胜的缘分——孔子曾数次问礼于老子。《史记》卷六十三《老子韩非列传》就生动地描述了孔子问礼于老子。司马迁仅寥寥几笔，两位圣人的思想交会和彼此间的惺惺相惜便如在眼前，令千百年后的我们，虽不能至，心向往之。

春秋，是一个动荡不息、战乱不止的时代。当时，周室衰微，诸侯争霸，礼崩乐坏，天下无道。孔子奔走于列国之间，希望积极恢复“周礼”，以挽救岌岌可危的周王室。在孔子看来，对“周礼”最为熟悉而且最有权威的，莫过于年长他约20岁、担任周守藏室的史官、

新津老子庙位于道教三祖圣地老君山

掌管周王朝图书文献和档案的李聃。公元前518年的一天，33岁的孔子对弟子南宫敬叔说：“老聃学富五车，博古通今，知礼乐之源，明道德之要。现在我要去求教他，你愿意与我一同前往吗？”南宫欣然同意，随即请示当时鲁国的国君。国君批准后，派遣了一辆二马拉的马车，还让一个书童跟随孔子与南宫。一行人昼行夜宿，风尘仆仆，赶往周都洛阳，与老子见面。

这一次会面，老子、孔子纵论天下大势，相谈甚欢。但对于是否需要“礼乐”这剂药方来解救社会危机，老子的回答是相当中肯的。他说：“子所言者，其人与骨皆已朽矣，独其言在耳。且君子得其时则驾，不得其时则蓬累而行。”用今天的话来说，老聃是告诫孔子，他所研究的学问，都是已经去世很久的人的理论，所以今人要活学活用，不可拘泥执着。遇到明君，君子应乘时而起；生不逢时，任你本领再大，也是人如飘蓬，身不由己。

临行前，老子还以过来者的口吻谆谆寄语孔子：“吾闻之，良贾深藏若虚，君子盛德，容貌若愚。去子之骄气与多欲，态色与淫志，是皆无益于子之身。吾所以告子，若是而已。”在老子看来，富商大户，深藏不露；大德之人，大智若愚。所以君子的修身之道，要少一些骄狂之气，去除渴望建功立业的多欲之心，更要少一些试图改造这个世界的幻想。所有这一切的功名利禄之念，都是于身心无益的。

老子和孔子的历史性会面，不仅开启了两位伟大的思想家之间的交流平台，也是道、儒两家在中国历史上的第一次对话。孔子离开洛阳回到了鲁国，弟子们争先恐后问孔子："先生拜访老子，见到他了吗？他是一个什么样的人呢？"孔子道："鸟，吾知其能飞；鱼，吾知其能游；兽，吾知其能走。走者可以为罔，游者可以为纶，飞者可以为矰。至于龙吾不能知，其乘风云而上天。吾今日见老子，其犹龙邪！"

贰

孔子的赞美，一方面突显了老子的智慧和他的飘然出世，它在反衬世道荒败的同时，也指引着人生的归向，告诉我们怎样才可以得到安宁和幸福；另一方面，妙高道远的老子，是中国历史上最伟大的哲学家，又是一位神秘人物，确实如神龙见首不见尾。

《老子韩非列传》篇末，文中出现了周守藏室之史李耳（聃）、老莱子和太史儋三人，皆称"老子"，皆活了一百六十余岁或二百余岁，皆是隐逸之士。孰真孰假，连司马迁也难以确定，只好诸说并存。老子与李耳是不是同一个人？他究竟生活在何时？《道德经》是不是就是他写的？权威的《史记》没有定论，学术界至今也众说纷纭。

这种神秘延续了千年。从西汉的《列仙传》开始，老子被列为神仙。东汉时期，成都人王阜撰《老子圣母碑》，把老子和道合而为一，视老子为化生天地的神灵，成为道教创世说的雏形。在道教中，老子被尊为"道祖"。历朝历代，各地争相建庙供奉。

在成都市新津县也有一座老子庙。该庙建于汉，成于唐，毁于明末，清嘉庆年间1796年重建。1818年，32岁的垫江人李惺在中了进士后，特意来朝山礼圣。

山风浩荡，奔来眼底。面对巍峨壮观的老子庙，他的眼前宛然出现了老子和孔子风云际会、心旌荡漾的场面；他似乎看见了老子骑着青牛，西出函谷关，紫气东来；他的耳边回荡着五千言《道德经》妙语："道可道，非常道；名可名，非常名。"其意远思深，其语多超尘。难以名状的激动，让李惺不能自已，他提起笔来，怀着无比敬畏和虔诚之心，在八卦亭写下一副对联，行笔高雅，苍古有味：

先生何许人也?

老子其犹龙乎!

上联"先生何许人也"，意即老子是什么样的人物？下联"老子其犹龙乎"，这是孔子的感喟，也是李惺针对老子生平的传奇和神秘有感而发。千百年来，老子的形象很伟大又很模糊，令人难辨虚实。他的一生，其迹不可循，其智不可测，留给后人的是一串迷，是玄妙而高深的思想，后人思之念之，也唯有发出如此感叹：老子大概像龙一样啊！联语创造了一种特殊的神秘气氛，对仗也很工绝。一般集诗句为联，李惺集文句为联，可谓独具一格，意味深长。

人物

李惺（1786—1864），字伯子，号西沤，又号老学究。重庆市垫江县人，清代教育家、文学家。1817年三甲进士，1819年后历任翰林院检讨、国史馆纂修、文渊阁校理、国子监司业，詹事府左春坊左赞善等职。1835年，辞官归蜀，掌成都锦江书院达17年，在三台、剑阁、眉山、泸州等地书院讲学5年，前后从教22年，桃李满天下。著述甚丰，有《西沤全集》10卷、《西沤外集》8卷传世。

李惺　天下翰林皆弟子　蜀中进士尽门生

“有礼则安，无礼则危，齐家以礼，万福之基”，“日出而作，日入而息，第一等人，自食其力”，“占小便宜吃大亏，仗小聪明无大成”，当我们读着这些朗朗上口、朴实无华，却饱含哲理、启人心智的语句时，可曾想过，它们其实不是民间谚语，而均出自一人之笔下？

它们的作者，就是晚清一代教育家、文学家李惺。李惺自号“老学究”，他这个老学究，与我们惯常认为的皓首穷经、因循守旧的书生形象可有着天壤之别。李惺的人生观、教育观、学术观“三观”清朗高绝，远超于当时许多文人。但他不是以困守书斋、独醒自许的姿态，冷眼旁观封建末世的苍山如海、残阳如血，而是倾毕生所学，教书育人，著书立说，开枝散叶，桃李天下。他曾执掌四川存续时间最长的官办省级书院——成都锦江书院——17年之久，成就了他一生辉煌，也使他成为蜀中教育者之典范。

壹

1786年，垫江城南郊冯家湾有名的书香世家李家大院内，一个男婴呱呱坠地，曾担任井研教谕的祖父李振音为孙子取名“惺”，寄予长辈厚望。名如其人，李惺幼承家训，聪颖好学，14岁就进入垫江县凌云书院。在湖光山色、琴韵书声中，李惺饱读诗书，22岁中举，31岁中三甲，从此踏上仕途。

书生意气，挥斥方遒。从众多求仕知识分子中的一员，立身于士大夫阶层，李惺意欲有所作为，图臻国家于富强时，无奈生不逢时。李惺在朝中历任翰林院检讨、国史馆纂修、文渊阁校理等职，官阶虽然不高，在七品、六品之间，并无太大起伏，却因为身处中央，目睹了朝廷政事腐败、道光帝昏庸无能。

深感国事无为的李惺只得以借古喻今的诗篇，来表达他的一腔赤诚。瞻拜岳庙，他写出了“是谁赞高庙，乃自坏长城。百战功全废，偏安局已成。黄龙府何在，莽莽暮云横”的诗句；登高远眺，他发出了“回首汉唐人去尽，乾坤磊落几奇才”的仰天长叹。风格清空高淡，一扫当时诗坛的浓纤之习。1835年，在朝中为官十八载的李惺决定急流勇退，他以奉养祖母为由，辞官归乡，告别了政治舞台。

贰

少小离家老大回，乡音无改鬓毛衰。庙堂与江湖，对李惺来说，没有徘徊的两难，无论何时何地，他都心系家国安危，并以乡邦风教、疾苦为怀。所以，李惺把目光投向了书院。书院的价值在于它就像一个文化的制高点，让中华文化有了高层传播的场所。他相信在书院这一方天地里传道、授业、解惑，将是他后半生最美好的归宿。

是年，锦江书院闻李惺辞官归来，立即向他发出了执掌的邀请。锦江书院是1704年四川按察使刘德芳在文翁石室旧址上所建，“锦江六杰”之一的李调元、“文名籍甚”的张邦伸等均为院中高足。李惺走马上任后，把拯救时艰的重任，寄托在青衿学子身上。他在锦江书院担任山长17载（1835—1847，1854—1859），他的教育理念、治学之道，影响深远，启发后世。

李惺为师，以三把钥匙开启了蜀中教育的一片新天地。

第一把钥匙：因材施教。针对书院诸生的才智优劣，运用“揉之使化，道之使通，羽之仁义中正之途”等种种手段，使他们“各有以自得”。他还提出，只要教育方法得当，即使才智在“中人”以下，也可以教育成才。这相较于孔子“中人以上，可以语上也；中人以下，不可以语上也”，简直称得上是“大众教育”。

第二把钥匙：学德并重。他诱导学生独立思考，主张“问即是学，好问即是好学，善问即是善学”，“学贵知疑，小疑则小进，大疑则大进。疑者觉悟之机也，一番觉悟，一番改进”。他还清醒地认识到，莘莘学子中能成为秀才、举人、进士的寥若晨星，所以应文章道德并举。这样，即使学生未能因读书显达，也可成为品性高洁的贤人君子。要知道在“唯科名马首是瞻”的大环境下，李惺倡导素质教育是多么可贵。

第三把钥匙：善教尊师。李惺根据人才构成多为“中等资质”的情况，提出“中人在可成可败之交”，“使之成，勿使之败者，惟师是赖也”，即在教学中，教师应当对学生的“终身成败荣辱”负责，“若糊涂苟且，误人终身，当与庸医杀人等罪”。

桃李不言，下自成蹊。教育家李惺兢兢业业，呕心沥血，“门下生多至不可数”，且“及门多所成就”，“蜀中学者，无论及门不及门，相语称西沤先生”。其时，蜀中不少清廉官员、文武志士、社会贤达，皆出自其门下。赞誉他的民谣不胫而走，传诵南北：“天下翰林皆弟子，蜀中进士尽门生。”

叁

李惺晚年教书之余，著书立说不辍。收录在《西沤外集》的《老学究语》《药言》《冰言》等流传甚广，至今不衰。

书中他遍采儒家圣贤之言、诸子百家之语，深入浅出地讲述了许多“修己接物、持家居官”的人生道理、人情世故。语气亲切，娓娓道来，老幼妇孺，津津乐道。比如“只怕不勤，只怕不精，只怕无恒，不怕无成”，“功名二字，谈何容易，功在天下，名在后世”，“‘聪明’二字不可以自许，‘慷慨’二字不可以望人”，“淡淡薄薄，朴朴素素，食不厌蔬，衣不厌布”，“与朋友交，只取其长，不计其短”，“行兵要有纪律，读书要有课程，处事要有刀尺，立身要有准绳”，“有钱而吝钱，有官而辱官，读书不知书，三般大糊涂”，“绳锯木断，水滴石穿，由来者渐，只是一专”。这些文字，虽然绝大多数非其原创，但李惺继承发扬，并寄寓了新的理念，言简意赅，时至今日，依然耐人寻味，给人启迪。

1860年，云南李永和、蓝朝鼎起义军进攻四川，给事中赵树成上书，力荐老成达练的李惺督办团练，咸丰帝亦知他在蜀中德高望重，命加四品卿衔。高官厚禄在眼前，李惺却不为所动，以年老力辞。四川总督骆秉章又三番五次叮嘱藩台刘蓉敦请，李惺也坚不受命。

同治三年（1864）二月二十三日，李惺病逝成都寓所，终年78岁。五月初一，家人遵其遗愿葬于仁寿县。门生诸人将其牌位请入成都乡贤祠，清国史馆亦为之列传。

◎撰稿　陈蕙茹　◎审读　袁庭栋

主要参考资料

《李惺诗歌研究》（钱有余）

雾中山

春水夏云秋月冬风，[①]宝地占四时之景；
西瞿东胜北卢南赡，[②]京天[③]统万法之宗[④]。

——杨升庵

雾中山历经风雨的石柱上，杨升庵撰的楹联依稀可见

注释

①**春水夏云秋月冬风：**以春夏秋冬四时之景，形容雾中山乃风水宝地，占尽四时山景。春水：此指雾中山的名泉八功德水。雾中山中多泉，尤以八功德水最为著称。据《升庵全集》卷二十六载：“八功德水一清、二冷、三香、四柔、五甘、六净、七不噎、八除病。”夏云：雾中山多雾。明杨升庵《雾中开化寺碑记》：“山恒孕雾，故受斯名。”秋月：雾中山七佛楼前有明月池。《雾中山碑记》说：“明月池乃娑袈龙王卫护之迹。”冬风：指雾中山冬天的朔风。因雾中山冬无雪，故以风代之。

②**西瞿东胜北卢南赡：**佛教《阿含经》所说，天下分为四大部洲，略称“四洲”，在须弥山四方的咸海中。梵文的意译分别为西牛货洲（亦译西瞿伽尼）、东胜身洲、北俱芦洲、南赡部洲。

③**京天：**指最高最大的天。“京”字见于甲骨文，亦见于《诗经》，其字形为高大粮仓之形，其字义引申为高为大。佛经中未见京天一说。杨升庵喜用古字、奇字，故用京天代指二十八天中最高的天。佛教关于“天”的解说很复杂。这里采用二十八天之说。二十八天分为欲界六天、色界十八天、无色界四天，其下又分若干天。一般用“梵天”“大梵天”等词较多。梵天指色界十八天的初禅天，但初

禅天王，也仅只能管辖诸天的某一小世界。若干小世界组成一个小千世界，由光音天王主宰。最后一天是无色界中的非想非非想处天，是众生成佛的无色无无色的清凉净土。杨升庵联中把这个最高的天称为“京天”。此外，二十八天与三千大千世界还有复杂的关系，此处不涉及。

④宗：宗在佛教中有主（旨）、要（义）、尊（奉）三义，见于玄应《一切经音义》。一般指宗旨，也指教派。因佛的弟子，各持佛教涅槃时所言之一说，以之作为分别持各自宗旨的依据，用以教化有缘众生，自成一派，故被称为“宗派”。“宗派”“宗教”这两个名词就是这么来的。杨升庵此联用的是“宗旨”“宗教”的含义。

解读

壹

在神秘的北纬30°线附近，大邑县西北雾山乡境内，有一座终年被云雾笼罩的大山，“山恒孕雾”，故曰“雾中山”。

公元73年的春天又如期而至了，这已是天竺高僧迦叶摩腾、竺法兰来到中国洛阳译经著说的第六个年头。这一年，在洛阳白马寺的精舍里译完《四十二章经》后，两人飘然西去。他们此行的目的，正是前往雾中山建寺兴教。长路漫漫，峰峦重重，他们缘何不辞辛苦，跋涉千里，来到蜀中呢？

据佛教传说，释迦佛祖在拘尸那临入涅槃时，曾对弟子娑伽说：“吾灭去七百年，尔往震旦，有山曰雾中大光明山，实系古佛弥陀化道之场，累有国王兴建之所，寓彼，保护密严，迟后圣者来居。”震旦，中国之古称；雾中山，原名“大光明山”。此传说正与迦叶摩腾、竺法兰二位高僧到雾中山一事遥遥相符，雾中山由此披上了一层幽玄莫辨的神秘面纱。

雾中山开化寺

释迦佛祖怎会知道大邑雾中山？相传曾有人从印度到过这里。大邑属古临邛郡，《史记·大宛列传》及《汉书·张骞传》皆载，西汉张骞在大夏（今阿富汗）见到邛竹、蜀布，查明系经印度转运而来，溯源而上，发现了一条神秘的南方丝绸古路——“蜀身毒道”（“身毒”是印度的古称）。它在公元前4世纪便已开通，将四川、云南、缅甸和印度相互串缀在一起，为彼此间的经济和文化带来了繁荣。同时，烟尘古道，乡市迹远，茫茫崎岖的山道也为佛法的传入打开了一条通衢。

贰

相传二位高僧在雾中山里风餐露宿，四下寻觅理想栖居地的时候，同年，汉明帝派大臣付英协助二僧共同开发雾中山，创建了大光明普照禅寺，亦名“开化寺”。自此，“则四方之寺，惟兹山始”。

佛兴西方、法流东国，讲的是中印两国人民交往史上浓墨重彩的佛教交流。二位高僧译出的《四十二章经》成为中国佛教史上最早的佛经翻译；相传开化寺也是佛教传入中国的第二座寺庙，仅比我国第一座佛教寺庙白马寺晚六年，是佛教南传的第一座寺庙，佛祖贝叶经南传首地，古佛弥陀的道场……

东晋永和年间（345—356），一百余岁的西域高僧佛图澄到雾中山主持扩建、弘法。明月皎皎，清风徐徐，白髯疏垂的佛图澄跏趺坐于蒲团之上，开始了他又一次清明的观照。尔后，高僧大德接踵而至，空明灵秀的雾中山成为超尘脱俗、高僧云集的胜地。到了明朝，因有当时的朝廷支持和历代高僧弘扬，雾中山达到极盛，“蜀王赐大藏三经，拥有四十八庵，一百八十寺，僧众数千人，赐收二州八县钱粮”。鼎盛香火，晨钟暮鼓，佛法甘露，普润四方。当地民间有“大和尚万万五，小和尚不可数”的盛传。为便于管理，1519年，正德皇帝敕封高僧圆曦为都纲史官，管理寺庙的一切事务。直到今天，进入雾中山的旅游者仍然可以看到昔年古寺的宏规巨制、断柱残墙。

需要说明的是，上述的有关雾中山早期佛教的故事，在大邑的地方文献中早有记载，但是长期未能得到中外佛教史研究者的重视。近年来，在四川境内的著名的南方丝绸之路沿线，陆续发现了一批以东汉时期为主的早期佛教文物，故而佛教传入我国的道路确有南方丝绸一线的说法得到了中外研究者的公认，多年来有关雾中山早期佛教的故事也就愈来愈受到研究者的重视。

叁

嘉靖十八年（1539）正月初五，沿着那些高僧们弘法时走过的路，开化寺山门前古老的石阶上，走来了一行人。他们中有邛州太守张纪，大邑县令吴兴，邛州李廉、王葵，被地方官和乡贤簇拥着的一位儒雅温和老者，正是历经宦海沉浮、饱经世间风霜的大学者杨升庵。1524年秋天，他因“议大礼”而被加罪，充军云南永昌卫（今保山），幸得时任知府严时泰颇加优遇，杨升庵充军中文书，身在军籍，就可以有机会“奉戎役”，也就是以军务出差的名义回乡。去蜀十五载，这是他第四次“奉戎役”返蜀。

山路元无雨，空翠湿人衣。越往深处行，越见篆烟缭绕，梵刹林立。他们悠游于此，歌咏唱和，醉酒赋诗，在雾中山留下了锦绣文章。杨升庵挥毫题书“天国名山”“八功德水”“盘陀石”等大字，酣畅淋漓。其后，行至开化寺灵官殿前，在两侧矗立的天国名山坊外坊柱上，他信手题联云：

天下无双地；

雾中第一山。

字势停匀、疏密欹正，以杨升庵状元郎的渊博学识和不凡见地，敢放言雾中山天下无双，可见在有明一代，雾中山佛教地位之崇高，的确是他方诸山所难以撼动的。书就一联，杨升庵尚未尽兴，沉吟片刻，他在天国名山坊内坊柱上，又留下了一副联，墨痕清雅脱俗，气息高古浑穆：

春水夏云秋月冬风，宝地占四时之景；

西瞿东胜北卢南赡，梵天统万法之宗。

此联对仗工稳而不板滞，声韵也抑扬有致。上联大意是春水泱泱，山泉湍急，一泓圣水，荡涤尘埃；盛夏时节，云雾变幻莫测，气象万千。秋高气爽，月池映月，澄明空静，景尤奇绝。冬风拂林，松涛声与寺宇楼角的铃声齐鸣，天籁适然。这方宝地占尽四时之景啊！下联是说日、月、星辰围绕于须弥山腹，普照天下，众天、众生都源于一个根本，这个根本就是佛法。上联写雾中山景色美好，意境深幽；下联置身佛教名山，透过佛法看世界，意义深远。当杨升庵一行前来雾中山朝拜时，开化寺已历时1600余年，旋圮旋葺，历经沧桑，却绵延不衰，从中亦可见佛法之坚韧、人心之坚贞、信仰之绵亘。归去后19载，1558年秋天，他还应开化寺高僧真著之请，以清新隽永的笔调写了一篇共1008字的《敕赐雾中开化禅寺碑文》，进一步说明“开化寺者，雾中之丛林，禅教之总持也”。

碑文和“春水联”迄今尚存，雾山古寺，云之秘境，山风吹过，惊醒尘梦……似乎都在默默地诉说那些过眼繁华与烟云。读之诵之，盛景恍如眼前，盛名犹在耳畔。

人物

杨慎（1488—1559），字用修，号升庵，后因流放滇南，故自称“博南山人”“金马碧鸡老兵”。四川新都（今成都市新都区）人，祖籍庐陵，明代文学家。正德六年（1511）状元，官翰林院修撰，豫修武宗实录。嘉靖三年（1524），因“议大礼”受廷杖，谪戍终老于云南。终明一世，记诵之博，考证之广，著述之丰，推杨氏为第一，其著作达百余种，后人辑为《升庵集》行世。

杨升庵黄峨夫妇　共谱一曲生命长歌

壹

嘉靖十八年（1539）二月，畅游邛崃白鹤山鹤林寺、大邑雾中山开化寺后，杨升庵在大邑辞别新朋故交，当即启程，奔赴百里之外的新都。近乡情更怯，不敢问来人。不知家中亲人可安好，纵使归心似箭，杨升庵也不知不觉放缓了归家的脚步。十年前父亲杨廷和病逝，他与夫人黄峨从云南永昌卫（今保山）赶回家奔丧后，他决定一人返滇，夫妻从此长期分离，两地相思，风朝雨夕，情何以堪。和黄峨初识、新婚，朝朝暮暮的甜蜜，琴瑟和谐的浪漫，往事一幕幕浮现在杨升庵的眼前……

1498年，黄峨出生在遂宁的一个官宦之家。父亲黄珂是当朝御史，母亲聂氏，为湖北黄梅县尉聂新的女儿，知书识礼，严于家教。黄峨自幼聪明伶俐，在母亲的教导下，谨守闺训，好学上进，赋诗填词，文采斐然。长辈们十分喜爱她、器重她，将她比喻为东汉时的才女班昭。

杨升庵像

1511年，当朝内阁首辅杨廷和的大公子杨升庵考中状元，黄珂与杨廷和在朝共事多年，又是四川同乡，两家关系甚为密切。这时的黄峨，已有13岁，豆蔻年华的少女听说杨世兄金榜题名，内心非常倾慕。杨升庵长黄峨十岁，四年前与礼部主事王溥之女王安人在新都成婚。黄峨只能将这份情感藏在心中，更加勤奋地读书。

黄峨像

1514年，黄珂官拜南京工部尚书。连连升迁的同时，却被一桩心事困扰：女儿黄峨已到碧玉之年，花容月貌，兰心蕙质，四艺俱佳，但对登门求婚的王孙公子，黄峨均无好感，她一再向父亲表明心迹，一定要嫁杨升庵那样学识渊博、志趣高远的郎君。疼爱女儿的尚书，尊重女儿的选择。放眼朝中，佳婿难求，黄峨的终身大事一天天耽搁了下来。

立身朝廷之上的杨升庵刚正不阿，不畏权势，有敢于直言谏君的秉性，慨然有澄清天下之志。当朝的正德皇帝是一个不理朝政、喜欢玩乐的人。1517年，他还带着宦官出关（居庸关）“游幸”，行为荒诞，杨升庵不避斧钺，犯颜直谏，呈上《丁丑封事》的奏章，苦劝其不要“轻举妄动，非事而游”，但正德帝根本不理睬，依然我行我素。杨升庵目睹国事日非，无奈发出“关塞骅骝迷去路，朔风鸿雁滞归音”的悲吟，愤然称病告假，回到了新都老家，读书自娱。

听闻杨升庵的事迹，黄峨更生爱慕之情。这时，她已随同告老还乡的父亲，回到了老家遂宁。正德十三年（1518）七月，杨升庵原配王安人病故，次年，他得知美丽多情的黄家小女黄峨年过二十尚待字闺中，便征得父亲的同意，遣人做媒。黄杨二家门当户对，一对佳偶乃是天作之合，早知女儿心意的黄父欣然认可。当彩轿到了新都，万人空巷，人们都争先恐后来看这位“尚书女儿知府妹、宰相媳妇状元妻”的绝代风华，黄峨也终于幸福地嫁给了自己13岁时就暗生情愫的状元郎杨升庵。

贰

那时候，他们新婚宴尔，情意缠绵，吟诗作赋，羡煞旁人。那时候，他们的居室，有一个诗意的名字，叫作“榴阁”。庭中植有一株石榴树，他们还在房前屋后种满了桂花。仲夏时节，一树繁花，艳丽无匹，映红了她娇羞的脸庞。于是，她为他写下了第一首诗《庭榴》：“朵朵如霞明照眼，晚凉相对更相宜。”向杨升庵倾注了火热的纯真的爱情。秋天到了，桂花盛开。他摘下一枝，别在娇妻的发髻上，随口吟道：“宝树林中碧玉凉，秋风又送木樨黄。摘来金粟枝枝艳，插上乌云朵朵香。”这是一对多么幸福的神仙眷侣、诗书佳偶！

黄峨是一位知书达理、卓识远大的女子。虽然儿女情长，心心相印，生活安逸而平静，但她关心国事，竭力鼓励杨升庵施展政治抱负。第二年秋天，桂香正浓，黄峨陪同杨升庵，告别故乡到京复职。在京城的官邸里，黄峨成为杨升庵的贤内助，夫妻生活倒也惬意。不料，嘉靖三年（1524）七月，朝中事态急转直下，杨升庵因“议大礼”与嘉靖帝爆发了激烈的冲突，两次受到廷杖，死里逃生，最后被谪戍云南永昌卫。“议大礼”事件是杨升庵，也是黄峨人生的转折点。

“赭衣裹病体，红尘蔽行车”，杨升庵甚至来不及和家人告别，就踏上了万里贬戍路。这一不幸的消息，犹如晴天霹雳，让黄峨肝肠寸断，她急忙收拾行装，追赶丈夫，执意要伴他南行，共赴患难。十月，船到湖北江陵，江边一个渔夫和一个柴夫在煮鱼喝酒，谈笑风生。杨升庵百感交集，写就千古名篇《临江仙》：

滚滚长江东逝水，浪花淘尽英雄。是非成败转头空。青山依旧在，几度夕阳红。　白发渔樵江渚上，惯看秋月春风。一壶浊酒喜相逢。古今多少事，都付笑谈中。

词中有历史兴衰之感，更有人生沉浮之慨。杨升庵晚年在创作《廿一史弹词》时，将其录于《说秦汉》中作开场词。清代毛宗岗父子评刻《三国演义》又将其置于卷首，该词由此被国人所熟知。

到了江陵，意味着杨升庵将从陆路经湖南、贵州入滇。此后山川险恶，道路崎岖，他再也不忍心让黄峨向前护送了，力劝她回新都老家。临别之际，他写诗一首：“故园千万里，夜夜梦烟萝。”（《江陵别内》）情辞凄楚，催人泪下。她亦歌亦哭，写下《罗江怨》曲为丈夫送别：“泪流襟上血，愁穿心上结，鸳鸯被冷雕鞍热。”二人挥泪话别，别恨深重又浓烈。

黄峨回到新都后，含辛茹苦，孝敬公婆，教哺子侄；杨升庵孤身羁旅，但逆境中每念贤妻，也倍感温暖和激励。两年后的六月，杨廷和思念儿子，忧思成疾，杨升庵请假回新都探望父亲。七月，父亲病愈，黄峨随他到了滇南的戍所，成为他讲学、著书的好帮手。过了三年，回家奔父丧后，黄峨留下挑起了家庭重担，为他排难分忧。他独自再赴边陲，十年不曾相见。故园万里，飞雁不到，锦书难寄，黄峨的一首《寄夫》诗，声泪俱下，他历历在目：

雁飞曾不度衡阳，锦字何由寄永昌？

三春花柳妾薄命，六诏风烟君断肠。

曰归曰归愁岁暮，其雨其雨怨朝阳。

相闻空有刀环约，何日金鸡下夜郎？

叁

思绪至此，杨升庵热泪盈眶，抬头看家门已然在望，妻子早已翘首期待多时……

归去来兮，望着妻子盈盈笑脸，家中上下井井有条，杨升庵心里涌起一股暖流。他由衷叹服妻子的琴才书艺，他更倾心于妻子的坚贞与贤德。能同富贵、共贫贱，黄峨的情深义重，令杨升庵不再怨天尤人，他在云南著书立文，传播文化，越显旷达之态。

嘉靖二十年（1541）八月，杨升庵应四川巡抚刘大谟之聘，返乡主持纂修《四川总志》，工作地点在成都净居寺宋濂方孝孺祠。升庵专主艺文，亲手编纂的《全蜀艺文志》收录诗文1873篇，这就是今天研究巴蜀古代文化最重要、最丰富的地方文献汇编。杨升庵编纂这部64卷的《全蜀艺文志》只用了28天时间，这比今天常见的大型编纂班子的速度快了不知多少倍。其原因就在于杨氏一家长期致力于乡邦文献的搜集整理，家中已有《蜀文献志》的基础，加之杨升庵的博闻强识，日夜辛劳，故而能创造我国文化史上的这一罕见的高速度。

1542年的春天，杨升庵再次告别故乡，离蓉回滇。又到远行时，杨升庵心中充满了对故土的依恋：

锦江烟水星桥渡，惜别愁攀江上树。

青青杨柳故乡遥，渺渺征人大荒去。

苏武匈奴十九年，谁传书札上林边？

北风胡马南枝鸟，肠断当筵蜀国弦！

杨升庵37岁即被流放云南，始终不能被赦，至60多岁请求依明朝律例由子替役放归也不准。1552年，在友人的相助下，云南当局曾私许杨升庵寓居四川江阳（今泸州），但1558年，又被押回云南永昌卫。已逾七旬的杨升庵悲愤到极点：

七十余生已白头，明明律例许归休。

归休已作巴江叟，重到翻为滇海囚。

迁谪本非明主意，网罗巧中细人谋。

故园先陇痴儿女，泉下伤心也泪流。

嘉靖三十八年（1559）七月六日，在永昌禅寺中，一代学者杨升庵含恨去世。

噩耗传来，黄峨不顾花甲年迈，跋山涉水，在泸州迎到了终于归来的杨升庵灵柩。他在生前无法回来，死后终于以尸骨抵达，归葬于新都杨氏祖茔。

1567年，隆庆帝颁发嘉靖帝遗诏，宽赦“议大礼”获罪诸臣。已故去八年的杨升庵，被追赠为“光禄寺少卿”，后来又谥封为“文宪公”。黄峨也由“安人”晋封为“宜人”。1569年，黄峨安详辞世。她和升庵一样，终年72岁，并实现了与丈夫“生同心，死同穴”的誓愿。

杨升庵的一生，命运跌宕，坎坷多艰，幸有“才艺冠女班”的妻子黄峨不离不弃、情深意笃，共谱了一首生命长歌。这，无疑是他悲剧人生中一抹最绚丽的亮色。

◎撰稿　陈蕙茹　◎审读　谭继和　袁庭栋

主要参考资料

《杨升庵年表》（倪宗新）

《杨慎评传》（丰家骅）

《新都掌故》（李泽民）

《雾中山佛教文史综述及其思考》（韦行）

楹联基础知识概说

——方北辰

楹联是最具中国特色的文学作品。中国的历史文化名城，无一不拥有各自的楹联精华，以此传承和弘扬本乡本土的文化命脉。就连海外不少国家，也能看到中国楹联的传播。成都，作为历史文化名城、西部重镇、文化命脉悠久绵长的天府明珠，更是在楹联的数量和质量上，展现出令人瞩目的奇光异彩。本书精选出来的30副著名楹联，正是其中的代表和典型，堪称成都传统文化的美妙结晶。

为了使读者能够充分欣赏这些名联，下面将从文化基因、艺术规范、发展过程和阅读欣赏四个方面，对楹联的基础知识进行概要的介绍。而贯穿在这些部分的一根红线，就是浓郁的中国特色。

一、中国特色的文化基因

楹联，俗称“对联”。楹者，厅堂或大门两边的木柱或木框也。楹联通常要悬挂在这样的木柱或木框之上，故而得名。中国的古典文学作品，按照是否采用对称性的骈体句式来划分，可以分为骈体和散体两大类：必须采用者属于骈体文学，不须采用者属于散体文学。骈字的本义，是两匹马并排驾车，用来比喻句式的成双和对称。按照这种分类，楹联就属于骈体文学中最典型的品种。之所以最典型，是因为其他的骈体文学品种，包括骈体文、骈体赋、骈体诗之类，其中的句子，不一定全部都要采用骈体句式；唯独楹联则不然，所有的句子都必须采用。比如诗圣杜甫的七律《蜀相》，属于骈体文学中的骈体诗：

丞相祠堂何处寻？锦官城外柏森森。

映阶碧草自春色，隔叶黄鹂空好音。

三顾频烦天下计，两朝开济老臣心。

出师未捷身先死，长使英雄泪满襟。

开头两句和结尾两句，都不是骈体句式；只有中间四句是两组骈体句式，比例只占百分之五十。但是，成都武侯祠刘备惠陵前的这副楹联，情况就显然不同：

一抔土，尚巍然！问他铜雀荒台，何处寻漳河疑冢？

三足鼎，今安在？剩此石麟古道，令人想汉代官仪。

全联共计八句，完全由四组骈体句式组成，比例占到百分之百。可见骈体文学作品所具有的对称性特征，只有在楹联当中才达到了极致。

楹联为何会表现出如此突出的对称性特征呢？因为楹联的产生，源于一种具有中国特色的文化基因，也就是对称的思想观念。

在所有的审美类型中，最早对人类带来启示和影响，并且最早在人类的文明活动中有意加以体现的，恐怕非对称莫属了：照耀人类的太阳和月亮，都是对称性的形体；人类用以充饥的果实和野兽，用以御寒的树叶，包括人类自身的躯体，也都是基本对称的形体。由于时刻都在接受对称性美感的熏陶，所以到了开始制作工具的文明时代，人类又把对称性的美感主动表现出来。古人制作的武器、陶器、玉器、青铜器、漆器以及各种建筑，其美妙的对称外形，至今令人叹为观止。

虽然上述现象是世界性的，但是在各自的文明进程中，能够把直观得来的对称性印象，继续进行形而上的提升，提升到抽象的思想观念高度，然后又用来观察主观世界与客观世界，进行类比式的提炼和总结，形成一系列深刻认识，最后再用这些认识来指导现实生活的方方面面，这却是古代中国特有的文化现象。比如，宇与宙、天与地、乾与坤、阴与阳、曲与直、刚与柔、有与无、盛与衰、福与祸、得与失、强与弱、善与恶、美与丑、是与非、成与败、古与今、君与臣、忠与奸、乱与治、家与国、昭与穆、嫡与庶、分与合、鬼与神、吉与凶，王道与霸道、正统与偏霸、合纵与连横、文治与武功、天时与地利、虎踞与龙蟠、青龙与白虎、天罡与地煞、阳世与阴间，等等，无一不是具有对称性质，而且带有鲜明中国特色的观念。

对称性观念的集中体现，是北京庞大的古典建筑群。长达数十里的中轴线，从北面的地安门，向南穿过故宫，直到前门之外；中轴线两边的皇家主干建筑，不仅外观上追求完美的对称，而且还大量使用充分体现对称观念的命名。比如乾清宫与坤宁宫、承乾宫与翊坤宫、日精门与月华门、体仁阁与弘义阁、万春亭与千秋亭、景和门与隆福门、景运门与隆宗门、文华殿与武英殿、日坛与月坛、崇文门与宣武门，等等。在这曾经无比庄严高贵的紫禁城区，传达出一种强烈的文化信息：只有对称，才是符合最高伦理原则和最高审美标准的。

随着对称性思想观念的提升和弘扬，中华传统文化当中最为讲求审美感受的古典文学，自然也会深受浸润和影响。当这样的文化基因植入文学领域的时候，就为楹联这一文学品种播下了萌生的种子。

但是，有了种子，还得有适宜生长的文化土壤，也就是适合表现对称性美感的文字，否则种子就不能开花结果。而具有鲜明中国特色的中文汉字，恰恰就是这样的文化土壤。汉字的中国特色有三：一是外形方正规整，无论上、下句中字数的多少，都很容易做到外观形状上的相互对称；二是汉字又大多是具有独立含义的词汇，一个字符单位，就是一个含义单位，比如天、地、山、水之类，因而在保证外观形状相互对称的情况下，又很容易做到内涵意义上的相互对称；三是古代的方块汉字，通常是直行书写，所以也很容易与建筑物的直立对称部分，比如厅堂或大门两边的木柱或木框，进行和谐的配合。但是，其他的语言文字则不然，比如现今流行的英语，表达内涵意义的单词，是由数量不等因而长短也不一致的字母来组成，这就很难在外观形状和内涵意义两方面，都同时兼顾而做到相互对称。请看下列字词的对比——

汉语：天—地　　　　　　　昼—夜　　　　　夫—妻

英语：heaven—earth　　　day—night　　　husband—wife

显而易见，汉语很容易做到外观和内涵两方面的相互对称；而英语这种拼音文字，虽然内涵意义是对称的，外观形状却有长有短，很难达到对称的要求。另外，英语照例是从左到右横行书写，这也很难与建筑物中直立对称的木柱或木框相配合。

具有中国特色的文化基因和文化土壤相结合，楹联因此应运而生。

二、中国特色的艺术规范

楹联是一种具有严格艺术规范的文学体裁，规范主要包括句式、书写、对仗和声律四个方面。句式和书写，属于外在的要求，追求视觉上的对称美感；对仗和声律，属于内在的要求，追求词采和听觉上的对称美感。总之，外在与内在相互配合，和谐展现中国特色的对称性美感，是艺术规范的共同目标。

（一）句式的艺术规范

句式艺术规范的要点有三：

第一，一副完整的楹联，是由上联与下联组成。

第二，上联与下联，短的为一个文句，长的则含有多个文句。

第三，无论文句长短，上联与下联的字数必须相等。

之所以要求必须分为上联与下联，两者字数又必须相等，那是为了在书写出来展示的时候，上联与下联的长度和宽度，在视觉的审美感觉上，都能达到精致而整齐的对称。

（二）书写的艺术规范

书写艺术规范的要点有六：

第一，以汉字直行书写，通常使用繁体字，文句中不加标点符号，也不空格。

第二，先书写上联，再书写下联；上、下联的长度和宽度要尽量做到相等；书写的汉字在大小、字体、间距方面，要体现出高度的一致性。

第三，短联只书写一行。长联书写需要提行时，上联向左侧提行，上端齐平；而下联要向右侧提行，上端也要齐平：从而实现上、下联在外观上的严格对称。

第四，正文之外的附加性说明文字，即所谓的边款，以较小的汉字，书写在正文的旁侧，其高度低于正文的顶端。附加性说明文字之中的缘起之类，一般来说书写于上联的外侧；作者身份、籍贯、姓名、时间之类，一般书写在下联的外侧。

第五，楹联在悬挂或展示时，以观赏者面对的位置为准，上联应当位于观赏者的右侧，下联应当位于观赏者的左侧，从而与古汉语直行阅读的顺序相适应，不能弄反两者的位置。

第六，如有横额，即俗称的“横批”相配，横额的书写方向，应当按照古代的书写规范从右到左，而非现今的书写习惯从左到右。其汉字的大小、字体、间距等，不必与上、下联完全一致，但是要配合得匀称和谐。

书写的艺术规范，是与句式的艺术规范密切配合的。两者的共同目的，都是为了让上联和下联，在视觉的审美感觉上，能够充分达到精致而和谐的对称。

（三）对仗的艺术规范

对仗，又称“对偶”“骈偶”“骈俪”等，是指语法上遣词造句的对称性表现方式。其艺术规范的要点有二：

第一，无论楹联文句的长短，上联与下联之间，对应位置上的词，要尽量做到词性相同；对应位置上的词组，其语法结构也要尽量一致。

第二，同样的字词，特别是实词，不能既出现在上联，又重复出现在下联；短联尤其要避免这一点，长联则可稍作放宽。

比如，《红楼梦》的大观园中，有一座流水环绕的沁芳亭，悬挂的楹联为：

绕堤柳借三篙翠；

隔岸花分一脉香。

首先，上、下联开头的“绕”“隔”两字，词性上都是动词；接下来的“堤”“岸”两字，“柳”“花”两字，都是名词；“借”“分”两字都是动词；“三”“一”两字都是数词——可见完全符合第一条规范，即对应位置上的词，其词性相同。其次，上、下联对应位置上的词组，“绕堤”“隔岸”都是动宾结构，“柳借”“花分”都是拟人化的主谓结构，“三篙”“一脉”都是偏正结构——可见完全符合第二条规范。

对仗艺术规范的根本目的，是想在作品的词采上，也能充分体现对称性的美感。这种对仗性的句式，古代习称为“骈句”。必须指出的是，骈句并非楹联独有的专利，其他的骈体文学体裁中，也会采用这种特殊句式来组织文章。比如唐代王勃的《滕王阁序》，其中的“落霞与孤鹜齐飞，秋水共长天一色”，即是千古传颂的骈句。

（四）声律的艺术规范

所谓声律，是指在使用汉字撰写楹联的时候，处于节奏点上的字，其平仄声必须遵循的规律。声律艺术规范的要点有三：

第一，同一上联或同一下联之中，处于节奏点上的字，要按照古汉语中的平仄声来判定，其平仄声应当有交替性变化。

第二，在上联与下联之间，处于对应节奏点上的字，其平仄声应当相对而不同。

第三，上联的最后一个字应为仄声，下联收尾的最后一个字应为平声。仍旧以上面沁芳亭七个字的楹联为例，其节奏点分别在上联和下联的第二、第四、第六和最末第七字之上。

首先，在上联之中，处于节奏点上的字是“堤”“借”“篙”“翠”，按照古汉语中的平仄声来判定，分别为平、仄、平、仄，明显具有交替性的变化；在下联之中，处于节奏点上的字是“岸”“分”“脉”“香”，分别为仄、平、仄、平，也具有交替性的变化——可见完全符合第一条规范。

其次，上、下联中对应节奏点上的字，例如“堤”与“岸”，还有“篙”与“脉”，都是平声对仄声，彼此并不相同；又如“借”与“分”，还有“翠”与“香”，都是仄声对平声，彼此也不相同——可见完全符合第二条规范。

最后，上联最后的“翠”字确实是仄声，下联最后的“香”字确实是平声——可见完全符合第三条规范。

汉字的读音有三个组成要素，即声母、韵母和声调。声母和韵母相同，但声调不同，字音也不相同。南朝的齐、梁之际，沈约等文学家提出声律理论，从此汉字读音就有以“平、上（读音shǎng）、去、入”命名的四声之分。其中的上、去、入三声，统称“仄声”，于是四声简化成平、仄二声。一般来说，平声字如“东”“江”“支”“家”，发音比较平稳、昂扬；而声母和韵母都与之相同的仄声字，如“懂”“讲”“志”“驾”，发音则比较起伏、抑制。为了在吟诵作品时，造成声调抑扬变化的动听美感，古代作家便有意识在句子的节奏点上，交错安置平仄声调不同的字。这种声律理论，由沈约最先在《宋书》卷六十七《谢灵运传》中提出：

夫五色相宣，八音协畅，由乎玄黄律吕，各适物宜。欲使宫羽相变，低昂互节；若前有浮声，则后须切响。一简之内，音韵尽殊；两句之中，轻重悉异。妙达此旨，始可言文。

沈约理论的核心，是以音乐来比喻文句，追求文句在朗诵时产生的听觉美感；具体做法，则浓缩在“一简之内，音韵尽殊；两句之中，轻重悉异”这四句话中。意思是说，对称性的骈体句式中，单就上句或下句的“一简”而言，节奏点的字，声调要有交替的变化；再就上、下句合起来的“两句”而言，对应节奏点上的字，声调也应当彼此不同。他的声律理论，对整个骈体文学的发展影响极大。而楹联的声律艺术规范，也正是从他的理论演变而来。

现代汉语的字音也有四种声调，即一声（阴平调）、二声（阳平调）、三声（上声调）、四声（去声调）。但是，现代的四声与古代的四声并不完全相同，所以我们不能完全按照现今读音的声调，来判断某字在古代平仄声中的归属。要想知道某字的古音平仄，最简便的方法是查阅权威的工具书，比如商务印书馆出版的《辞源》，其中在各个字的词条开头，都注明了该字在古代四声中的归属。

楹联的节奏点如何确定呢？大体原则有三点：

第一，在保证语法结构相对完整的情况下，一个节奏段中，包含的字数通常不多于三个字。也就是说，节奏段一般只有三种，即一字型、二字型和三字型。

第二，由于只包含一个字的节奏段，以及多于三个字的节奏段都很少，所以楹联的节奏段，基本上都是二字型与三字型。这两者的末尾字，就是其节奏点。

第三，节奏点通常落在实词的字上，而不落在虚词的字上。由实词与虚词构成不可分拆的合成词则例外。

现在举例来看声律的艺术规范，以及节奏点的确定。实例中句与句之间用空格分隔，节奏段以符号 | 分隔，字下面的“平”“仄”字

样，表示该字是平声或仄声。

清代胡林翼在湖南岳阳楼撰联：

放不开｜眼底｜乾坤　　何必登｜斯楼｜把酒

平　仄　平　　平　平　仄

吞得尽｜胸中｜云梦　　方可对｜仙子｜吟诗

仄　平　仄　　仄　仄　平

郭沫若在济南李清照纪念堂撰联：

大明湖｜畔　　趵突泉｜边　　故居｜在垂杨｜深处

平　仄　　平　平　　平　平　仄

漱玉集｜中　　金石录｜里　　文彩｜有后主｜遗风

仄　平　　仄　仄　　仄　仄　平

三、中国特色的发展过程

据笔者长期研究，楹联的发展过程，应当分为两个阶段来观察，即酝酿阶段和定型阶段，源流才会比较清晰。严格说来，酝酿阶段的作品，可以称为“对联”，却还不能称为“楹联”。因为这时的“楹”，也就是厅堂或大门两边的木柱或木框，还没有与“联”，也就是对联这种文体，正式发生相互结合的紧密关系。只有到了定型阶段，“楹”与“联”有了这种紧密的结合关系之后，作品才能称为“楹联”。因此，“楹”与“联”两者是否发生上述关系，是划分两个阶段的里程碑。

而本书涉及的成都，正是这一重要里程碑开始树立起来的地方。

酝酿阶段的对联，早在唐代之前就已经出现了原始形态。据《晋书》卷五十四《陆云传》记载，西晋著名文学家陆云，也就是三国孙吴名将陆逊之孙，在京城洛阳一次上层社交聚会上，见到北方的名士荀隐。在座的名流，要求二人要做不落俗套的自我介绍。陆云首先说："云间陆士龙。"荀隐立即响亮回答："日下荀鸣鹤。"结果获得在座者的一片赞叹。这段史文的原始素材，来自南朝刘义庆《世说新语》的《排调篇》。陆云字士龙，出自吴郡吴县（治所在今江苏苏州市）的世家大族，而吴县的华亭，别名叫作"云间"，就是陆云家族别墅的所在地。而荀隐字鸣鹤，寓居京城洛阳，而当时习称京城为"日下"，即天子这一人间太阳照耀下的城市。其实，二人的自我介绍，大有南北门阀名士互争高下的社会背景，你是云端里的神龙，我就是太阳下的仙鹤。但是，仔细研究他们的对答之语，却是完全符合对联艺术规范的对称性句子，这实际上是一种即兴创作的口头对联。

稍后一点，依然在西晋时期，开始出现书面形式的对联。《南齐书》卷五十二《贾渊传》记载，南朝刘宋孝武帝时，有人发掘一座男女合葬的古墓，发现墓穴的墓铭石板上，并未明确写出死者的姓名、身份，只镌刻有如下的对称性文句：

青州世子；

东海女郎。

孝武帝召集宫廷饱学文士研究，均不能破解死者是谁的谜团。而当时精于家谱之学的贾渊，则一语揭开秘密："此是司马越女，嫁苟晞儿。"原来，据《晋书》记载，司马越是西晋的皇族成员，曾封东海王；而苟晞是西晋的高级官员，曾任青州的军政长官，当时具有封爵的高官贵族，其继承人叫作"世子"。也就是说，这是一座夫妻合葬墓，丈夫是青州军政长官苟晞的儿子，即"青州世子"；妻子则是东海王司马越的女儿，即"东海女郎"。这一独特的墓铭，在字数、对仗、声律等各个方面，也都符合对联的艺术规范，完全是书面形式的规范化对联。

到了南北朝，挽联的品种也出现了。《南史》卷四十二《萧嶷传》载，南朝萧齐的宗室亲王萧嶷死亡，齐武帝命当时著名的文士王融，为自己的弟弟萧嶷撰写铭旌上的题词，王融精心撰写的题词是：

半岳摧峰；

中河坠月。

这一比喻非常生动贴切的题词，极受齐武帝的赞赏。所谓铭旌，即办理丧事时高挂的旗幡。铭旌上的题词，其实就是后世挽联的前身。王融的题词，从文体的角度来看，在字数、对仗、声律等方面，也是完全符合艺术规范的成熟对联。

根据以上确凿的史实，可以得出如下结论：第一，对联这种文体，早在唐代之前就已经出现，原始形态则可以追溯到西晋；第二，书面形式的规范化对联，以及这种对联开始运用于人们的日常生活，至少可以追溯到南朝的萧齐时期。

到了唐代，骈体文和骈体诗盛行于文坛，而骈体文和骈体诗，又必须大量使用与对联相同的对仗性句式，所以琢磨文句如何能够达到精巧的对仗，就成为文士们的孜孜追求，这就为对联进一步向楹联发展，起到了潜在的推动作用。比如，宋代《北梦琐言》和《太平广记》记载，唐代著名诗人温庭筠，最擅长文句对仗。同为女性的豪华首饰，“金步摇”他对以“玉条脱”；同为植物性中药材，“白头翁”他对以“苍耳子”；同为执政大臣，赞美西周召公的“远比召公，三十六年宰辅”，他对以颂扬本朝中书令郭子仪的“近同郭令，二十四考中书”——这都是对仗极为工稳的对联式文句。

到了五代十国时期，后蜀政权建国于成都。成都的文风，自从西汉以来就一直兴盛绵延，因而后蜀的君主孟昶，也是文采风流的角色，而且他在位的时间还比较长。据《宋史》中《蜀世家》记载：

孟昶每岁除，命学士为辞，置寝门左右。末年，辛寅逊撰辞，昶以其非工，自命笔云：“新年纳余庆；嘉节号长春。”

这是有关楹联发展过程的关键性史料。值得注意之处有三：

一是每年的除夕，孟昶都会指令手下的文士，为他撰写工整的吉祥题词，分别放置在自己寝室门前的左、右两边门柱上。既然要分别放置左右两边门柱，而且还要求文辞写得工整，那么这种题词必然是一种左右对称的文句，也就是对联无疑。他自己所撰写的题词，也正是一副完全符合艺术规范、对仗相当工整精致的对联。这就明白告诉我们，对联的“联”，至此已经开始与“楹”，发生相互结合的紧密关系。

二是孟昶这一举措，并非偶然发生一次的短期行为，而是“每岁除”，即每年的除夕，都要这样做，因而这是一种常态性的持续举措。这又表明，“楹”与“联”不仅在这时开始发生关系，而且发生的还是一种常态性的持续关系。

三是孟昶对门前的题词，艺术要求还很高，对仗不工整就会撤掉，他自己亲自下笔撰写，可见楹联已经成为一种能够独立存在的文体。

综合以上三点，完全可以得出这样的结论：孟昶正是楹联发展里程碑的树立者，而他树立里程碑的地方，就在人文昌盛的成都；成都在楹联文化发展史上的特殊地位和重要作用，应当得到充分的肯定。

清代学者梁章钜，曾对此事有所补充，他在《楹联丛话》中说：“尝闻纪文达（指纪晓岚，“文达”是其谥号）师言，楹帖始于桃符，蜀孟昶‘余庆、长春’一联最古。”

他说听自己的恩师纪晓岚讲过，楹帖是从桃符演变而来，后蜀孟昶题写的“新年纳余庆；嘉节号长春”，就是最古老的楹帖。此处所谓的“桃符”，是古代一种民俗用品，用桃木板画上驱鬼避邪的神像，相传正月初一悬挂在门前，可以保佑全家平安吉祥。必须指出，梁章钜此处的记载，明明白白是在探讨楹帖的起源；而楹帖，乃是“楹”与“联”正式发生紧密关系之后的楹联，而非两者发生关系之前酝酿阶段的对联。可惜后世往往有误解，以为整个对联都是从桃符演变而来，而且最早的对联就是孟昶书写的这一副。然而从上面列举的确凿证据来看，这显然与客观事实不相符合。

五代之后，楹联开始普遍流行，到明、清进入鼎盛时期。鼎盛时期的标志，一是数量极多，二是用途极广泛，三是社会最高端的皇家也极为重视。比如北京的皇家古典建筑中，就有大量的楹联，而且往往是由皇帝亲自书写出来。比如等级最高的太和殿，皇帝宝座前面两侧的圆柱上，就是乾隆亲自题写的楹联，可以说是他给此后皇帝定下的座右铭：

帝命式于九围，兹惟艰哉，奈何弗敬？

天心佑夫一德，永言保之，遹求厥宁！

由于数量多而用途广，所以楹联出现了许多类别。按照字数多少，可以分为短联和长联；按照遣词造句的方式，可以分为常规联与特殊联。特殊联又可分集句、叠字、谐音、嵌字等小类。集句联如湖南益阳桃江亭联：

桃花尽日随流水；

江月何年初照人。

上、下联均选用唐代名诗的现成诗句：上联出自张旭《桃花溪》，下联出自张若虚《春江花月夜》。叠字并谐音者，如山海关孟姜女庙联：

海水朝朝朝朝朝朝朝落；

浮云长长长长长长长消。

重叠使用“朝”“长”这两个多音多义字，阅读时应当采用谐音的办法，读成“海水潮，朝朝潮，朝潮朝落；浮云涨，长长涨，长涨长消。”

嵌字联如萧公远题赠程砚秋至上海演出联：

艳色天下重；

秋声海上来。

上、下联中嵌入程砚秋（艳秋）的“艳”“秋”二字，下联又嵌入“上”“海”二字。最常见的分类，是按照使用场合及用途，分为名胜古迹、节庆婚丧、家居装饰、书法作品、工商百业、公众宣传、讽喻讥刺、小说回目等大类。本书精选的成都名联，大多就出自名胜古迹一类。

四、楹联的阅读和欣赏

要想在楹联的阅读和欣赏上达到较高水平，根本途径是要加强中国历史文化和古典文学的修养。至于具体的方法和技巧，这里提供一些切身体会以供参考。

先说阅读。

第一是判断文体。面对楹联作品时，首先应当依据前面所讲的艺术规范，判断它们是不是属于楹联这种文体。因为有时候形似楹联的作品，其实并不是楹联，例如这句盆景园题词“高等艺术，美化自然”，就只是通常的题词，而不是楹联。

第二是区分上下。确定是楹联之后，接着要区分上联与下联，以便确定阅读的先后顺序。前面说过，楹联在悬挂展示时，上联应当位于观赏者的右侧，下联应当位于左侧。这样悬挂，是为了符合古代汉字直行书写时，从上到下和从右到左的顺序，便于观赏者阅读。但是，由于上联与下联在外观上极为相似，所以有时会出现把上、下联位置挂反的事。对此不加注意，就难以做到顺畅的理解。其实，判别上、下联并非难事。以声律规范来判别，末字为仄声的应是上联，为平声的应是下联。以边款的内容来判别，带有楹联创作人、书写人题名以及其籍贯者，通常是下联，另一半即为上联。如果是长联，提行书写时向左方者为上联，向右方者即为下联。

第三是正确断句。断句之前，先通读几遍，略知大意之后，再从头做起，就比较容易着手。断句时也有一些技巧：一是利用声律规范，句子的分断总是在节奏点上，这样就可以利用节奏点的划分来断句；二是利用上联与下联的对仗特点，在上联（或下联）的某处难以断句时，很可能下联（或上联）的对应之处却容易断句，这时两相对比，难点往往就能迎刃而解。

第四是准确理解。一般说来，楹联表达的内容，大多都容易理解，难点主要集中在出现的典故上。这时，解决的办法是三步：首先找到典故的出处；其次明白典故的原意；最后体会作者使用这一典故时所要表达的意思。前两步都可以利用现成工具书来解决，比如上面提到的《辞源》。以刘备惠陵前的楹联为例，其中出现的三个典故，即“一抔土”“铜雀荒台”“漳河疑冢”，都可以从中查到相应的出处和含义。

接下来再说欣赏。

第一是欣赏内容。好的楹联，应当内容健康、立意高远、传播正能量，读了之后令人精神振作、灵魂净化。另外，一副好楹联，上联与下联的含义，应当是既有联系但又有区别的对立统一体，不能彼此重复。如果意思重复，就相当于有一半词句的表达效率被浪费了。以上面所引的沁芳亭一联为例，上联“绕堤柳借三篙翠”，下联“隔岸花分一脉香”，虽然同样都是在描绘亭下的流水，含义上有联系，但是上联描绘的是颜色，下联描绘的是气味，两者又有区别，这就是佳联。

第二是欣赏文辞。好的楹联，文辞应当具有“四美”，即典雅而不粗俗，精练而不冗赘，贴切而不浮泛，明快而不晦涩。楹联是文化结晶，不能出语粗俗，所以应当典雅；文辞冗赘，读起来很费事，人们往往会弃而远之，所以应当精练；至于贴切，就是能够与相应的场所和用途珠联璧合、相得益彰；文辞还应当明快，容易读懂，不能过于晦涩，否则就失去向广大受众弘扬文化的意义。

第三是欣赏规范。优质的楹联，应当符合上面所说的四项艺术规范。其中的句式、书写、声律三方面的规范，没有松动的余地，必须严格遵守，因而也容易加以评判。唯独对仗的情况有些不同，对仗有宽严之别、工拙之分，具有较大的变动余地。楹联在对仗方面的规范是：上联与下联之间，对应位置上的词，要做到词性相同；对应位置上的词组，其语法结构也要一致。就词性而言，如果对应位置上的词，只能做到大类的词性相同，如同为名词，同为形容词之类，这种对仗属于所谓的“宽对”，即宽泛的对仗。例如“一抔土”“三足鼎”中的“土”与“鼎”即是如此。如果还能进而做到小类词性的相同，如同为名词中的人名，同为形容词中的色彩形容词之类，这种对仗叫作“工对”，即工整的对仗。例如“绕堤”“隔岸”中的“堤”与“岸”即是如此。再就语法结构而言，如果所有对应位置上的语法结构都完全一致，或者同为主谓结构，或者同为动宾结构之类，这属于工对，如沁芳亭联即是如此。如果只有大部分对应位置上的语法结构一致，其余小部分不一致，这就属于宽对。从规范的角度而论，工对与宽对都是合格的，而以工对为优。但是，形式应当服从于内容，如果有表达内容的大好措辞，而措辞一加改动即会影响到内容的充分表达，此时即便属于宽对，也不妨碍整副楹联成为佳作。比如，刘备惠陵前的楹联中，上联“何处寻漳河疑冢”中的“何处”，语法上属于偏正结构，而下联“令人想汉代官仪”中对应的“令人”，则属于动宾结构，严格说来并非工整的对仗。但是，加上一个动词之后的“何处寻”和“令人想”，则能形成宽泛的对仗，而且与下文能够很好结合，所以全联依旧属于上乘之作。

第四是欣赏书写。欣赏楹联，除了文辞的内涵之美外，还应注意其书写的外在之美。过去为名胜景观书写楹联的名流大家，大多采用楷书、隶书，以及稍微放纵一点的行书，目的是使广大的观赏者容易识读，这是一个很好的传统。过于狂怪的草书，不易识读的篆书，难以做到雅俗共赏，所以不宜广泛提倡。

但愿以上介绍，能够帮助你逐步进入楹联的美好艺术境界。

跋

成都楹联在中国楹联艺术宝库中占有举足轻重的地位，也是成都魅力独具的历史文脉之一。对成都楹联，有诸多专家进行过深入的研究，成果丰硕。我们从他们的研究中获益良多。在以往研究的基础上，我们充分发挥史学界、楹联界和新闻界各自的优势，多学科、多角度地解读成都楹联，突破在成都楹联研究上的单一状况，努力体现当下对成都楹联研究的新视角、新进展、新成果。在追求楹联的注释更翔实的同时，我们秉持客观、科学、礼敬的态度，在楹联的解读上努力提炼蕴含于其中的优秀传统文化的精髓，改变以前的简介模式，以散文笔触来抒写今天我们对成都楹联的感悟和认识。与此前的楹联书籍相比，本书特别增加了介绍楹联作者的章节。该章节既紧扣楹联，又超越了楹联，从一个侧面勾勒了成都历史文化的风云画卷，不仅对于读者赏析成都楹联有所裨益，对于了解成都历史文化也有帮助。这也是本书取名为《楹联上的成都记忆》的原因。

成都楹联丰富多彩，佳作如云。本书以媒体的视角从中选取了其中的30副名人名联予以详细解读。由于兼顾名人和名联，所以佚名的名联，除望江楼的“绝对”外，我们都不得不忍痛割爱。还需要说明的是，当代成都也产生了不少脍炙人口的楹联，由于读者对作者和创作背景都较为熟悉，所以本书没有选入。

《成都日报》长期从事文化新闻报道的记者承担了本书的撰稿任务。在繁重的新闻采访之余，通过大半年废寝忘食的工作，完成了本书的撰写。本书也同样凝聚着顾问专家们的心血和智慧。他们以深厚的学识、严谨的态度，对撰稿者悉心指导，对文稿认真审读，对本书的顺利面世可谓功莫大焉。

本书的图片，除由《成都日报》记者拍摄外，成都地区的摄影家也为本书提供了大量精彩作品。成都市文化广电新闻出版局和新都区、都江堰市、大邑、新津、郫都等地的宣传文化部门也为本书提供了图片，在此一并致谢。

由于本书有诸多新的尝试，尽管我们尽心竭力，不足之处仍难以避免，因此诚望能得到广大读者的批评指正。

编者　谨识